ギルド追放された

雑用係の下剋上

～超万能な生活スキルで世界最強～

2

夜桜ユノ

Yuno Yozakura

Ascendance of a Choreman Who Was Kicked Out of the Guild.

TOブックス

CONTENTS

Ascendance of a Choreman Who Was Kicked Out of the Guild.

第一部 二つの国と一人の姫君Ⅱ

イラスト もやし　デザイン 世古口敦志+清水朝美(coil)

第一部

二つの国と一人の姫君Ⅱ

Ascendance of a Choreman
Who Was Kicked Out of the Guild.

第一話　王国兵を一掃しよう

東方の空で上昇を続ける太陽がスラム街とそこに集まった住人たちを明るく照らす。

その中心に僕たちと五人の王国兵がいた。

ギルネ様がやや心配そうな瞳で後方から僕を見つめる。

レイラはアイラをそばに寄せて、守るように聖剣フランベルを構える。

僕が殴り飛ばしたことで王国兵の手から逃れたオルタは尻もちをつきながらも不敵な笑みを浮かべていた。

青空の下、僕は緊張しながら《清掃スキル》から【生成《ジェネレート》】したモップを構える。

心臓が高鳴る、頬を汗が伝う。

もう後戻りはできない、王国に刃向かったのだ。

僕がモップの柄を突きつけても、王国兵たちは一切たじろぐ様子はない。

そりゃそうだ、ふざけているようにしか見えないだろう。

でも、僕は真剣だった。

真剣を持ってるのは相手の方だけど……。

「ふん、雑用係《サーバント》だと？　笑わせてくれる、そんな職業《ジョブ》で冒険者なんかできるはずがないだろう！」

僕に顔を殴り飛ばされた王国兵はそう言って首を左右にコキコキと鳴らした。

そして、悪人のような笑みを浮かべて腰の剣を引き抜き、僕に斬りかかる。

——大丈夫だ、怯むな。

こっちのモップの方がリーチが長い。

先制攻撃で、相手の顔面にモップの先端をぶつけて、《洗浄スキル》で泡だらけにして視界を奪ってやる。

僕はそう目論んで、王国兵が近づいて来たところでモップを振った。

——ピシャーン！

直後、空から雷が王国兵に落ちた。

僕のモップは虚しく空を切る。

「あが……が……」

プスプスと煙を吐きながら王国兵は倒れ、周囲はざわめいた。

「凄いぞティム！　まずは一体倒したな！」

僕の背後でギルネ様が喜んだ、その腕はバチバチと雷が覆っている。

雷《かみなり》を落としたの、ギルネ様ですよね……？

「くそ、この少年、雑用なんかじゃないぞ！　高レベルの魔導師だ！」

「魔導兵は連れて来てない！　まずいぞ、防ぎようがない！」

「——ふん、驚くにはまだ早い」

自信に満ちた声でそう言ったのはオルタだった。

オルタは人差し指を天に向けると、魔法の詠唱を始めた。

莫大な魔力が大気を震わせる。

魔導師ではない僕でも確信することができた。

オルタはこれからとんでもない大魔法を発動するのだろう……と。

「に、逃げるぞっ！　このままじゃ殺されちまう！　倒れてるそいつを運べ！」

「ま、待ってくれ！　くそっ、こんなやつらがいるなんて聞いてねぇぞ！」

生命の危機を感じ取った王国兵達は慌てて逃げて行く。

「あーはっはっ！　高貴な僕は逃げる者を追わん、これに懲りたらもう二度と人を傷つけないことだな！」

オルタは詠唱を止めると高笑いをした。

僕は思わずため息を吐く。

なんだ、オルタは強かったのか……。

これなら僕たちの加勢なんか要らなかったのかもしれない。

僕が振り向くと、ギルネ様とアイラは呆れ返ったような表情をしていた。

「な、何という魔力の無駄遣いだ……」

「詠唱もめちゃくちゃ……ただ魔力を放出して大気を震わせてただけ……？」

そんな二人の呟きを聞いて僕はオルタに疑惑の目を向けた。

「ふむ、やはり魔術を心得ている者にはバレてしまうな。その通りだ、僕はこれしか出来ん」

「私はオルタさんのめちゃくちゃな詠唱を聞かなければ分からなかったよ……ギルネお姉ちゃんが私に教えてくれてた魔力の編み方と根本から違ってたから……」

アイラがそう言うと、オルタは笑いながら自慢げにおかっぱ髪を手で梳いた。

「神は完璧過ぎる僕に嫉妬をしたらしくてね！　僕は生まれつき〝類推《るいすい》能力〟が弱く、発展的な魔力の使い方が理解出来んのだ」

「る、〝類推能力〟……？」

難しい単語に僕は首を捻ってしまった。

そんな様子を見て、アイラが教えようとしてくれる。

「経験から関係類似性を手がかりに思いつくことだね。例えば、〝身体の動かし方〟が分かれば人は類推で〝人の殴り方〟も自然と分かるものだけど、オルタさんは関係性を見いだせず、いちいち人に教わらないと出来ない……とかかな？」

アイラは出来るだけ嚙み砕いて教えてくれた。

それでも僕には少し難しかったけど、要するに知能障害の一種らしい。

話を聞くとギルネ様は腕を組んだ。

「魔術なんてものは類推の連続だからな、どんなに魔力があっても使い方が分からないのでは――」

「だが、魔力を放出することは出来る！　先程のようにな！」

「私もてっきりオルタが大魔法を撃つのかと思ったわ……ハッタリには使えるわけね」

レイラはすでに構えた剣をおろしていた。

結局、僕とレイラは戦わなくて済んでしまった。

「それより、ティム！　傷つけられてしまった元『ブベツ』達の治療をしよう！」

「そうですね！　ギルネ様は【ヒール】をお願いします！　他のみんなはアサド王子から頂いた回復薬をお渡ししますので、それを使って傷ついた方々の治療をお願いいたします！」

僕は【収納《ストレージ》】から回復薬を三人に渡していった。

その際にレイラが僕に訊ねる。

「手錠が付けられた人達は何とか出来ないかしら⁉」

「僕の《洗濯スキル》には【柔軟剤《ソフト》】というのがあるから。それで柔らかくしちゃえば外せるはず……」

僕が呟くと、ギルネ様は真剣な表情で僕に語りかけた。

「ティム、手錠は何かに使えるかもしれん、取っておこう。そして今夜、試しに私に使ってみよう」

「そうですね、敵を捕縛するのに使えます。ですが、ギルネ様にそんなことはできません。僕で試しましょう」

さすがギルネ様だ。

目の前のことでいっぱいになってしまっている僕とは違う。

すでに先のことを考えていらっしゃるようだ。

これからは王国兵との厳しい戦いになるかもしれない。

利用できそうな物はできるだけ利用して準備をしよう。

「ふむ、ティムに手錠か、それもありだな……。首輪とか口枷《かせ》とかも落ちてないか？」

僕が尊敬の眼差しを向ける中、ギルネ様は【ヒール】で怪我人を癒やしつつ、辺りをキョロキョロと見回していた。


「また、助けていただき……我々はもうどう感謝をしてよいか……」

「感謝はまだ早い、君達みんなが安全にこの国を出る手段を探さなければな」

元『ブベツ』の皆さんにギルネ様は答える。

僕たちが傷ついた彼らの治療を終えた頃にはもうお昼を過ぎていた。

当初の予定通り、炊き出しをしてご飯を作って食べるとギルネ様は腕を組んで考え始める。

「例えば、ティムの【収納《ストレージ》】で彼らをしまえないか？」

「すみません、生き物は残念ながら収納できません……」

「う〜ん、さすがにそうだよなぁ」

そんな話をしていると、見覚えのある茶色いハットの男が三人の仲間を連れてこのスラム街にやって来た。

「おいおい、ティムにギルネじゃねえか。何してんだ？」

「ロック！　貴方こそ、どうしてここに⁉」

現れたのは僕たちをこのリンハール王国まで運ぼうとしてくれた商人キャラバンのリーダー、ロックとその仲間たちだった。

僕の問いかけに少し考えた後、ロックはオルタの姿を見て口を開いた。

「そこにいるのは貴族様か。ティム、どういうご関係だ？」

「――ロック、安心しろ。この貴族は王国兵を殴った大馬鹿者だ」

ギルネ様がロックの考えを見透かしたようにそう言うと、ロックは目を丸くした。

そして、いつものように大笑いをする。

「あっはっは！　殴っただって？　最高じゃねぇか！　貴族なんて王国の言いなりかと思ってたぜ！」

「馬鹿とはなんだっ！　あっ、こら、止めたまえ！　僕の高貴な頭をわしゃわしゃするな！」

オルタはロックに子どものように頭を撫で回されていた。

オルタを放すと、ロックは僕たちを信頼した顔で説明をする。

「商人仲間の一人が『ブベツ』の子どもに泣きつかれてな、俺たちはこの国での差別の事情を知ったんだ。そして『ブベツ』を全員この国から逃がす為に馬車を用意し終えた。結構な借金を抱えちまったが、何とかここにいる『ブベツ』二百人程度を全員運べる馬車の数と人員が揃った。王国による出国規制がかかる前にと思ってな」

そんなロックにギルネ様は口を挟んだ。

「ロック、お前は商人だろう？　そこまで大きく王国に歯向かったら商売が出来なくなるぞ？」

「だからバレないように急いでたんだ。今のうちにこいつらを連れて行って、荷台に乗せて国を出る」

「ど、どうしてそこまでして……僕は『ブベツ』の数人だけでもロックに救ってもらえればと思ってお願いしたつもりだったのですが」

「ティム、お前たちのおかげだよ。盗賊に襲われて、命拾いをして学んだことがあった」

僕の質問にロックは遠い目をして空を見つめた。

「――人の命は金じゃ買えねぇ。昔の俺達だったら躊躇したり、意見が割れたりしていただろうが、仲間全員が損得勘定抜きで『ブベツ』に手を貸すことに賛同してくれた。ティム、きっと俺たちも誰かにとってのお前たちみたいになりたかったんだろうさ……」

そう言ってロックは照れ隠しのように僕の肩を叩いて笑った。

ロックの仲間たちも頷いている。

僕は驚いた。

まさかロックたちが僕なんかに憧れていたなんて……。

僕がいつも前向きなロックのことを尊敬していたくらいなのに。

オルタがそんなロックに拍手を送った。

「素晴らしい考えだ！　ロックと言ったな？　君を我がエーデル家のお抱え商人にしたいくらいだ。請求書をよこしたまえ、馬車の代金は当家が支払おう」

「オルタはもうエーデル家を勘当されるんじゃないか……？」

ギルネ様の指摘にオルタは思い出したかのように渋い表情をした。

あれだけ自分の家柄に誇りを持っていたことを考えるとさすがに可哀想だ。

「それで、どの国に逃がすつもりなんだ？　難民なんて受け入れてくれるだろうか……」

「シンシア帝国に戻るつもりだ。新しく出来た救護院が凄い評判でな、ギルド長は〝女神様〟なんて呼ばれているらしい」

「シンシア帝国に新しい救護院ギルドが……？」

ロックの話に僕たちは首をかしげた。

一カ月の間、国を離れている間にそんな物が出来ているとは知らなかった。

「あぁ、『ギルネリーゼ』って馬鹿デカい冒険者ギルドがあっただろ？　それが救護院になったんだ、『フィオナ・シンシア救護院』っていうんだが。社会貢献が活発で、どんな怪我人でも生活困窮者でも受け入れてくれるらしい」

「……フィオナ？」

僕、ギルネ様、レイラとアイラの四人で顔を見合わせた。

そして、笑い合う。

「そのギルドなら絶対に大丈夫ですね！」

「おそらく、ガナッシュが何かやったな……全く、私がギルド長の時にもう少し真面目に――」

「あはは、ギルネ様、勘弁して差しあげてください。それで、レイラとアイラは……」

僕はおそるおそる二人を見た。

安全な場所があるなら、危険な僕たちの旅にはもう付いてきたくないかもしれない。

寂しいし悲しいけど、二人のためを思えばきっとその方がいい。

しかし、そんな僕の考えはレイラの大きな声に吹き飛ばされた。

「もちろん、ティム達と一緒にいるわ！　め、迷惑じゃなければだけど……」

「私も、ティムお兄ちゃんたちと離れたくない！」

二人は力強い瞳でそう言った。

思わず、その言葉が嬉しくて笑ってしまう。

僕だって二人とは離れたくない。

「じゃあ、俺たちは『ブベツ』を連れて――」

「おい、そこの者たち！　その場を動くな！」

ロックの声を遮って、また新しく聞こえたスラム街への来訪者の声に僕たちは身構えた。

先程追い払った王国兵が、もう増援を引き連れて戻って来てしまったのだろうか。

そんな恐れを抱きながら視線を向けると、冒険者のようないでたちで、覆面の男が立っていた。

男が覆面を取ると、見覚えのある顔が驚きの表情を浮かべていた。

「って、ティムとギルネ嬢じゃないか。王国兵を追い返したのは君たちか？」

「アサド王子!?　なぜお一人でここに？」

「シャルが教えてくれてな、第一王子のベリアルが王国兵を『ブベツ』の捕獲に向かわせていたと。跡を追おうとしたら、王国兵が逃げ帰って来たんだ。念のため門前で全員眠らせて縛って、シャルの部屋に監禁させてもらっている」

アサド王子はそう言って、治療された元『ブベツ』たちを見るとため息を吐いた。

「首もとの『ブベツ』の証が消えているな。ティム、君がこれを？」

「——やったら、何だと言うんだ?」

ギルネ様が僕の前に出てアサド王子を睨んだ。

その視線を真正面から受け止めるとアサド王子は堂々とした様子で言い放った。

「敬意を持って感謝したい。俺には出来なかったことだ」

「そう言えば、アサド様は差別反対を掲げていましたね」

「あぁ、そうだ。君には感謝を、そして……」

アサド王子は元『ブベツ』の皆さんに向けて深々と頭を下げた。

突然のことに人々は驚いている。

「皆さんには謝罪をしたい。皆さんを『ブベツ』にしてしまったのは……外でもない私なんです」

アサド王子は悔いるようにそう言った。


アサド王子は下げていた頭を上げると、元『ブベツ』の皆さんに話し始めた。

己の罪を……。

「皆さんは『ギフテド人』と呼ばれる人種です。特徴として、何か一つの能力に〝秀でて〟います。

……それ故に『ブベツ』に貶められたと言ってもよいでしょう。兄ベリアルを始めとしたこの国の権力者は、優秀な能力を持つ貴方がたを恐れ、力を持ってしまわないように差別を促しているのです」

差別の背景を知って僕は驚いた。

「そ、そんな事情があったのですね。それに反対するアサド王子はだから一人孤立して……」

「……それで？　なぜアサド王子が謝罪をしているんだ？」

ギルネ様はアサド王子への警戒を解くと、質問した。

「皆さんが『ギフテド人』だというのは私の職業《ジョブ》ソード・ドクターとしてのスキル、【診察《コンサル》】を使うことで判明します。私は王都の国民全員を【診察《コンサル》】して調べました」

「確かに、貴方に見覚えがあるわ……なぜそんなことをしたの？」

レイラはやや怒気を込めて聞いた。

「騙されたのです……。『ギフテド人』にはもう一つ特徴があります。それは、その血を輸血された者は、血液が結合し、変質してしまい、〝数年程度の余命となってしまう〟のです。私は間違って『ギフテド人』から輸血がされてしまう事故が起こらぬように証明としてリストバンドのような物を配っていくと聞かされていた……それがこんな消えない印まで付けられて……」

アサド王子は固く拳を握った。

「輸血か……最新医療だな、リンハール王国はそれが一般的になっているほどに医療技術が発達しているのか？」

「はい。どうやら俺が生まれた頃あたりから王と王妃の指示で医療分野に力を注いでいるようです。その指示を出した王と王妃が今は精神病で床に伏している状態なのですが……」

ギルネ様の質問に答えると、アサド王子は再び頭を下げる。

「すみません、本当はもっと早く打ち明けるべきでした。ですが、私には非難を受ける時間すら惜しかった。一刻も早く私が実力をつけて差別を撤廃しようと考えていたのです」

「――私たちが王城を訪れた時はやや腑抜けていたがな」

ギルネ様の指摘にアサド王子は頬から汗を流す。

「こ、恋の病とは恐ろしいものですね。初恋でしたし……。今は貴方に全く興味はないのでご安心ください」

「それはよかった。色恋沙汰なんかにうつつを抜かしていないで、早く解決しよう。仲間外れなんて、くだらないだけだ」

「もちろんです、私は必ず皆さんの力になります！」

ギルネ様の叱咤激励を受けて、アサド王子は力強く宣言した。

アサド王子なんて見たところ、僕とそう変わらない年齢くらいなのに……。

むしろしっかりとしすぎているくらいだと思うんだけど……。

「あ、あの！　アサド王子に聞きたいことが！　あ、あります！」

元『ブベツ』、改め『ギフテド人』の女の子が手を上げた。

アサド王子は女の子の緊張を解きほぐすような笑顔を見せつつ、しゃがんで目線を合わせる。

「力になる、何でも言ってくれ」

「あ、あの！　私には身寄りのない友達がいたのですが、ある日いなくなってしまったのです！

アサド王子は知りませんか？」

「心当たりはないが……特徴を教えてくれるか？」

「えっと、エプリルって名前で、黒髪で、よく白か黄色のTシャツを着てる男の子で……あと、足が凄く速かった！」

「エプリル君か……うん、分かった。探しておこう」

「──あ、あの！　僕の友達もいなくなっちゃって……！」

女の子に続くように数人の子ども達が手を上げた。

「分かった、じゃあ一人ずつ特徴を──」

「──ちょっと待って、王子様」

アイラがアサド王子を制止した。

「〝いなくなった日〟を聞いた方がいいかも。同一犯の人さらいが一度に連れ去ったのかもしれないよ、見たところ子どもしかいないみたいだし」

アイラの提案を聞いて、アサド王子は感嘆のため息を漏らした。

「なるほどっ！　じゃあ、まずは一人ずついなくなった日を聞いてもよいか？」

アサド王子の言葉を受けて一人ずつが〝いなくなった〟とそれに気がついた日を言った。

そして、共通点が浮かび上がる。

「全員、ほとんど同じ日だと……？」

「……じゃあ、いなくなった人達が同じように〝身寄りがない子〟だった場合は手を上げて。もしこれも共通していたら……」

アイラの質問に全員が手を上げた。

「――王子様。これは偶然じゃないね、問題が発覚しにくいように親族関係の下調べもされてる」

「アイラ嬢、君の賢さには頭が下がる。そして、いなくなった日付は〝俺が王都の全国民を診察した日〟かその後日。そして、身寄りがない者たちの情報を手に入れられたのは王族の関係者だ。差別を推進していることからも……ベリアル王子が主導でさらって幽閉している可能性がある」

アサド王子の推測にギルネ様が呟いた。

「だが、目的が分からんな……」

「そうですね、この国に王子は二人しかいない。ベリアルは俺より強いからこのままなら王位も継げる。国王である父は衰弱しているので今も実権を握っているのはベリアルだ……なぜ当時のタイミングでわざわざ誘拐を――待て、〝血液が結合し、変質する〟――？」

そこまで言うと、アサド王子は突然何かに気がついたかのように目を大きく見開いた。

「君、悪いが少しだけ血を抜かせてもらっていいだろうか？」

アサド王子が目の前の少年に声をかける。

「い、いいけど……俺は注射は苦手で……」

「大丈夫だ、痛みはない。【採血《サンプリング》】」

アサド王子はそう言ってスキルを発動し、いつの間にかスキルで血液を試験管に抜き取った。

そして、アサド王子自身も採血をして、別の試験管に入れる。

「【診察《コンサル》】……君の血には〝農耕の才能〟が宿っているんだな。これを、俺の血液と……」

アサド王子は試験管の中で自分の血と混ぜた。

試験管を振り、回転が収まると試験管に手を添える。

そして、再びスキルを発動した。

「【診察《コンサル》】……なるほどな、ようやく理解したよ」

アサド王子は混ぜた血液の状態を調べ上げるとため息を吐いた。

「これが……我が兄ベリアルの強さの秘密か。だから、『ギフテド人』をこの国に囲い込んだんだな……」

そう呟いてアサド王子は僕たちの方へと振り返る。

「分かったことがある。ティムたちにも話そうと思うんだが、ここじゃまずいか……」

「遮音くらいは私の魔法でできるが、周囲は『ギフテド人』に囲まれているからな。路地裏に行こう」

ギルネ様がそう言うと、聞いていたロックは発言をするために手を上げる。

「おい、俺たち商人は『ギフテド人』をシンシア帝国に逃がすためにここにいるわけだが……とりあえずここにいる『ギフテド人』はみんな連れて行っていいのか？」

「ロックさんでしたね。はい、お願いいたします。行方不明の『ギフテド人』の子どもたちの捜索と保護は私にお任せください。ひとまずロックさんもご一緒に話を――」

アサド王子がそう言いかけるとロックは瞳を閉じ、厳しい表情でアサド王子に手の平を突きつけた。

「――いや、悪いがこの件について関わるのは商人としてここまでが限界だ。俺だけじゃない、商人仲間たちの生活のためには事を荒立てたくないからな。このまま速やかにシンシア帝国まで『ギフテド人』たちを運んで、しばらくは大人しくさせてもらう」

そんなロックに対して、アサド王子は頭を下げた。

「気に病むことなどあろうはずがありません。大きなリスクが伴う中、人命を尊重しご協力いただき心より感謝いたします。そして『ギフテド人』の皆さん……本当にすみませんでした。必ずや『ギフテド人』の子どもたちを見つけ出し、送り届けます」

アサド王子の約束を最後に、ロックたちは『ギフテド人』を連れてスラム街を出ていった。

流石に人数が多すぎると目立ってしまうので、ギルネ様が【隠密《セクレシー》】という魔術でロックたち全員を目立たないようにさせた。

その際、僕とギルネ様はシンシア帝国に向かうロックに手紙を書いて渡して、伝言を頼む。

「西門の門番は平気なのか？　やる気はなさそうだったが、確かいたよな？」

「大丈夫だ、全員袋に詰めて商品に見せかければ検査すらしねぇさ。リンハール王国の西門の門番は全員顔見知りだしな、あいつらのことは俺がよく知ってる」

そう言って豪快に笑うとロックたちは別れの挨拶をして、裏道を通り馬車が待つ西門へ向かった。

そして、スラム街に残されたのは僕たち六人だけになる。

「ふむ、これなら周囲に遮音さえすれば十分だな【消音《サイレンス》】……これで周囲に私たちの会話は聞こえないだろう」

ギルネ様が魔法を唱えて指を鳴らす。

魔法を扱えない僕には何も変化していないように思えたけど、これで遮音はできているらしい。

「アサド王子、教えてください。一体何が分かったんですか？」

僕に促されるとアサド王子は頷く。

「先ほど『ギフテド人』の子と俺の血液を混ぜた血液を【診察《コンサル》】で調べてみた。血液が結合するという特性が気になってな。今までは輸血によって発生する事故からデメリットにしか目を向けなかったんだが――」

アサド王子はスラム街で理解した〝血の性質〟を僕たちに説明し始めた。

「だが、メリットもあった。『ギフテド人』の血液は〝他人の血液と結びついて、『ギフテド人』の才能も継承できる〟。身体が耐えきれずに寿命がかなり短くはなるがな。ベリアルはある時、急に力を付けた瞬間があったんだ」

アサド王子の話をギルネ様は難しそうな表情で聞いていた。

「なるほど……ベリアルは『ギフテド人』の血液を利用して強くなっているというわけか。兄としてのプライドか何か理由は分からんが、寿命が短くなってでもアサドに勝ち、王位を継承したかったと……？」

「で、でも何で子どもたちを誘拐したの？　もう自分が強くなったなら『ギフテド人』を誘拐する必要もないと思うんだけど……、そうよね？」

レイラが少しだけ自信なさげに訊ねた。

それに対してアサド王子は大きくため息を吐く。

「……兄は昔から野心家だった。俺には兄の〝目的〟が分かる」

アサド王子は怒りを堪えるように唇を噛みしめ、ゆっくりと口を開いた。

「シンシア帝国に〝戦争を仕掛ける〟つもりだ。『ギフテド人』たちの血を我が国の兵士達に注入し、強化してな……！」

僕とレイラはアサド王子の推測に驚愕した。

「シンシア帝国との戦争のため⁉　そ、それは本当ですか⁉」

「そ、それって、兵士たちの命も犠牲にするってことよね⁉」

アサド王子は静かに頷く。

そしてまず現在の二国の状況を僕たちに向けて整理した。

「まず、このリンハール王国はシンシア帝国と『不可侵の契約』を結んでいる。リンハール王国から貢物を送る代わりにシンシア帝国から侵略行為を受けない従属契約だ。これにより、隣国でありながら互いに警戒の必要が無くなり商業や産業、モンスターを狩る冒険者の育成に集中できる」

アサド王子の説明にオルタは頷いた。

「あぁ、シンシア帝国の方が王子の数も兵力も上だからな。とはいえ、シンシア帝国にとっても争いによる消耗は好ましくない。突然前触れもなく強大な魔物や第三国が襲ってくる可能性もある」

オルタが補足説明をする様子を見ると、アサド王子はなぜだか少しだけ表情を和らげた。

そして、「まだ、推測の域を出ないが……」と前置きをしたうえで話を続ける。

「兄はシンシア帝国への従属関係に不満を持っているようだった。毎日強くなる方法を模索しているとも耳にしたことがあるがシンシア帝国への奇襲を目論んでのことだろう。そんな無謀な考えを止めさせるためにも俺は王位を継承する必要があったんだ」

「でも、リンハール王国はそんなにシンシア帝国によって圧政を受けているようには思えないよ？」

リンハール王国の住人であるアイラが質問し、レイラも頷く。

「だが兄、ベリアルは気に入らないかのようにシンシア帝国への敵意を露呈することがたびたびあった。野心家なんてのは、みんなそんなものなのだろう、きっと帝国の下にかしずくことが耐えられないんだ」

「随分と他人事だな、兄とは仲がよくないのか？」

ギルネ様の問いに、アサド王子はため息交じりに答えた。

「昔はよかったんです。幼い私とよく遊んでくれた……しかし、ある日を境に私と全く話さなくなりました。私のような軟弱な考え方が気に入らないのでしょう。だからといって、自らや兵士の死を選んでまで無謀な争いを起こしたがるとは……」

「なんと愚かな王子だ。私利私欲に国民を巻き込む者に国を任せてはおけないな」

オルタは頭痛に耐えるように額に手を当てた。

そんなオルタの仕草を見て、またわずかに表情を和らげた後、アサド王子は真剣な表情で語る。

「せめてまだ兵士達には輸血されていないことを願うが……。とにかく、一刻も早く捕らえられた『ギフテド人』の子どもたちを保護しよう。すでに輸血をして強くなった兄はもう……助からない。だが、せめて俺がその暴走を止めてみせる……！」

アサド王子は悲しみを噛み潰すように拳を握った。

道を違えたとはいえ、ベリアル王子はアサド王子の唯一の兄だ。

できることなら生きていてほしかったのだろう。

僕はそんなアサド王子に声をかけた。

「……アサド王子、先程の『ギフテド人』とアサド王子の血液を混ぜた試験管を貸していただけますか？」

「別によいが……お、おい！　口には入れるなよ、ばっちぃからな！」

「アサド王子、僕は赤ちゃんじゃないんですから……」

「す、すまん。なんかティムは何でも口に入れちゃう気がして」

僕は試験管を受け取ると、中の血液に【洗浄《クリーン》】を使用した。

完全に結合したように思える血液だって、長年汚れを見極めてきた僕の目は誤魔化せない。

二種類の血液から片側を異物と見なせばいい。

そうすれば、〝汚れ〟として消し去ることができる。

「……もう一度、調べてみてください」

僕は【洗浄《クリーン》】を終えた試験管をアサド王子に返した。

アサド王子は再び試験管に手を添える。

「【診察《コンサル》】……これは！　驚いた、『ギフテド人』の血液が消えているぞ！　ティム、君は結合した血液を元に戻せるのか⁉」

アサド王子は驚きに満ちた表情で僕と試験管を見た。

「僕ならまだ貴方の兄、ベリアル王子を救えます。ベリアルは悪いやつだけど、死ぬことが償いになるわけじゃない。それに――」

今までの記憶を思い返す。

精神的に未熟な部分もあるとは思う。

でも思いやりがあり、常に人々のためを思っていた。

周囲にも気を配りつつ、努力をしていた。

だから、僕は思う。

「――アサド王子、この国の王位を継ぐのは貴方であるべきだ」

僕がそう言うと、ギルネ様も頷いた。

「もう色恋沙汰なんかで自分を見失うなよ、全く」

「手を……貸してくれるのか？　今ならまだ戻れるぞ？」

アサド王子はすでに泣きそうな表情で呟いた。

僕たち五人は全員で頷く。

「当然です！　まずは城に幽閉されている『ギフテド人』の子どもたちを早く救出しましょう！」

「そうだな、どんな扱いを受けているか分からない」

「衰弱してるかもしれないし、できるだけ早い方がいいと思うわ」

「みんなで力を合わせれば、きっと大丈夫だよ！」

「貴族であるこの僕が協力するんだ、完璧に救い出せるに違いない！」

アサド王子は膝をついた。

「有り難い……！　こんな、王国に真っ向から逆らうようなことに協力してくれるのは君たちしかいないだろう。涙を流して感謝したいくらいだ……だが――」

「あぁ、感謝をするのはまだ早い！　泣くのは、『ギフテド人』を全員救いだして、ベリアル王子を裁判にかけた時だ！」

オルタは胸を張って言い放った。

そんなオルタを見て、アサド王子は優しい笑顔で微笑んだ。

「――オルタ坊、残念だが君はお留守番だ」

「……うん？　すまない、今何と言ったのかね？」

オルタはアサド王子の言葉を聞き間違いと捉えたようだ。

アサド王子はなぜか穏やかな笑顔のままもう一度言った。

「……オルタ坊、悪いが君は今回の作戦には加わらないでほしい」

「――な、なぜだ!?　ここまでかっこよく胸を張ったのに!?　どういうことだ、説明したまえよ！　というか、僕のことを昔のように『オルタ坊』と呼ぶのは止めたまえ！」

オルタはアサド王子の胸ぐらを掴んだ。

アサド王子はなぜかさらに嬉しそうにニヤける。

「いいのか？　君は貴族なのに王子である俺の胸ぐらなんか掴んで」

「王国兵を殴ったことで僕は王国の反逆者だ。エーデル家を継げなくなることは決まっている。ならば、身分など関係ない！」

「さっき言っただろう、兵士たちは『念のため門前で全員眠らせて縛って、シャルの部屋に監禁させてもらっている』と。もちろん、今後もスラム街で起きたことは口外させるつもりはない」

「……つまり、どういうことだ？」

オルタが助けを求めるように僕を見てきた。

今まで完璧に見えたオルタもじょじょに粗《あら》が出てくる。

状況が二転三転すると分からなくなってしまうようだ。

僕としては親しみやすくなったけど。

「つまり、君は貴族に戻れるし、ベリアルが僕の能力で『ギフテド人』の血液を失って失脚したら今後はアサド王子のお世話になるかも知れないってことだよ」

「……アサド王子、首元にゴミが付いておりました」

状況を理解したオルタはアサド王子の襟《えり》を正して、手を離した。

しかし、納得がいかないような表情でアサド王子を睨みつける。

「オルタ坊、今回の作戦で王宮は混乱するだろう。君が一番良く分かっているはずだ。『上流階級が混乱したら、下流の民も混乱する』。オルタには事情を知る者として、屋敷に残り、平民を上手く導いて欲しいんだ。エーデル家の貴族としてな」

「し、しかしそれは……僕がティムたちを巻き込んだのに、一人のうのうと安全な所にいろと言うのか⁉」

オルタはたまらず叫んだが、貴族の責務との板挟みになっているような表情だった。

「それが貴族の在り方だ。目の前の平民を救うよりも君には大きな役割がある」

「ぬぅぅ……父と同じことを……」

「君の父は権力には屈したが、少数を犠牲に大多数の平民の暮らしを守っていたのだ。それも決して間違いではない、君はエーデル家を継ぐのだろう？　ここで全てを無駄にする気か？」

「うぅ……くそっ、仕方あるまい……」

煮え切らないような表情でオルタは地団駄踏む。

「作戦は、明日決行する。本人がいて調べられないベリアルの部屋以外は俺とシャルが調べておくが、それでも幽閉された『ギフテド人』が見つからなかったら恐らくベリアルの私室に幽閉されているのだろう」

「それよりも、僕が今夜ベリアル王子の寝込みにひっそりと【洗浄《クリーン》】をして弱くさせちゃえばいいんじゃないですか？」

僕は何とか絞り出したアイデアを提案すると、アサド王子は首を横に振った。

「いや、残念ながらそれは出来ない。レベルがある程度高いと感知のスキルは常に発動していて、眠っていてもそばに寄るとバレてしまうんだ、よほど深い眠りにでもついていないとな」

アサド王子の言葉にギルネ様は頷いた。

「うむ、そうだな。ちなみに私はティムが寝込みを襲ってきても寝たフリを続けるからな。安心して襲ってくれ」

「ふふふ、突然起きて僕を驚かせるおつもりですねっ！　騙されませんよ！」

意外とお茶目な一面があることを知っている僕はギルネ様のイタズラを見抜く。

「ティムお兄ちゃん……考えがピュア過ぎるよ……」

するとアイラが隣で何かをボソリと呟いていた。

「ティ、ティム！　私は多分、感知が使えないわ！　だから大丈夫よ！」

「いや、レイラも使えた方がいいんじゃない……？」

何が大丈夫なのか全く分からないレイラの発言に僕はツッコミを入れる。

脱線する話をアサド王子が咳払いで戻した。

「まず、目的を再確認しよう。最優先は囚われた〝『ギフテド人』の子どもを救い出す〟ことだ。次に、〝王子、ベリアルを倒す〟ことだが、ベリアル討伐は後日になってもいい」

「おい、本当に僕の助けは必要ないんだろうな？　もし戦うとなったらベリアル王子はかなりの強者なんだろう？」

オルタが落ち着かない様子で訊ねる。まだ手を貸すことを諦めきれない様子だ。

僕はそんなオルタに厳しい指摘をした。

「オルタはそもそも戦えないじゃないか」

「ティム、君だって戦えるか怪しいものだ。先程の戦闘も結局ギルネの魔術に助けられただけだっただろう」

オルタの反撃に、僕はぐうの音《ね》も出なかった。

その通りだ、僕が首を突っ込んだ問題なのに、僕自身は戦闘能力がない……。

みんなを巻き込んでおいて、あまりにも無責任だ……。

しかし、ギルネ様はそんな僕の側に立ってオルタに言い返した。

「ティムは戦い以外で活躍しているんだ。強力な装備を作ることだって出来る、私は今回もティムの作る服を着て戦うぞ」

「わ、私もよ！　何ていうか、ティムの服を着ていると安心するもの！」

レイラもそう言って、僕に期待の目を向ける。

そんな様子を見て、アサド王子が手を叩いた。

「なるほど、怪鳥ガルディアの突進からギルネ嬢を守ったのもティムの服か。ならば信頼は厚いな。ティム、ベリアルの職業《ジョブ》は〝ソード・ランナー〟だ。素早い動きで走り、剣技を使いこなす。斬撃に耐性のある装備を用意すれば有利に戦えるだろう」

アサド王子の助言も受けて、僕は決心した。

「わ、分かりました！　僕がギルネ様とレイラの服を全力でお作りします！」

ベリアル王子の斬撃を受けても身体を守ってくれる強力な服を仕立てる。

それが僕に出来ることだ。

「――ということだオルタ坊、俺もいるから安心してくれ。君は今こそ……本当の意味で〝貴族〟になるべき時だ」

アサド王子の言葉を聞いて、オルタは悔しそうに下唇を噛み締めた。

「……あぁ、分かった、分かったよ。悪かったな、諦めが悪くて」

オルタニア＝エーデル

Alternia Edel

Ascendance of a Choreman Who Was Kicked Out of the Guild.

美しすぎるこの僕を
縛りたい気持ちはわかるが！

好きなものは？

小説、英雄譚、紅茶、美しい花

苦手なものは？

完璧な存在なので無い（本人談）

レベル：1

ステータス▶▶ 腕力E　防御力G　魔力S以上　魔法防御S以上　速さG

冒険者スキル▶ 全て最低評価

異常に膨大な魔力を持っているが『類推』が出来ない知能障害により上手く扱えない。自分の障害を自覚しつつ、努力を怠らなかった。自信に満ちた態度は欠陥を持った自分への反抗と、平民を安心させて導くため。

第二話　『ギフテド人』救出作戦

時刻はお昼を回った頃。

やや不貞腐れたような様子で腕を組んで壁にもたれるオルタを他所にアサド王子と僕たちで明日の計画を立て始めていた。

アサド王子はギルネ様と、レイラが腰に下げている剣を見て訊ねた。

「この中で戦えるのはギルネ嬢とレイラ嬢の二人だけでいいんだな？」

アサド王子の問いかけに対して、僕はさすがに手を挙げなかった。

決闘で勝利したとはいえ、アサド王子も僕の実力は弱いと見抜いているんだろう。

ベリアル王子も、もちろん王族の血筋《ロイヤルライン》持ちだし、『ギフテド人』の血液を使って強化しているなら僕は何の役にも立てずに瞬殺されてしまう。

頷くと、アサド王子は自分の両手も使って説明を始めた。

「ティムはベリアルの部屋を調べてくれ、シャルは見張りに使える。俺はその間ベリアルを部屋の外で足留めするが、俺たちの目的がバレたらギルネ嬢とレイラ嬢も共に交戦して欲しい。ティムが『ギフテド人』を保護、脱出するまでの時間を稼ぎ、可能であればそのまま協力してベリアル王子を討伐する」

「——私はともかく、レイラは戦えるのか……？　モンスターと戦ったことがほとんどないならレベルも低いままだろう？」

ギルネ様は心配そうにレイラに視線を送った。

僕もそうだったけど、レイラもモンスターとの実戦経験は多分無かったはずだ。

モンスターを倒すことでレベルが上がって基礎ステータスが成長するので、いくら剣技を覚えて鍛錬をしていても実力に大きな差が出てきてしまう。

「私は……最初は二人の後ろにいるわ。何かサポートが出来るかもしれないし、それにこの剣があれば割と戦えるかもしれないわ」

そう言って、レイラは未だ戦闘では使われていない聖剣フランベルの刀身を見せた。

その剣を見て、アサド王子は驚く。

「この厳かな雰囲気……聖剣か!? 驚いた、城の宝物庫にもこんな逸品はないぞっ!?」

「や、やっぱりこれってヤバい代物なのね……？」

「あぁ、レイラ嬢はそれでいい。ギルネ嬢が倒れたら俺が足留めしている間に連れて帰ってくれ」

「おい、なんで私がお前よりも先にやられている前提なんだよ。ティムの服を着れば私の方が強いぞ」

「俺が先にやられて負けそうなら置いて逃げてくれ。反逆したとしても俺は王子だ。すぐに殺されるようなことはないだろう。危険なのは部外者のギルネ嬢たちだ」

不満そうに声を上げるギルネ様だったが、アサド王子は意に介すことなく話を続けた。

冷たいようにも見えるけど、きっとアサド王子なりの優しさなんだろう。

「――あの！　私もティムお兄ちゃんについて行きたいんだけど！」

アイラが不意に手を上げてそう言った。

「だ、駄目だよ！　アイラはまだ小さいんだから！」

僕は慌てて止めようとする。

すると、アイラは人差し指を合わせて申し訳なさそうに口を開いた。

「で、でも……ティムお兄ちゃんがちゃんと一人で子どもたちを見つけて保護出来るか心配で……」

「…………え？」

アイラの言葉に僕は愕然とする。

き、きっと冗談を言ったんだろう！

さすがに九歳の女の子に心配されてついてきてもらうわけにはいかない。

僕が笑って有耶無耶《うやむや》にしようとしたら、アサド王子がため息を吐いた。

「うん、アイラ嬢は幼いからと意図的に外していたが……正直、先程からの様子を見ていると心強い。聡明で、機転が利いて、誰よりも落ち着いている」

「ありがとう、王子様は年齢で判断はしないんだね。ティムお兄ちゃんごめんね、我儘言っちゃって……でも本当に心配で……」

「あ、アイラっ⁉　ぼ、僕だって戦い以外ならちゃんと役に立てるから！　そ、そうですよね⁉」

僕は自分の頬を流れようとする冷や汗を【洗浄《クリーン》】で消しつつ、ギルネ様にご意見を伺った。

ギルネ様とレイラは何とも言えないような生暖かい表情で僕に微笑みながら、沈黙する。

「それに、もしティムお兄ちゃんが見つかっても『部屋に入り込んじゃった子どもを捕まえてました』って言えば言い訳も出来るよ！　今回の相手は魔物じゃなくて人間なんだから！」

　アイラがトドメの一言を言うと、ギルネ様とレイラもついに頷いてしまった。

「ティム、念の為……念の為だ！　今回はアイラにもついてきてもらおう！」

「ご、ごめんなさいティム……。私もアイラがティムについている方が安心できるわ。ほ、ほら！　私とティムって少しだけ抜けているところがあるじゃない？」

　強がってみせる僕の言葉に賛同してくれる仲間はいなかった。

　二人とも物凄く気を遣いながら僕を説得している。

　やっぱり僕は頼りないんだろう……。うぅ……情けない。

「アイラさん……よろしくお願いします……」

「ティムお兄ちゃん、一緒に頑張ろうね！」

　僕が頭を下げると、アイラは嬉しそうに抱きついてきた。

　全員の動きが決まると、アサド王子は最後にオルタに念を押す。

「で、オルタ坊は屋敷で待機、国のごたごたで民衆が戸惑っていたらまとめ上げるんだ」

「あぁ、何度も言わなくても分かっている。それが〝貴族の務め〟なのだろう？　ここで君たちの話を聞かせてもらっているだけさ」

　オルタは両手を上げると、やれやれとでも言うように首を振った。

「ギルネ嬢とレイラ嬢が戦い、巻き込まれることも十分に考えられる。ベリアルは剣術しか使わないが、王族の血筋《ロイヤルライン》を持っている上に〝『ギフテド人』の血液〟で強化されてとても強力だ。十分に準備をしてきてくれ」

アサド王子の念押しに僕も答えた。

「分かりました。僕は〝斬撃耐性特化〟の装備をお二人分作成いたします」

「ティム、今夜服を作り始める前に少し〝注文〟をつけさせてもらってもよいか？」

「はいっ！　ギルネ様、何なりとお申し付けください！　しっかりとオーダーメイドいたしますよ！」

ギルネ様の期待の眼差しを受けながら、僕は返事を返す。

「よし、シャルを通じて城の使用人たちには全員避難をさせ、王国兵たちは出来るだけ城外への見回りに行かせる。俺はティムたちが来るのを城の自室で待っている」

アサド王子は僕に手を差し出した。

「『ギフテド人』救出の成功を共に祈ろう！」

「はいっ！」

僕は固く握手をした。


アサド王子やオルタと別れて、僕たちは宿屋に戻った。

オルタが戻る先はもちろん自分の屋敷だ、彼の〝社会勉強〟は有意義なものになったのだろうか。

すでに日は暮れ始めていて、明日に備えるためにも僕たちは早めに入浴をすることにした。

「ご、ごめんなさい……私がギルネと一緒にはお風呂に入れないなんて我儘を言ったせいで――」

入浴を済ませたレイラが、いつものように謝罪をする。

「いや、レイラよ。気にしないでくれ、私は一人で入浴するのも嫌いじゃないんだ」

「私もお姉ちゃんとギルネお姉ちゃんと、代わり番こで入れるから寂しくないよ〜」

レイラはどうやらギルネ様のような若い子に肌を見せるのが苦手なようだ。

僕が宿屋を改修して宿泊料金が跳ね上がったおかげで他の宿泊客はよい年齢の貴婦人ばかりだから、共同浴場に一人で行くのは大丈夫なようだけど。

もしかしたら、レイラは何か心に傷でもあるのかもしれない。

レイラは凄く魅力的だし、スラム街なんて場所にいたならもしかして覗かれることとかも――。

「……ティムお兄ちゃん、えっちなこと考えてるでしょ？」

「か、考えてない！　考えてないよ！」

アイラに耳元で囁かれて、僕は必死に否定した。

レイラは僕の様子を見て、湯上がりの湿り気を帯びた髪を揺らしながら不思議そうに首をかしげる。
ア、アイラ……冗談のつもりだろうけど、本当に止めてね？
このお二人に嫌われたら僕はもうお終いだから……。

あと、耳元で囁かれるのも変な気分になっちゃうからやめて……。

――諸々を誤魔化すように僕は話を切り出した。

「そ、それではギルネ様！　さっきのお話の続きをしましょうか！」

「なに？　私がお風呂に入っている間に何か話をしていたの？」

レイラは僕が作ったクッションに座ると、デブネコセーフティクッションを抱えた。

「あぁ、どこまで話したっけ？」

忘れてしまった様子のギルネ様に僕はもう一度話を振る。

「僕たちはSしかいないという話ですね。ギルネ様もS、僕もS、レイラもSですから。オルタがいたのは新鮮でしたね、アイツはMですから」

「そうだな、アイツは見るからにMだったな」

「僕も糸で縛った時に確信しました。『こいつはMだな』って」

「………………」

僕たちの会話をのぼせたような表情でレイラは聞いていた。

大丈夫かな、また鼻血とか出しちゃわないだろうか……？

そして、レイラは突如驚きの声を上げる。

「え、え、えぇっ⁉　ちょっと待って！　二人、いやアイラも含めて三人で、そんな話をしてたの⁉」

「あぁ、丁度良い機会だからな。そんな話になったんだ」

「丁度良い機会って……た、確かに手錠とか手に入れてたけど……というか、ティムはSなの⁉」

レイラは大声と小声を使い分けて何やら慌てていた。

「ちょ、ちょっと……大きい声で言わないで。僕も恥ずかしいんだから」

「た、確かに恥ずかしい会話ではあるけども……っていうか全員S⁉　いやいやいや……」

今度は何やら酷く顔を赤くして、ごにょごにょと呟き始めた。

「わ、私はどちらかというとMというか……ティムがSなら私はMでもいいというか……Mがいいと言うか……」

僕は今度こそ耳を澄ませてレイラの小さな声を聞き取る。

「えっ、でもレイラにMは厳しいと思うよ」

「わ、私頑張れるからっ！　ティムがSなら私はMでもいけると思うの！」

「ぼ、僕が基準なんだね……？　分かった、じゃあ〝試して〟みる？」

「えっ⁉　う、うん！　いいのっ⁉」

「うん。じゃあ、身体を出して」

何だかとても興奮した様子で、レイラは目をつむって僕に両手を広げた。

唇を少しだけ噛み締めて、何でも受け入れる体勢のようだ。

僕はレイラの希望通り、レイラの身体に〝ソレ〟を密着させる。

レイラは小さく身体を震わせた。

「……う〜ん、やっぱりレイラに〝Mサイズの服〟大きいよ」

「……あれ？」

レイラは目を開いて、自分の身体に押し当てられた洋服を呆然とした表情で見つめた。

ギルネ様は不敵な笑い声を上げる。

「ふふふ、レイラは背伸びをしすぎてしまったようだな。私よりも少しだけ身長は高いようだが、まだSサイズだ！　抜け駆けは許さんぞ！」

「やっぱり、全員Sサイズの判定ですね。まぁ、実際に服を作る時は【採寸《メジャー》】をするので、サイズの規格なんて関係なくなるんですが……」

「それでも期待したんだがな～、オルタはMサイズだったのがなんか負けた気がしてな」

「アイツは身長がありますからね、僕は糸で縛った瞬間Mサイズだと確信しましたよ」

「ティムお兄ちゃん、私は～？」

「アイラはジュニアサイズだよ」

「私も早く大きくなりたいな～、ティムお兄ちゃんがメロメロになるくらいに！」

「…………」

僕たちの話を聞くと、なぜだかレイラは顔を両手で覆った。

あれ……なんかこの感じ以前も見たことある気が――

「うわぁぁぁぁ～！」

突如、レイラは半狂乱状態になって地面に転がった。

「ま、またレイラの発作が！　アイラ、お願い！」

「いや、ティムお兄ちゃんが糸で縛り付ければ暴れなくなるよ！　手錠もかけてあげて！」

「よし、私が押さえつけるから、ティム、私ごといけ！」

「いえ、ギルネ様にそんなことは！　とはいえ、僕がレイラを押さえるわけにもいかないし――」

「じゃあ、私がお姉ちゃんとティムお兄ちゃんを手錠で繋げばいいんだね!?」

「ちょ、ちょっと待った！　なんかめちゃくちゃだぞ！」

「うわぁぁぁぁ〜！」


「大変お騒がせいたしました……」

レイラは僕たちに深く土下座をした。

「私は神聖な花園に紛れ込んでしまったスラム街の不浄な悪いネズミ……せめて花を荒らさないように慎ましく生きていきます」

「レ、レイラ⁉　本当に大丈夫⁉　何か悪い物を食べたんじゃ……とりあえず【洗浄《クリーン》】！」

急に詩を詠み始めたレイラに僕は焦る。

僕を置いてなんか頭良さそうなことしないで……。

場が落ち着くと、ギルネ様が改めて僕に期待の眼差しを向けてきた。

「さて、じゃあティム。これ以上遅くなるわけにもいかないな、明日の私達が戦うための服を作ってくれるか？」

僕は、力強く答える。

「はい、任せてください！　ギルネ様とレイラのお二人分。たっぷりと時間をかけて【仕立て《テイラー》】させていただきます！」

僕が作った服は、怪鳥ガルディアの突進には耐えられなかった。

でも今回は大丈夫なはずだ。時間は朝まで十分にある。そして戦う敵の情報もある。

「うむ、ティムもあまり無理はしないようにな」

「ご心配なく！　三人は明日に備えてしっかりとお休みください！」

「じゃあ、ティム。私もアイラを連れて隣の部屋で寝かせてもらうわね」

「え～、ティムお兄ちゃんと一緒にいたいなぁ。でも邪魔しちゃうよね……」

「アイラ、今日はいっぱい休んで、明日は僕を助けてね」

「うん、分かった！　ティムお兄ちゃん、明日は一緒に『ギフテド人』の子たちを助けようね！」

二人が扉を閉めるのを見送ると、僕は腕まくりをする。

ベリアルは剣の達人だ。とにかく、〝斬撃耐性〟を付与する――限界まで……それがお二人の命を守る、僕が出来る唯一の手段だ。

「ティム、明日は『ギフテド人』を救出したらすぐに帰還するんだぞ。私達がやられたと分かった時や自分が危ないと思った時も逃げていい、いや、〝逃げて欲しい〟」

「大丈夫ですよ、ギルネ様。僕はアイラを無事に帰さなくちゃならないんですから。無茶はできません」

「そうか……そうだな。じゃあティム、先に休ませてもらうよ。お休み」

「はい、ギルネ様。お聞きした〝ご注文〟の通りに作らせていただきます。では、おやすみなさい」

ギルネ様が布団に潜り込むのを見届けると、僕は明かりを一つの小さなロウソクのみにして机に向かった。ベリアルと戦うことになっても斬撃をとおさないくらい頑丈に――

それでいて、ギルネ様のご注文のとおりに――

僕は《裁縫スキル》を発動した。

ティム＝シンシア

Tim Sincia

Ascendance of a Choreman
Who Was Kicked Out of the Guild.

好きなものは？
奉仕、仲間、
いっぱい食べる人

苦手なものは？
剣と魔法、
勉強、お化け

レベル：1

ステータス▶▶ 腕力E　防御力G　魔力G　魔法防御G　速さF

冒険者スキル▶ 全てG

昔はシンシア帝国の王子として傲慢で我儘な性格だったが、王子としての立場を失った後も自分に優しくしてくれた使用人達に感動し、その仕事ぶりを尊敬し、心を入れ替えた。ギルネリーゼに初対面で女装姿を見られてしまったことを気にしており、男らしくあろうと奮闘している。ギルネ様に男らしく見られたい毎日。

第三話　その頃のシンシア帝国

——シンシア帝国。

城内の長い立派な回廊を抜ける。

頭を垂れる使用人たちなど気に留めることなく俺、セシル＝シンシアは歩いた。

そうして玉座の前で足を止めると、膝をついて目の前の相手への敬意を表す。

「第四王子、セシル＝シンシア。皇帝エデン＝シンシアの召喚に応じ、馳《は》せ参じました」

「うむ、セシルよ。よくぞ参ったな」

王子である俺の姿を見て、我が父、シンシア帝国の皇帝は玉座に座ったまためため息を吐いた。

それを見て、俺は気遣うような言葉をかける。

「父上、お疲れですか？」

「そう見えるか？」

「もう良い歳ですし、無理はされない方がよいですよ。八十歳でしたっけ？」

「七十歳だ。というか、歳のせいではないのは〝ワシのこの姿〟を見れば分かるだろう」

そう語る父の見てくれは確かに若かった。

金髪はツヤっぽくてシワも薄く、四十歳半ばかそこらにしか見えない。

「以前見た時よりもさらに若い……〝ティム〟による力は素晴らしいですね」

「あぁ、利用しすぎたせいかは分からんが代わりにあいつは力を失ったがな」

「俺にとっては好い気味でしたね。〝用済み〟になったアイツをずいぶんといじめてやったもんだ」

俺は靴を磨かせてはあいつの頭を蹴り、踏みつけてやったことを思い出して笑った。

何の才能もなくなったあのゴミクズは今頃どこかで野垂れ死んでいることだろう。

「ティム自身の力は惜しかったが、〝アイツが残していった物〟は想像を遥かに超えて強力だ」

「えぇ、僕や他の王子たちもずいぶんと強くなりましたよ。神域のダンジョンも踏破し、神器も手に入れました」

俺はそう言って神器『リュゼ』をその手に呼び出した。

歪な刃をしたこの短刀はあらゆる盾や鎧、物理障壁をも貫き通すことが出来る。

「以前の俺ならこの神器を使いこなせたかどうかも分かりませんが、今は神器を扱えています」

「素晴らしい……であればもう分かるな？　その力を使って〝何を成すべき〟か」

父の言葉に俺は笑みを浮かべる。

「もちろんです、この力があれば俺に〝支配〟出来ないものはない！」

「ふふふ……」

父は満足そうに笑うとワインを口に含んだ。

「俺はこの力で……アイリを支配してみせる！」

「ブーー！！」

父は盛大にワインを吹いた。

そして、大きくむせる。

「いや、世界を支配しろ！　なんで自分の国の姫を支配しようとしているのだ！」

「父上、ご存じないようですが……アイリの心の壁はとても強固なのです！　この神器『リュゼ』でも貫けないほどに！」

「神器を何に使おうとしている！　というか、お前がめちゃくちゃ嫌われてるだけなのになんでそんなに力強い瞳ができる⁉」

父は酷く息を切らすと、使用人に身体にかかったワインを拭かせた。

「父上、やはりお疲れで――」

「誰のせいだと思っておる。そして忘れるな、我らの目的は〝世界を支配〟することだ」

「……ですが、それは父上や他の王子達の力が完全に高まってから実行に移すのですよね？」

「そうだな、敵は人間族だけじゃない。強力な種族である竜人族《ドラゴニアン》や巨人族《ジャイアント》、『英雄』たちも動く可能性がある。準備は入念に行わなければならん」

予想通りの答えを聞いて、俺は不満を口にする。

「世界の支配なんて待ちきれません。俺はもう十八歳です、結婚もできる。アイリは非常に魅力的に育ちました、世界の前に俺はあいつを支配したい」

「めちゃくちゃ思春期しているなぁ……」

父は少し考えた後に口を開いた。

「いいだろう、アイリはお前の好きにしろ。ぞんがい我の強い女だが、お前に何か考えでもあるのか？」

「アイリは絶対に服従しません。誰よりも気高く、清純で美しい。……ですが、それはシンシア帝国の姫としての矜持《きょうじ》が彼女を支えているからでしょう」

「ほう、ということは……」

「はい、俺はあいつに〝自分の立場〟を自覚させます――」

俺は立ち上がり、父に宣言した。

「アイリを連れてリンハール王国に向かいます！　そして、理解させる、自分は所詮、シンシア帝国にとっての道具で、〝生贄《いけにえ》〟に過ぎないのだと……！」

俺はそれだけを父上に伝えると踵《きびす》を返す。

王宮の教会の鐘の音を聞きながら、アイリの部屋へと向かった。

お昼時を告げる鐘の音が王宮の教会から響く。

そんな音を物憂げに聞きながら、自室の窓際で私、アイリ＝シンシアは大きなため息を吐いた。

「はぁ……ティムお兄様。三年という月日が経った今でもアイリはお兄様が心配でなりません……お腹を空かせていませんでしょうか……怪我などされていませんでしょうか……」

祈りにも似た独り言を呟くと、私は再びため息を吐く。

そして、教会に行く為に服を着替えるとロザリオを手に持った。

直後、自室の扉が荒々しく開け放たれセシル王子が部屋に押し入ってきた。

「――アイリ！　今夜、俺とデートをしよう！」

「あ、あら、セシル王子。ごきげんよう……」

驚きとともに心の中で大きなため息を吐きながら私はセシル王子に応対する。

この人はいつも私に愛の言葉を囁きに来て、隙さえあれば身体を触ろうとしてきて、本当に迷惑している。

そして、何度お願いしようとも扉をノックせずに部屋に入ってくる。

私をペットか何かと勘違いしているのだろうか。

「セシル王子、残念ですが私は今日も教会でお祈りをする予定なのです。国民と、シンシア帝国の繁栄を願って――」

もちろん、言い訳だった。

ここでは〝シンシア帝国の姫〟として振る舞わなければならない。

しかし本当は毎日旅に出たティムお兄様の無事のみを教会で神に祈っている。

私の言葉に、セシル王子は納得がいかない様子で口を開いた。

「アイリはここ何年もずっと教会に入り浸りじゃないか、食事もほとんど摂っていないと聞いたぞ。少しは気分転換が必要だ」

セシル王子の言葉は真実だった。

私はティムお兄様のことが心配でずっと食事が喉を通らないでいる。

きっと、この目でご無事を確認するまではまともに食事や睡眠は摂れないのだろう。

だけど――

「ですが、セシル王子。この私の姿を見てください、体調が悪そうに見えますか?」

「う、うん……いや、健康そのものだ。いつも変わらず美しいよ」

そう、どういう訳か私の体調はいつも万全だ。

心はティムお兄様への心配で押しつぶされそうなのに、私の身体はケロリとしている。

もともと病弱だったはずなのに、ティムお兄様が私を難病から救ってからは凄く調子がよい。

「だが〝父上の意向〟でな、リンハール王国に行き、王城を視察するのだ。アイリ、お前を連れてな」

「お父様の……ご意向ですか?」

思わず首を捻った。

今まで一度もお城から出してもらったことすらないのに、急にこんなことがあるのだろうか。

というか、それはデートではない。

「……お父様のご指示であるならば従いましょう」

私はセシル王子の提案に乗った。

外界を見ることができる、またとない機会だ。

それに、私の弱い心はもう我慢の限界だった。

たとえ一パーセント未満でも、ティムお兄様に会える可能性があるなら外に出てみたい。

「決まりだな、今夜馬車に乗って国を出るぞ。明日の昼頃には到着するだろう。準備をしておけ」

「はい、分かりました」

セシル王子は何やら邪悪にも見える笑みを浮かべると私の部屋を出ていった。

出会えるはずなどないと分かっていても、私の期待は嫌という程に膨らんでしまう。

三年という月日は私にとって地獄のような苦しみだった。

ティムお兄様のお姿を見たい。

優しい声を聞きたい、頭を撫でて欲しい。

この身を捧げたい、望むことを何でもしてあげたい。

もう……夢に見るだけでは満足できない。

（ごめんなさい、本当はティムお兄様のご無事を祈るべきなのですが……今日は、今日だけは自分のどうしようもない欲望のために祈らせてください……）

私は教会で夜を待った。

ティムお兄様にお会いできることを神に祈りながら……。


――フィオナ・シンシア救護院。

「おい、フィオナ・シンシア救護院はここで合っているか？」

俺、ロック＝タイタニスは商人達と共に『ギフテド人』たちを引き連れて門の前で酔っ払っている男に話しかけた。

「うぷっ、おえぇぇ。何だ、敵襲か？　おらぁ、かかってこい！　きゅーごいんは剣聖である俺様が守――うおぇぇ」

男は再び吐くと、剣でも握るように酒瓶を構えた。

どうやら関係者であることは間違いないようだ。

こんな浮浪者まで受け入れているならきっと難民も受け入れてくれるだろう。

「俺は商人のロックだ。難民の受け入れをお願いしに来た。ティムとギルネからも依頼を受けている」

「おっ？　なんだ、ティムとギルネ様の知り合いかぁ～。じゃあ、これは返すぞ――うおぇぇ」

再び吐くと、男は短刀を俺に渡してきた。

その〝見覚えのあるデザイン〟を見て、俺は自分の懐《ふところ》を確認する。

俺が護身用に隠し持っていた短刀が消えていた。

「いつの間に……もしかしてあんたが――」

「――ガナッシュ様、何事ですか？　また借金取りのみなさんが押し寄せて来たのですか？」

緑髪の少女がギルドの門を開いて中から出てきた。

そして、俺の前で頭を下げる。

「こんなに大勢引き連れて……ガナッシュがご迷惑をかけてしまい申し訳ございません。お金は私が立て替えますので――」

「あぁ、いや。俺たちは借金取りじゃない、〝ティムとギルネに頼まれて〟ここに難民を連れてきたんだ」

財布を開いた緑髪の少女は、俺の言葉を聞くと目を丸くして固まった。

そして、財布を放り投げると急に俺の服を摑んで興奮したように喋り始める。

「ティ、ティム君が私を頼ってくれたの⁉　は、早く！　早く教えて！　私は何をすればいいの⁉」

その後ろで酔っ払いの頭に放り投げられた財布が着地した。

「おっ、ラッキー。財布が落ちてきた、これでまた飲みに行けるぜ」

「お、落ち着け！　何だここは、最高に変な奴しかいねぇじゃねぇか！」

俺はこの女の子をたしなめつつ、酔っ払いから財布を取り戻して返してやった。

「すみません、ティム君のことでつい取り乱してしまいました！　ささ、早く中にお入りください！　話は食堂でお聞きいたします！」

そして『ギフテド人』たちや仲間と共にギルドの門の中へと通してもらう。

正面に歩いて行き、ギルド内部の扉を開いてもらうと、中は大きな食堂になっていた。

俺は『ギフテド人』たちと共にぞろぞろと中に入って行った。

数が限られた食堂の椅子には旅で疲れている年老いた人や子どもに譲り合い、中央のテーブルには俺とフィオナ、その隣に酔っ払いが腰をかける。

そして、帽子を脱いでテーブルに置くと、俺はここに来るまでの経緯と事情を説明した。

「――では、ロックさんは迫害を受けている『ギフテド人』という人種の皆様をここに逃しに来たのですね？」

「あぁ、俺たちはティムたちに命を救われた。あいつらはすげぇよ、間違いなく最高の冒険者になるだろうぜ」

俺がティムたちを褒める度に緑髪の女の子は自分が褒められているかのように喜んだ。

先程の酔っぱらい――ガナッシュは俺の話を肴《さかな》にまた酒を飲もうとしたところをこの女の子に止められた。

結局、グラスに水を注いで飲んでいる。

「申し遅れました、私はギルド長のフィオナ＝サンクトゥス。彼はガナッシュ＝ボードウィンです」

丁寧に挨拶をするフィオナの横で、ガナッシュは大声で笑う。

完全にできあがっているようだ。

「そうかー、ティムは元気にやってるかー！　しかも、人助けをしてるみたいだな！　冒険者になってもあいつの雑用根性は消えねぇか！　あっはっはっ！」

「それがティム君の良いところです。ガナッシュ様、お酒はそこまでにしてくださいよ」

ガナッシュを咎《とが》めた後、フィオナは俺に毅然《きぜん》とした態度で向き直った。

「『ギフテド人』の皆様は人道的な観点から当救護院で保護いたします。ティム君の頼みならなおさらです」

「ありがたい、話に聞いた通りの善人だな。ティムの友達というのも納得だ」

「そ、そんな……ティム君とお似合いだなんて……」

「あっはっはっ！　そうは言ってねぇだろ、あっはっはっ！」

ガナッシュが大笑いを続ける正面で、俺はフィオナに感謝した。

だが、突然二百人も受け入れるこの救護院の経営も決して楽ではないはずだ。

俺も商売の傍ら、できるだけ物資をここに持ってこようと考えた。

「それと、ティムたちから手紙も預かっている」

「て、手紙⁉　ティム君から私にですか⁉　は、早く！　早く渡してください！」

基本的に落ち着いてはいるが、ティムのことになると我を忘れてしまうフィオナに、俺は戸惑いつつも預かった手紙を渡した。


〝フィオナ、一緒に頑張ろうって約束したのにギルドを出ていってごめん。救護院の名前を聞いた時、驚いたけど凄く嬉しかった。そして、『ギフテド人』を避難させるために頼らせてもらっちゃった。彼らは理不尽に差別され、辛い境遇に置かれている人たちだ、どうかお願いさせて欲しい。それと、僕は約束を果たしに絶対シンシア帝国に戻ってくる。それまで、どうか元気でいてほしい。じゃあ、また〟

〝ティム〟


手紙を読み終えると、フィオナはその紙を胸に抱きしめた。

フィオナの幸せそうな表情を見て、ガナッシュは笑いながらどさくさに紛れて酒を自分のグラスに注いでいる。

「あっはっはっ！　最高に酒が美味ぇ！　ロック、お前も飲んでくれ！」

「ガナッシュ、あんたにも手紙があるぞ」

「おっ？　マジか？」

意外そうな表情のガナッシュに俺はギルネから預かった手紙を渡す。

ガナッシュは割と丁寧に手紙を開いて、誰でも読めるように机に広げてしまった。


〝ガナッシュ、お前の悪行は全て知っている。お前が聖剣フランベルを奪われたという可愛い『山猫の魔獣』にも会ったよ。今は共に旅をしている。お前に会うのが楽しみだ。首を洗って待っていろ〟

〝ギルネ〟


手紙を読むと、ガナッシュはまた大笑いした。

「あいつら、レイラと一緒にいるのか！　あいつは天才だぞ、こいつは心強いな！」

「……ティ、ティム君他の女の子とも旅をしてるの……？　い、いや、私は役に立てればそれで満足だから……！　べ、別にティムくんが誰と仲良くなったって、むしろ喜ぶべきよね……！」

フィオナは明らかに落ち着かない様子で自分を納得させようとするかのように何度も頷いた。

俺は全く変わらない様子のガナッシュに感心する。

「結構物騒なことが書いてあるのにガナッシュは全然動じてねぇな……ちなみにそれを書いている

時のギルネはかなり暗黒な笑みを浮かべてたぞ、ティムが怖がってたくらいだ」

「そこまでご執心とは、モテる男は辛いぜ」

ガナッシュはやれやれといった仕草をすると、俺に勧める為だろう、新しいグラスを取り出してお酒を注ぎ始めた。

フィオナにはバレないようにこっそりと――

「すみません、ガナッシュ様。そのお水をいただきますね、ちょっと落ち着かないと――」

「ばっ、フィオナ！　それは水じゃなくて酒――」

ガナッシュの話も聞かずにフィオナは一気に飲み干してしまった。

グラスを置くと、顔を真っ赤にしたフィオナが頭をクラクラさせている。

「はれ〜、なんらか、良いきもち〜」

「酔いが回るのが速すぎるだろ！　おい、フィオナ、『ニルヴァーナ』を出せ！　自分に状態異常回復魔法をかけろ！」

ガナッシュが少し慌てた様子でフィオナの肩を揺する。

むしろ酔いを加速させてしまっているように思えた。

フィオナはガナッシュの手を振り払う。

そして、突然机を叩いた。

「ガナッシュ！　いつも酔っ払いのフリをして救護院の周囲を警備してるのは知ってるんですよ！ありがとう！」

怒鳴るようにして感謝を述べた。

ガナッシュは困ったように頬をかく。

「いや、それは本当に酔っ払ってふらついているだけだ……。まずいな、情緒がめちゃくちゃだ。ほら、ティムのことでも考えて落ち着け――」

ガナッシュがそう言ったのが始まりだった。

「ティム君……そうです、まったくもう！　ティム君ですよ！」

フィオナは大きなため息を吐く。

「そりゃ、いいんですよ？　ティム君は私なんかよりも他の素敵な女の子と幸せになるべきなんです。でも、一緒にギルドに入ってお互いに励まし合いながら三年間頑張ってきたんですよ？　それが突然ギルネ様なんて絶対に敵わない人に連れて行かれちゃって、もうティム君は私なんて見てくれません。それでも私はどうしようもなくティム君の役に立ちたいんですよ。あんなに優しくて、人のために尽くせる人はいませんから。本当に、本当に尊敬しているんです！　だから別にいいんですよ？　ティム君が他の人を好きになろうが、でも私にだってほんの少しくらい――」

せき止めていた感情を吐き出すかのようにフィオナは愚痴を言い始めた。

「……おぉ、これはむしろ止めない方がいいのかもしれないな。ほら、フィオナ、他にはないのか？　言いたいことは我慢せずに全部言っちまえ」

ガナッシュは明らかに楽しみ始めた様子で、フィオナに飲ませるためらしい水を注ぐ。

そして、自分の分の酒も忘れずに注ぐ。

フィオナは、今度はポロポロと大粒の涙を流し始めた。

「でもっ！　そんなことなんかよりもっ！　ティム君が元気そうで良かったぁ～！　わ、私、心配で……！　ギルネ様がいるから大丈夫だとは思ってたんだけど、ティム君は優しすぎるから何かで落ち込んだりしてないか本当に心配で……！」

ガナッシュはどこにあったのか綺麗な布切れでフィオナの涙を拭った。

そして、楽しそうに酒を飲む。

「大丈夫だ、アイツは俺たちが思ってるよりもずっと根性がある。ボコボコにされてもニーアを睨んでたんだぜ？　きっと何があっても乗り越えられるさ、それにあいつなら周りが手を貸してくれる。今回みたいにな」

「そ、そうですよね……！　ティム君たちを信じて私はここで頑張っていればいいんですよね……！　で、でも、ティム君って可愛いから、もしどこかの変態にでも狙われたりしたら――」

フィオナの感情の爆発は一向に収まりそうになかった。

さすがにこれ以上話を聞くのも悪いと思った俺は席を立つ。

「ガナッシュ、俺は『ギフテド人』をギルド内に案内するぞ？　俺の仲間たちもこのまま一泊させてもらう」

「あぁ、宿舎の空いてる部屋を使ってくれ。明日にはフィオナも元に戻って色々と案内をしてくれるはずだ」

「よし分かった。じゃあ、みんな、宿舎の方に行こう」

ガナッシュ＝ボードウィン

Ganache Bauduin

Ascendance of a Choreman
Who Was Kicked Out of the Guild.

好きなものは？
酒を美味しく飲むこと、恋バナ、ギャンブル
苦手なものは？
本気を出すこと

レベル：33

ステータス▶▶ 腕力A　防御力A　魔力G　魔法防御C　速さ(1)D

冒険者スキル▶ 剣(2)B

酒と恋愛話（特に若者）が大好き。素性は謎に包まれている。基本的にやる気がないが、美味い酒を飲むためには行動する。ギャンブルも好きで、よく自分の剣を賭けては失ってしまい代わりに木刀を腰に差していたりする。

フィオナが大泣きしている声を背後に聞きながら、俺たちは宿舎へと向かった。


「――ここで生活をするに当たって、皆様に大切なお願いがあります」

翌朝、『ギフテド人』たちを食堂に集めると、フィオナはいきなり指示を出してきた。

「昨日の私の醜態は忘れてください。ここでは私がギルドマスターなので逆らっちゃ駄目です、絶対に忘れてくださ……後は、お仕事、雑用を手伝ってくだされば大丈夫です」

『ギフテド人』たちが微笑ましい表情で見つめる中、フィオナは咳払いとともに少し顔を赤らめる。

まだとても若く、泣き虫なギルドマスターに恐らく『ギフテド人』たちも心の中では一致団結していた。

みんなでまだ幼い彼女を支えなければならない……と。

食堂の床ではガナッシュが一升瓶を抱え、荒々しく寝息を立てて眠っていた。


早朝の宿屋、『フランキス』。

ギルネ様が眠るベッドの隣で僕はうつ伏せに寝たまま自分のベッドの上でアイラに足で踏みつけられていた。

「――ティムお兄ちゃん……どう？　気持ちいい？」

「あ、ありがとうアイラ。す、凄く気持ちがいいよ……」

「じゃあ、もっといっぱい踏んであげるね！　えへへ、何だか楽しいな！」

背中の肩甲骨の辺りを中心に広い範囲を踏みほぐしてもらう。

アイラの小さな足が丁度マッサージに適していて気持ちがいい。

こうしてアイラにマッサージしてもらうことになった経緯は少し前まで戻る必要がある。

昨晩、僕は夜遅くまで《裁縫スキル》の【仕立て《テイラー》】でギルネ様たちの服を作っていた。

ガルディアに壊されてしまったあの服よりもさらに丁寧に、想いを込めて……。

五時間ほどかけて完成させると、ヘトヘトになってそのままベッドに倒れ込んだ。

——翌朝、いつもの習慣で早い時刻に目が覚めてしまう。

短い睡眠では疲れが取りきれず、かといって今日の作戦に向けた緊張で二度寝もできそうにない。

裁縫のせいで少しだけ腕回りの疲れを感じながら、僕は部屋の外に出た。

もしかしたら、レイラが早起きしてすでに剣の鍛錬をしているかもしれない、僕は様子を見に行くために廊下を通って中庭に向かう。

その途中の共用キッチンでアイラが本を読みながらコーヒーを飲んでいた。

アイラは苦い物が好物らしく、いつもコーヒーを気に入って飲んでいる。

とはいえ、さすがに九歳の子どもの身体にカフェインとかは毒だから僕が《洗浄スキル》で有害な成分を取り除いて作ったインスタントコーヒーをアイラが一人で作れるようにキッチンに用意してある。

アイラはそれを自分で淹れて飲んでいた。

そんな様子を見かけて挨拶をしたときに僕の疲れを見抜かれてしまい、アイラがマッサージを提案してくれた……という運びだ。

本を読んで、やり方は知っているらしい。

確かに、とても上手だ。

マッサージは手ではなく足でやった方が効率的らしい。

確かにこれなら、アイラも疲れない。

それにアイラは非力なので踏んでもらった方が力加減が丁度よい。

そんな中、ノックの音が聞こえた。

直後にレイラの声がする。

「——入るわよ？　外で剣の素振りをしてたらアイラが居なくなってたんだけど、こっちの部屋には来て——」

「大丈夫？　痛くない？」

「あっ、はぁ……大丈夫、気持ちいいよ。ちょっと変な声が出ちゃうね、あはは……」

「ティムお兄ちゃんの声、最高だよ……」

僕がアイラに踏みつけてもらっている最中にレイラが入室してきた。

ちなみにギルネ様はまだ隣のベッドでお休み中だ。

レイラは僕たちの様子を見て、静止してしまった。

確かに、珍妙な光景かもしれない。

僕は一応説明を始めた。

「レイラ、おはよう。これはアイラにマッサ――」

「わ、私も踏んでもらえないかしら⁉」

「お姉ちゃんも踏んで欲しいの？　いいよ～」

レイラもマッサージをして欲しいらしい。

剣の朝練をして疲れているんだろう。

土下座までして頼まなくても良い気がするけど……。

僕は十分にアイラに揉みほぐしてもらったので、お礼を言って立ち上がる。

「――じゃ、じゃあお願いします！」

「あはは、お姉ちゃん、ベッドの前で四つん這いになられてもどこを踏んでいいか分からないよ～」

「えっ……あ、頭とか？」

「いや、頭は凝《こ》らないでしょ……特に僕たちはいつも使ってないんだから……」

昨日から引き続き不思議な行動を見せるレイラに僕はつい呟いた。

すると、アイラが何やら名案を思いついたように手を叩く。

「そうだ、ティムお兄ちゃんがお姉ちゃんを揉んであげればお姉ちゃんは嬉しいんじゃないかな？」

アイラは僕がレイラにマッサージをするように提案してきた。

提案を聞いて、レイラは慌てて首を横に振る。

「わ、私がティムに『揉んでもらう⁉』そ、そんな夢みたいな……だ、駄目よ！　アイラ、それは駄目！」

「そ、そうだよアイラ！　僕は揉んだ経験なんてないんだし」

僕もマッサージが上手く出来る自信なんてなかったので慌てて否定した。

初心者のマッサージは逆に痛くさせちゃうって聞いたこともあるし。

それに僕だって男だ、レイラが触られたくないはずだ。

というか、僕も女の子の肩や背中なんて触れない。

「ティムは経験がないのね⁉　じゃ、じゃあなおさら駄目だわ！　私なんてうす汚れた人間には触っちゃだめ！　ティムが汚れちゃうわ！」

「えっ？　あぁそっか、レイラは朝の剣の鍛錬で身体が汚れてるんだね」

「か、身体というか……心というか……」

「さ、さすがに心の汚れは落とせないけど……というか、レイラは心も綺麗だから安心してよ」

レイラはまた自分を卑下してしまっていた。

やっぱり何もかもが完璧なギルネ様と自分を比べてしまうのだろう。

どうにか自信をつけさせてあげる方法はないだろうか。

そして、僕は【洗浄《クリーン》】をしてあげようとレイラに近づいた時に気がつく。

僕には《洗浄スキル》の【手もみ洗い《ハンドウォッシュ》】があるじゃないか。

これならほとんど触らずにマッサージが出来る。

「……レイラ、揉んであげられるかも。僕のベッドに腰掛けて」

「えっ⁉　う、うん！」

レイラは興奮した様子で腰掛ける、そんなに期待されると困るんだけど。

それと、問題が一つ。

この【手もみ洗い《ハンドウォッシュ》】はギルネ様も慣れないうちは足腰が立たなくなってしまっていた。

レイラも同じようなことが起こるかもしれない。

だから、ベッドに誘導する。

でも、疲労は確実に取れるはずだ。

「レイラ、少し触るよ」

僕はレイラの頭に手を乗せた。

「は、っはわ⁉　はわわわわわっ⁉」

レイラは目をグルグル回してしまった。

いつも【洗浄《クリーン》】を使う為に頭に手を置く時も顔を赤くするけど、今日は特に狼狽えている。

きっと警戒されているのだろう、手早く済ませてあげた方が良さそうだ。

出来るだけ弱めに、それでいて疲れが取れるように……。

僕は手加減をして【手もみ洗い《ハンドウォッシュ》】を発動した。

「……どう？　これでマッサージになったかな？」

「……マッサージ？」

僕はスキルを発動し終えてレイラに具合を聞いてみた。

レイラは僕の言葉を復唱する。

そして、自分の肩をくるくると回した。

「……鍛錬の疲れが取れてる」

「よかった！　これなら手を触れないで揉みほぐせるから、よかったらいつでも頼ってよ」

「……ありがとう」

それだけを呟くと、レイラは小刻みに身体を震わせながら部屋を出ていってしまった。

「……ぼ、僕、何か怒らせちゃったかな？」

「確かに、様子がおかしかったね？　私が見てくるよ」

そう言って部屋を出ていったアイラの報告によると、レイラは自分の部屋のベッドで布団にくるまっていたらしい。

どうやら眠くなってしまっただけだったみたいだ。


「おはよう、ティム！」

「おはようございます、ギルネ様！」

「おはよう、ギルネお姉ちゃん！」

目を覚ましたギルネ様に僕とアイラは挨拶を返した。

「ギルネお姉ちゃん、今朝は何だかいつも以上に元気だね！」

アイラがそう言うと、ギルネ様は満足げな表情で腕を組む。

「あぁ、凄く良い夢を見れてな！」

「それは良かったです！　今朝はアイラにマッサージをしてもらっていて、僕が隣で少し変な声を出してしまっていたので睡眠の邪魔をしてしまっていないか心配だったのですが」

僕の話を聞くと、ギルネ様は何やら納得した表情で頷いた。

「なるほど、だからあんなに良い夢を見ることができたんだな……あぁ、いや何でもない。気にしないでくれ」

そんなギルネ様の呟きに首をかしげつつ、僕はアイラにレイラを呼んでもらうようにお願いした。

すぐに、アイラに連れられてなぜか顔を赤くしたレイラが僕たちの前に来た。

「レイラ、何だか顔が赤いが大丈夫か？」

「だ、大丈夫よ！　剣の鍛錬をして、布団にくるまっていたから身体が熱くて！　本当にそれだけ！　心配しないで！」

顔は赤いものの、体調が悪そうには見えなかったので僕も安心しつつ本題に入る。

「えっとそれじゃあ……これがレイラの服で、こちらがギルネ様の服になります！」

僕が夜なべして仕立て上げた服が入った布袋をレイラとギルネ様にお渡しした。

「うむ、ティム。ちゃんと私の〝注文通り〟に作ってくれたか？」

「はい、ギルネ様！　バッチリです！」

僕がギルネ様に親指を突き立てると、レイラは不思議そうな表情で袋を受け取る。

「あぁ、そう言えばそんなことを言ってたわね。ギルネはどんな服でも絵になるから見るのが楽しみだわ！」

「アイラの為の服も作ったから、レイラと一緒に部屋で着替えてね」

「うん、ティムお兄ちゃんありがとう！」

僕はアイラにも洋服の入った袋を渡した。

身を守り、速く走れるようになる洋服だ。

これでいざとなったら走って逃げられるだろうか。

レイラとギルネ様の服には、僕が施せる限界の〝斬撃耐性〟を付与した。

戦わないのが一番だけど、これならベリアル王子の斬撃にもきっと耐えられるはずだ。

僕を残して、三人は部屋に着替えにいった。

僕が部屋の前を見張っていると、看板娘のエマが宿屋のカウンターに見えたので僕は手招きする。

エマは不思議そうな表情で僕の前に来た。

「エマにも服を作ってあげるね」

「い、いつもティム君に頂いてしまっているじゃない。それも私の家族全員分……」

「いや、ギルネ様に言われて気がついたんだ。『こういう服』もエマに作ってあげようと思って」

僕は綺麗なドレスを仕立ててエマに渡した。

エマはそれをキラキラとした瞳で受け取る。

「こ、こんなに綺麗な、お姫様みたいなドレス……貰っちゃって良いの⁉」

「ううん、お姫様にも負けないように僕は作ったよ。エマに貰って欲しい」

「あ、ありがとう……！　一生、大切にする……！」

嬉しそうにドレスを抱きしめるエマを見て僕は昨日の夜の〝ギルネ様の言葉〟を思い返す。

〝ティム、服は魔法みたいなものだ〟

〝素敵な服を着ると気分が晴れやかになるし、自信も湧いてくる〟

〝ティムの能力ならきっと人の背中を押すことだって出来るはずだ〟

〝だから私の『注文』は――〟

エマが嬉しそうに鼻歌を歌って自室へと戻って行くのを見送ると、部屋から着替え終わったギルネ様とレイラ、アイラの三人が廊下に出てきた。

レイラが開口一番に声を上げる。

「ちょ、ちょっと！　これ、間違えてるわよね⁉　アイラに着せられちゃったんだけど⁉」

「でも、サイズがぴったりだよ？　多分お姉ちゃんので合ってるよ！」

レイラはカジュアルなドレス服を身にまとって部屋から出てきた。

僕がギルネ様の〝ご注文通り〟にレイラの服をデザインしたのだ。

冒険者の服を身にまとったギルネ様はイタズラが上手くいったかのように含み笑いをした。

「ふっふっふっ、私がティムにお願いしたんだ！　レイラはスタイルが良いのにいつも地味な服ばかりティムに頼んで着ているからな！」

「ちょ、ちょっと待って！　これって戦闘服なのよね！？」

「レイラよ、安心してくれ！　性能は私の服と同じにしてある！」

「は、恥ずかしくて、私自身の性能が落ちちゃいそうだわ……」

そう言って顔を赤くしながらも、レイラは宿のエントランスにある鏡の前で何回も確認している。

しばらく鏡を見つめると、レイラはハッと我に返る。

そして、またいつものように少し自信がなさげな様子で僕たちに聞いてきた。

「ど、どう……なのかしら……？　似合ってるの……？」

「お姉ちゃん！　すっごく可愛いよ！」

「うむ、大国のお姫様みたいだな！」

二人は大興奮でレイラを誉めちぎる。

そんな中、僕はといえばドレス服を着たレイラに見惚れて思わず言葉を失ってしまっていた。

まるで宝石のようだった、つい息を呑んでしまう。

「ティムが絶句してるんだけど……こ、これ、本当に私なんかに似合ってるの？」

「お兄ちゃんもほら、何か言ってあげてよ！」

アイラに服を引っ張られて、ようやく気がつく。

――不安そうな表情で僕を見つめるレイラの瞳に。

「え、ああ、うん……えっと、安心した……かな？」

「安心……？」

レイラは首を捻った。

僕は口走ってしまった感想を補足するための言葉を何とか探そうとする。

「一瞬レイラじゃないのかと思って……。でも、声を聞いたらちゃんとレイラだったから、何だか凄く安心した」

「そ、そっか……うん、ありがとう！」

僕の口からは、自分でもよく分からない感想が出てきた。

それでも、レイラは満足そうに感謝の言葉を伝えてくれる。

以前ギルネ様がおっしゃっていた通りだった。

レイラはいつもどこか遠慮がちで、目立たないようにしている。

自分が楽しむことよりも、アイラの姉としてしっかりしようと自制している感じがした。

でも、今のレイラは素直に自分の姿を喜んでくれているようだ。

ギルネ様も嬉しそうに呟いた。

「ティム、君は魔法を使えないと言うが、十分に使えていると思うぞ。人を喜ばせたり、勇気づけたり、元気にする魔法だ」

「……そうなのかもしれませんね」

「あぁ、ティムらしくて素敵な魔法だと思う」

レイラの様子に感動を覚えつつ、僕は一つだけ気になっていたことを指摘した。

「……ところで、レイラは何でリンゴを手に持ってるの？」

「こ、小腹が空いたら食べようと思って、実は持ち歩いているの……このドレスにはポケットなんてないから……」

「ご飯が足りないなら言ってくれたらよかったのに！」

「ティムお兄ちゃん、お姉ちゃんは大食いだと思われるのが恥ずかしかったんだよ……」

アイラの指摘にレイラは手で顔を覆って頷いた。

レイラはよく間食をしていたらしい。

でも、レイラはいつも働きながら剣の鍛錬もしていたし、お腹がすくのは当たり前だ。

「そんなの気にしなくても……、でもせっかくだからドレスの腰下辺りに〝収納スペース〟を作っておくよ」

僕はそう言って、《整理整頓スキル》を付与した目立たない小さなポケットをレイラの服に付けた。

これならリンゴの一個くらいは【収納《ストレージ》】できるはずだ。

「あ、ありがとう……うぅ、恥ずかしいわ……」

「僕がいるときならいつでもご飯を作ってあげられるから遠慮なく言ってよ！」

「――では、朝食を頂いてもよいでしょうか？　ティム君の手料理が食べられるなんて楽しみです」

僕たちのものではない声に振り返ると、メイド服を着たシャルさんが宿屋の入り口に笑顔で立っていた。

まだ、約束の時間までは三十分くらいあるけど、早めに来たみたいだ。

「シャルさん、丁度いいです！　これからご飯を作ろうと思っていたところなので！」

「ですが、ティム君。もうあまり時間もないのでは？」

朝食の件は冗談で言ったのだろう、シャルさんは首をかしげた。

ギルネ様は得意げに笑う。

「ふふふ、驚くなかれシャルよ。ティム、私はおにぎりを頼む」

「かしこまりました！　――どうぞ！」

僕は調理を終えると、おにぎりと味噌汁、漬物のセットをテーブルに並べた。

レイラは今回も僕が調理する様子を目を凝らして見ていた。

頑張って勉強しようとしているのだろう。

「い、いつ見ても〝速すぎる〟わね……私はホットサンドとミルクティーを貰っていい？」

「ティムお兄ちゃん、私も同じのちょうだい！」

「あはは、本当はゆっくりと作ってあげたかったんだけど。時間がなくなっちゃったからね」

僕の調理を見てシャルさんは目を丸くした。

「ティム君、ぜひともウチのお料理担当に……！　とりあえず、メイド服を着ましょう」

「な、何でですかっ⁉」

ギルネ様は深く頷いた。

「いや、シャルの言うことも一理ある。ティム、メイド服を着てみよう」

「ギルネお姉ちゃん、さすがに一理ないと思うよ……？　凄く似合うとは思うけど……」

「ほ、ほら！　ティムも私みたいに着てみたら意外とその気になるかもしれないわよっ！」

僕はシャルさんのこの注文だけは男の意地として聞くことが出来なかった。

第四話　リンハール王城へ

「ごちそうさまです。お料理はとんでもなく絶品でした。優しい味のお味噌汁が疲れた身体に染み渡ります……」

そう言って、僕が作った朝食を食べ終えたシャルさんは満足そうに目を細めていた。

目尻にうっすらと涙も浮かべている……僕も使用人だったから少し分かるけど、凄く疲れているみたいだ。

「ではシャルさん、王城へと向かいましょうか」

「はっ、そうでした！　皆さんをご案内いたします！」

僕の言葉でリラックスモードから我に返ったシャルさんを先頭に宿屋を出ると、僕たちはリンハール王城を目指して歩いた。

ギルネ様は斬撃耐性特化の冒険者服、レイラは斬撃耐性特化のドレス、アイラは物理防御力が高まるジャンパースカートと敏捷性が高まる胸元までの長さのポンチョを着ている。

王城へと向かう道中、シャルさんが僕たちに状況を説明してくれた。

「行方不明の『ギフテド人』については、一晩中捜索しましたが発見できませんでした。ベリアル

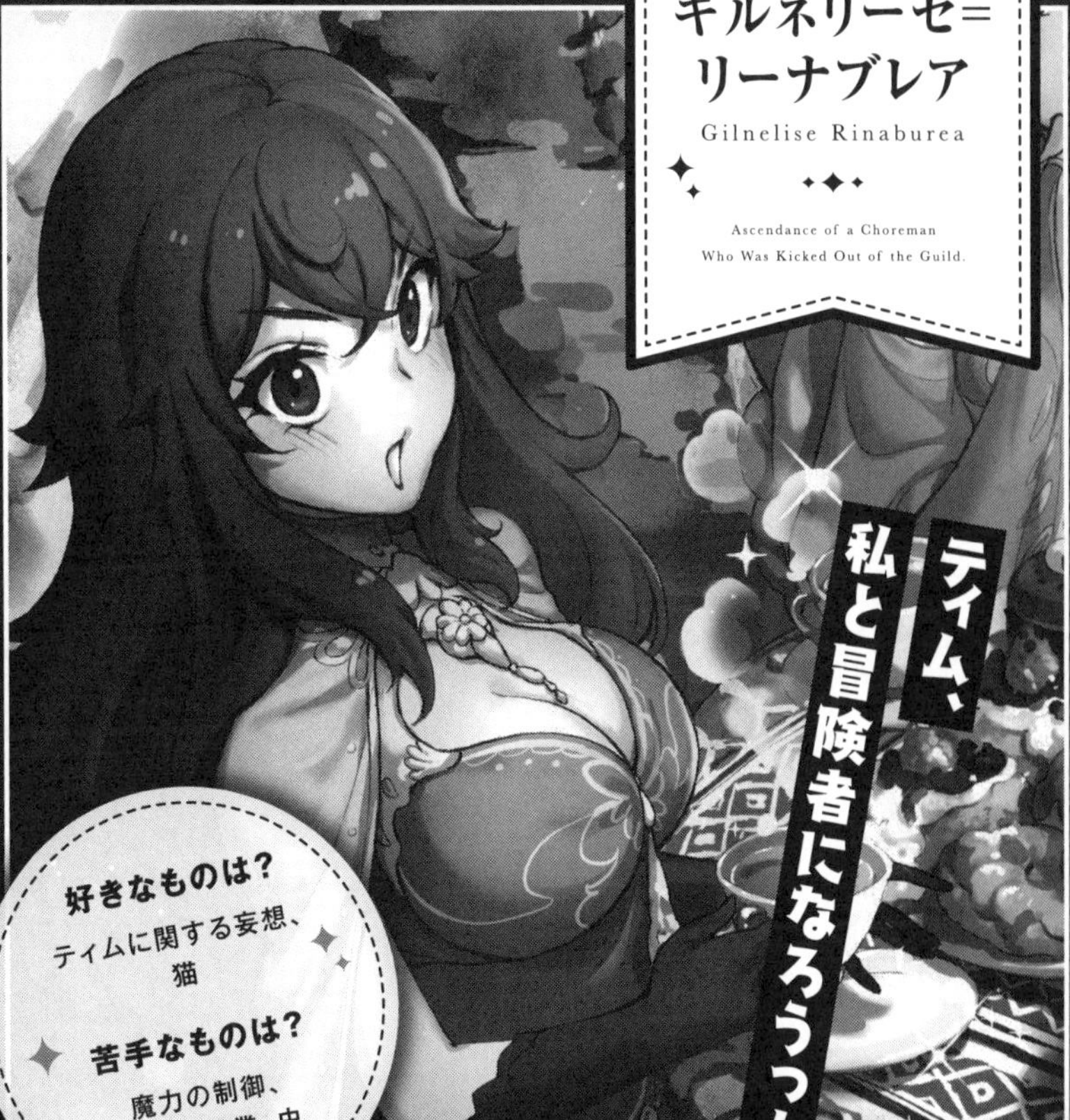

ギルネリーゼ＝リーナブレア
Gilnelise Rinaburea

好きなものは？
ティムに関する妄想、猫
苦手なものは？
魔力の制御、細かい作業、虫

レベル：29

ステータス▶▶ 腕力F　防御力G　魔力B　魔法防御B　速さG

冒険者スキル▶ 魔術（1）C　剣D

両親の形見の指輪を大切にしている。幼くして魔術で頭角を現し、巨大ギルドを作り上げた。しかし、ギルド員たちの為に頑張っていた自分は利用されているだけだと気が付き、嫌気がさしていたときにティムの存在を知り、部屋に呼び出した。雷魔法を好んで使う。ティムを初めて見たときも体中に電撃が走ったらしい。

王子は王城から離れることがほとんどありませんから、誰も入れようとしない私室が怪しいでしょう」

「計画的な犯行のようだからな。私室に隠すにしても上手く隠蔽しているはずだ」

「任せて！　私とティムお兄ちゃんで絶対に見つけ出してみせるから！」

アイラはそう言って自信満々に胸を張る。

「アサド王子が城内の護衛兵を城から外の任務に出して減らしておいてくれています。使用人たちもメイド長である私から屋外での業務を指示しましたので城内は閑散としているでしょう」

「えぇっ⁉　シャルさん、メイド長なんですか⁉　す、凄い……まだお若いのに」

「はい、私は優秀過ぎるので。といっても、今回の件が失敗したら私も反逆者に手助けした者として職を失います。そうしたらティム君が養ってくださいね」

「シャ、シャルさん軽く言ってますけどかなりのお覚悟なんですね……絶対に『ギフテド人』の全員を救い出して、ベリアル王子を止めましょう！」

そんな話をしているうちに王城がだいぶ近づいてきた。

「みなさん、ここから横道に逸れて右からリンハール王城に回り込みます。さすがに正面から城に入るわけにはいかないので、裏口に向かいましょう」

シャルさんに従い、僕たちは後をついて王城の裏口へと向かう。

やがて、王城の裏手にある穏やかな山を登り始めた。

「まずはアサド王子の部屋へとお連れしますね」

シャルさんは王城から渡り廊下が延びた山中の塔に着くと、入り口の扉を開いた。

僕たちが入る前に一度、注意深く内部を確認する。

「塔の見張りにはアサド王子から城外の業務の手助けに行くよう命令を出してあります。少し歩くことになりますが、ほとんど使われていないこの経路なら見つかることはないでしょう」

「うわ～！　裏口から入るのってなんだかドキドキするね！」

塔の内部に入ると、アイラは無邪気に楽しんでそんなことを言う。

「たしかに、子どもにとってはアスレチックみたいで楽しいだろうな。私はこの螺旋《らせん》階段を見た時点でうんざりしたが」

ギルネ様はそう言ってため息を吐きつつ塔内部の長い階段を睨んだ。

シャルさんを先頭に僕は皆さんの一番後ろを歩く。

「アサド王子から聞きましたが、ティム君はオルタ様ともお知り合いなんですよね？　オルタ様が王城へ訪問されるときはいつもこの裏口を使われていました」

「なぜだ？　正面から入城するとうるさくて追い返されるからか？」

「いえ、正面から入城すると多くの使用人たちに頭を下げさせることになって仕事の手を止めさせてしまうからだとかおっしゃってましたね」

「そんなこと考えるなんて……あいつ絶対に貴族とか向いてないわよね」

「たしかに、立ち振る舞い以外は全然貴族らしくないよね」

レイラとそんな会話をしつつ、シャルさんの後ろを僕たちはついて歩く。

ようやく長い螺旋状の階段を登りきると、頂上にたどり着いた。

光が漏れる扉を開くと——長い天空の渡り廊下が現れる。

地上に見える闘技場を眺めながら、ギルネ様は呟いた。

「ここは……ティムがアサド王子と決闘していた時に上空に見えていた渡り廊下か」

「はい、この廊下は闘技場の真上に位置しています。落ちないように気をつけてくださいね、この高さだとさすがに死んじゃいますよ」

「ティム、怖くないか？　ほら、私と手をつないで歩こう」

「ギ、ギルネ様……アイラの手をつないでもらえると嬉しいです。僕はおっこちたりしませんから……」

「わーい！　ギルネお姉ちゃん、手をつなごう！」

ギルネ様の提案に僕は顔を真っ赤にしてしまう。

ある意味もう落ちてます……。

こうしてシャルさんは僕たちを目立たないようにアサド王子の部屋まで連れてきてくれた。

室内では、腰に二本の短剣を差したアサド王子が僕たちを待っていた。

「来たか、『ギフテド人』の子どもたちは残念ながら見つからなかった。あと探していない場所はベリアルの私室だけだ」

「他の使用人にそれとなく聞いて回ったところ、ベリアル王子の部屋から子どもの声を聞いたという証言がありました。配下の者に大量の飲食物を自室に運ばせていたこともあるようですので、恐らく間違いないかと」

アサド王子とシャルさんが交互に僕たちに説明をしてくれた。

「俺がベリアルを呼び出す。その間にティムとアイラ嬢はベリアルの私室を調べてくれ」

僕とアイラは頷いた。

その際、ギルネ様はアサド王子にいくつか質問をぶつけ始める。

「私達もティムと一緒に調べたら駄目なのか？」

「ベリアルはどれだけ強くなっているか分かりません。私一人だと足留めにはならないかもしれないし、逆にギルネ嬢がいれば勝つことだってできるかもしれません」

「私たちが戦力になると思っているのはなぜだ？」

「私は一度ギルネ嬢に【診察《コンサル》】を使って貴方の魔導師としての高いレベルを知っています。ベリアルは剣術一辺倒で魔術が苦手ですから有効なはずです。そもそも、ティムの方はシャルやアイラ嬢が上手く兵士を誤魔化すこともできますし、戦闘になるようなことはないと踏んでいます。レイラ嬢も念のためこちらにいてほしい」

「分かったわ。『ギフテド人』の子どもたちの救出が最優先だものね……」

アサド王子の返答にギルネ様は僕をチラリと見て、仕方が無いように頷いた。

「――魔術といえば、オルタは私以上の魔力を持っているようだがな。今頃は屋敷で気を揉んでいることだろう」

ギルネ様がそんな話をすると、アサド王子は遠い目をした。

「はい……ですが、オルタ坊は駄目なんです。彼は、貴族になるために誰よりも努力をしてきた。あんなに立派に成長できたんです、もうこれ以上の障害は与えたくはありません」

アサド王子の言葉にシャルさんが反応する。

「王子、せっかくですし、オルタさんのことを少し話して差し上げたらどうですか?」

「そうだな。ティム、君達は彼の〝友達〟になってくれたんだろう?」

アサド王子の言葉に僕たちは全員微妙な表情をした。

「友達というか……あいつとは喧嘩ばっかりでしたね」

「まぁでも、良い奴よね。アイラを狙ってるのが嫌だったけど」

「わ、私はオルタさん好きだよ! 勉強仲間って感じ!」

「私はなんか嫌いだな、偉そうで。まぁ、一生懸命な姿勢は悪くないが……」

僕たちの反応を見て、アサド王子は無邪気な声で笑った。

この人の愛想笑いではない表情は初めてだ。

ひとしきり笑うと、アサド王子は一息つく。

「あれは……五年前だな。父上と共に貴族の家を見回っている中でエーデル家を訪問したことがあるんだ。そこで初めて、俺は書斎で勉強をしているオルタ坊に出会った——」

アサド王子は僕たちに昔話を始めた。


スラム街でアサド王子やティムたちと『ギフテド人』救出計画を聞いた日の夕方。

僕、オルタニア＝エーデルはティム達と別れてから、屋敷に戻り自室で日記を読み返していた。

貴族を目指し始めた幼少期から僕が毎日欠かさずにつけている日記だ。

僕は一ページずつ、懐かしむようにページをめくる――

そこにはこれまでの血のにじむような努力の日々がつづられていた。

――僕は産まれた時から知能障害に悩まされていた。

普通、赤子が自然と覚えるようなことも僕は人に教えてもらわないと習得が出来ない。

母は僕を出産した直後に亡くなってしまったので、母親代わりに使用人たちはみな辛抱強く僕の面倒をみてくれた。

口の動かし方、発声の方法、ミルクの飲み方。

たまに呼吸を止めてしまうことすらもあったので使用人たちが代わる代わる僕を見ていてくれていたらしい。

そんな僕が自分の障害を自覚したのは四歳の時だ。

その歳になっても僕は歩くどころか、ハイハイすら上手く出来なかった。

使用人たちが僕の手足を摑み、操り人形のように毎日身体の動かし方を覚え込ませてくれたおかげで僕は今日も二足歩行をするに至っている。

そんな覚えの悪い僕だが、劣等感を覚えるのだけは人並みの速さだった。

「――オルタ坊ちゃま、先程の考え方を使えば分かりますね？　五足す八は何になりますか？」

「分からないな、その式は見たことがないぞ？」

「先程、八足す五を解きましたよね？」

「あぁ、答えは十三だろうそれは覚えている」

「であればこちらも同じ答えになると推測できませんか……？」

「……？」

僕の教育係はいつも頭を悩ませていた。

貴族になる為には様々な分野の教養を得る必要があったが、僕は暗記以外は上手くいかなかった。

運動では上手く身体を動かすことも出来ず、魔道具を使用すれば魔力の加減が出来ずに何でも壊してしまう。

それでも僕はひたむきに努力を続けた。

法則が分からないのであれば数式と答えを全種類、覚えてしまえばいい。

立ち止まるわけにはいかなかったのだ。

「――オルタ、お前はエーデル家の嫡子だ。本当の貴族になりたいのであれば、平民を導くに足る器を備えなければならん」

「はい、お父様！　僕は必ずや人々を救う立派な貴族になってみせます！」

父上、オリバー＝エーデルに僕は誓いを立てていた。

〝貴族〟という立場こそが僕の心の拠り所だった。

僕は人々に助けてもらわなければ生きてこれなかった。

そんな僕が貴族に成れば今度は人々を助けることができる。

自分の存在意義だと思った。

絶対に手放すわけにはいかない夢だ。

劣等感など感じる暇がないくらいに僕は努力を続けた。


「——驚いたな、数式とその答えを全て暗記しようとしているのか？」

僕がいつもの通り、書斎で勉学に勤しんでいると、不意に背後から声がかけられた。

振り返るとよく日に焼けた浅黒い青年が僕の算術のノートを勝手に覗き見ていた。

恐らく、何度も声をかけたのだろうが僕は集中していて気が付かなかったのだ。

初めて見る顔に僕は席を立ち、優雅に挨拶をした。

「気がつけず、申し訳ございません。どちら様でしょうか？」

「王子のアサドだ。エーデル家を父上と訪問していてな、当主のオリバーさんから君の話を聞いて興味が湧いたから使用人に案内をしてもらって部屋に来てみたんだ」

青年の正体が王子だと知り、僕は一歩後ろに引いた。

僕を王族達との会合の場に呼ばなかったということは大体推測がつく。

嫡子である僕の〝障害〟について話したのだろう。

「——とんだ無礼をいたしました。貴族の嫡子でありながら王子である貴方のお顔すら知らずに——」

「いいんだ、知りようもなかっただろう。それに、無礼と言うなら勝手に君のノートを覗き見た僕の方が無礼だ」

「構いません、僕には見られて困るような物は何一つありませんから」

「そうか？　俺はある。人間なんてみな不健全で不完全なものだ。だから別に――」

「アサド王子」

僕は礼節を欠くと知りつつ言葉を挟んだ。

無駄に時間を取ってしまうと分かったからだ。

アサド王子は若くして医術を学んでいると聞いたことがある。

きっと、僕の障害の話を聞いて訪問のついでにカウンセリングでもしに来たつもりなのだろう。

僕が落ち込んでいるとでも思って。

――だとしたら大きな間違いだ。

「僕は〝自分の障害〟を理解しています。商人との交渉に必要な算術ですら、こんな状態だ。ですが、僕は貴族なのです。落ち込んでいる暇などない――」

僕は不敵に笑い、手を胸元に添えると宣言をする。

「僕は平民を守る立場なのです！　僕が常に自信を持っていないと平民は不安になってしまいます！　だから僕は、常に堂々とした笑みを浮かべて前へと進んでいるのです！」

アサド王子は呆気にとられているようだった。

僕は勝ち誇ったように頬を釣り上げる。

しばらくそんな僕の顔を見つめるとアサド王子は口を開いた。

「オルタ坊、それは……あまりに大変じゃないか？　毎日気を張って、勉強をして、友達すら作っていないと聞いたぞ？　他の生き方だって――」

アサド王子の諭すような言葉に僕は自分の立場を理解する。

父が「オルタにエーデル家を継がせるのは難しい」とでも言ったのだろう。

だが、僕は諦めるつもりなど毛頭なかった。

それだけが僕の存在意義だったから。

「友人と関わる暇などありません、僕はどうしたって人より遅れてしまう。それに僕は貴族です。友達とは喧嘩もするものなのでしょう？　僕が喧嘩をしたら家柄の問題になってしまいます」

覚悟を決めた僕の瞳をしばらく見つめる。

――そして、アサド王子は諦めたようにため息を吐いた。

「君はとても良い表情をするね。常に真剣だ、見ていて気が引き締まる」

「はい、僕の顔が良いのは自覚しております。すみません、格好よすぎて……不敬罪に当たりますか？」

「そういう話じゃないんだが……まぁ、自信があるのはよいことだ」

アサド王子は呆れたような表情で笑った。

「理解したよ、君が重い障害を持ちながらそれほどまでに真っ直ぐ立派に育ってこれたのは『貴族という立場』が支えになっているからなのだろう。野暮なことを言ったな」

そう言うと、アサド王子は腕をまくる。

「どれ、少し勉強を見てやろう。君の机の上を見せてもらうぞ、農業や地理も学習しているのだな」

「――っ!?　ちょ、ちょっと待ってください、アサド王子！　少し片付けを――」

突然の提案に僕は『あること』を思いだして焦る。

しかし、参考書に挟まっていた〝それ〟はアサド王子に見つかってしまった。

「うん？　この小説は――〝フレンズ・ディア・ノーブル〟じゃないか！　僕も読んでるぞ、というかこんなの読んでるってことはやっぱり友達が欲しいんじゃないか？」

僕の机に置いてあったのは青春小説だった。

身分を越えた恋愛、友情、すれ違いや諍いが目白押しの作品だ。

もちろん、勉強には必要がない。

「い、いや、違います！　それは仮眠用の枕です、厚みが丁度よいので！　僕がこんな小説にうつつを抜かす訳がないでしょう！」

僕は冷や汗をダラダラと流しながら激しく首を横に振った。

見られて困るような物は無いと言ったが、これは別だ。

この本には僕が羨むような欲望が文章や挿絵として余す所なく詰まってしまっている。

僕の態度を他所にアサド王子はペラペラとページをめくりながら会話を膨らませた。

「農夫の娘、ミリアが傲慢な貴族のサルマーニを殴るシーンは最高だったよな」

アサド王子の呟きを聞くと、僕はつい目の色を変えてしまった。

「ほう、なかなか見る目があるじゃないか！　だが、僕は第四章で貴族のドミニクが町娘のサテラに求婚をするシーンが――い、いいえ！　違います！　僕は何も知りません！」

僕が再び焦って否定をすると、アサド王子は愉快そうに笑った。

「……オルタ坊、君の努力に敬意を抱く。頑張れ、君なら立派な貴族にだって成れる。いや、成るべきだ」

そんなアサド王子の激励など聞こえない程に僕は狼狽していたことを覚えている。

それからはお互い別々の道だ。

互いに忙しかった、それぞれの夢を追いかけていた。

僕が王城を訪問しようとも、ほとんど話すことはなかった。

ティム達と共にスラム街で再会するまでは。


——日記を読んでいると朝日が手元に差し込んだ。

僕はページをめくる手を止め、窓の外へと目を向ける。

どうやら読んでいるうちに夜が明けてしまったようだ。

「——オルタ坊ちゃま、クリーゼです。入室してもよろしいでしょうか?」

「構わない。入ってくれ」

僕はボロボロの日記を閉じて机に置く。

思えば、随分と厳しい努力の独り旅を続けてきたものだ。

心が迷った時、挫けそうな時、僕はこの日記を見返して自分を励ましてきた。

クリーゼは入室すると、僕に頭を下げた。

「オルタ坊ちゃま、明日はいよいよエーデル家の継承の儀を執り行います」

「あぁ……ようやくここまで来れたな」

そう、僕は問題さえ起こさなければ明日には正式にエーデル家の当主と成れるのだ。

今までの苦労が全て報われる。

「当主、オリバー様もオルタ坊ちゃまであれば貴族の器として申し分ないとおっしゃっております」

「当然だ。僕はそのために日々研鑽を積んできた。僕の障害など問題にならないほどにな」

「はい。オリバー様は他の候補者も用意していたようですが、実の息子であるオルタ坊ちゃまに決めると大変嬉しそうに話されておりました」

クリーゼは淡々と僕に報告をする。

……これでよい。

僕は実のところ、そんなに心が強いわけじゃない。

そんな僕が虚勢を張って頑張ってこられたのは貴族として人々を守りたいという強い思いがあったからだ。

ここでティム達のもとへと駆けつけるのは幼き日からの僕を裏切ることになる。

スラム街でのアサド王子の言葉は方便だ。

王国への反逆に加担して僕が道を外さぬように理由を付けたのだろう。

〝君は今こそ……本当の意味で『貴族』になるべき時だ〟

あの時のアサド王子の言葉が、瞳が、僕の脳裏に浮かんでは正気を保たせようとする。

理性と衝動の間で目を回しそうになっていると、クリーゼは不意に僕の手を摑んだ。

そして、僕の手のひらを上に向けさせる。

「——オルタ坊ちゃま。大変遅くなってしまいましたが、これをお返しいたします」

クリーゼが僕の手のひらに置いたのは手ぬぐいだった。

「……これは、僕がメイドだったクリーゼの足の傷を処置した時の——」

「オルタ坊ちゃま、貴方のあの時の行動は貴族としては間違っていたのかもしれません——」

クリーゼは僕に微笑んだ。

「それでも私は、目の前の困っている人を放っておけない、誰も見捨てられないオルタ坊ちゃまが、本当の貴方だと思います。何か迷われているのでしたら、どうか本心の命じるままになさってください」

「…………」

僕はクリーゼから渡された手ぬぐいを強く握りしめる。

「ははっ、どっかにもいたな。困っている人を放っておけないような、頭で考えるよりも先に身体が動いてしまう何とも能天気で羨ましい奴が……」

散々小馬鹿にしていたあいつと自分が似たようなものだと知り、僕の口からはつい笑いがこぼれる。

そして、自分の頬を両手で叩くと、決心を固めた。

「——クリーゼ、頼みがある」

窓の外の鳥のさえずりくらいしか聞こえないほどにリンハール王城内は静かだった。

そんな中、僕たち四人はアサド王子の部屋で話を聞いていた。

オルタとの思い出を簡潔に語り終えると、アサド王子は締めくくった。

「——そういうわけで、貴族になることはオルタ坊が幼い頃からの悲願だ。障害を乗り越えて努力し、今では当主も納得させる程の器になった。衝動的に手放して良いものじゃないんだ」

アサド王子の話を聞いて、僕たちは納得する。

「なんだ、ティムと喧嘩をする度にオルタが喜んでいるように見えたのは友達が出来てはしゃいでいたのか」

「だからあんなに自分の立場にこだわっていたんですね……」

「オルタって昔からそんな性格だったのね……」

「オルタさん、凄いなぁ。普通なら自暴自棄になってもおかしくないのに」

アサド王子は僕たちの反応に満足そうに笑って、大きく息を吐いた。

その様子を見て、シャルさんも何だか嬉しそうに微笑む。

そして、アサド王子は再び気を引き締めるように真面目な表情で自分の両手にゴム製の手袋を着けた。

「よし、行こう！　みんな、僕とシャルに付いてきてくれ！」

部屋を出ると、使用人や兵士が通らない通路を使って僕たちは一階の西側にあるベリアルの私室に向かう。

これだけぞろぞろと歩いていても、アサド王子が一緒で堂々としていれば怪しまれるようなことはないんだろうけれど、話題にはなってしまうだろう。

そんな心配をしていたけど、上手く誰ともすれ違わずにベリアルの部屋の近くまで来ることができた。

通路の陰に全員で身を隠し、アサド王子は囁いた。

「ギルネ嬢とレイラ嬢は俺がベリアルを誘いだしたら気が付かれないようについてきてくれ」

「ティム君に渡しておきますね。ベリアル王子の私室のスペアキーです」

シャルさんは僕に鍵を手渡した。

僕たちはそのまま身を隠し、アサド王子がベリアル王子の私室へと向かうのを見守る。

――アサド王子が離れていくと、シャルさんが突然僕たちに頭を下げた。

「皆様、アサド王子を笑わせてくださりありがとうございました。私も頑張ってジョークを勉強したのですが、笑わせることが出来なかったので……」

シャルさんの発言に僕たちは戸惑う。

「シャルさんがいつも冗談を言うのはアサド王子を笑わせる為だったのですか⁉」

「はい、王子はいつも思いつめた表情で公務をされておりますので私が何とか笑わせたかったのですが、あの方を心から笑わせることは出来ませんでした。先程、初めて笑うお姿を見ることが出来て私はとても嬉しかったのです。みなさんがオルタ様の友人となってくださったおかげですよ」

シャルの告白に女性陣は感嘆の声を上げた。

「な、何て健気なの……！」

「本当は真面目な性格なのに、無理して頑張ってたんだね……王子様を笑わせる為に……」

レイラとアイラはお互いに手を合わせて感動していた。

その一方でギルネ様は遠くからアサド王子の後ろ姿を睨む。

「というかあいつ、こんなに思ってくれる女性がいるのに私に求婚したのか」

「い、いえ！　私はたかがメイドですので……あと、私としては王子とティム君が仲良くなって欲しいです……」

「えっ、どうしてですか？」

「それは私の趣味で――いえ、この話はまた今度にしましょう！」

僕の質問に珍しく慌てた様子のシャルさんは手を振って何かを誤魔化した。

そんなことをしている間に、アサド王子はベリアル王子の部屋の扉を叩く。

「――兄上、『決闘』をしましょう。次期国王の座を僕たち二人で決めてしまうべきだ」

アサド王子はいきなりそんなことを言った。

隠れながら僕たちは驚愕する。

「あ、あいつ、普通にお茶会とかの誘い出しでよかったんじゃないか？」

「いいえ、ベリアル王子はそんなの絶対に応じませんよ。逆に怪しさが目立ちます。これなら自然に足留めも出来ますし」

シャルさんが説明している間にベリアル王子が扉を開いた。

アサド王子よりもさらに高身長で筋肉質な肉体に大きな一本の剣を腰に差している。

「ふん、アサド。ようやく俺と戦う気になったのか。十分に鍛錬は積めたのか？」

「ええ、俺には強い意思があります。この国を、国民を守るという意思が」

「……そうか。決闘を受けよう、俺の準備もとうに出来ている」

ベリアル王子はアサド王子の誘いに応じて二人は闘技場へと向かった。

ギルネ様がレイラとご自身に手をかざして、呪文を唱える。

「【隠密《セクレシー》】私とレイラは闘技場で身を隠してベリアルが部屋に戻らないように足留めをしておく。ティムとアイラはその間にベリアル王子の部屋を頼む」

「はい！」

ギルネ様は存在感を薄くすると、レイラと共に物陰に隠れながら闘技場に向かった。

「それじゃあアイラ、僕たちも行こう！」

「うん！　ティムお兄ちゃん！」

「私は邪魔が入らないように部屋の外を見張っておきますね」

シャルさんには室外に立ってもらったまま、僕とアイラは鍵を開けてベリアル王子の私室に入った……。

ベリアル王子の部屋は書類が散らかってはいるものの、一見すると何の変哲もない宿屋でいう四人部屋くらいの大きな部屋だった。

ここが執務室で、机の側にある扉は寝室や浴室に繋がっているのだろうか……？

豪勢な毛皮の絨毯に、本棚、机もいくつか並べられていて、一角は書類で埋もれている。

時間がない、急いでそこら中を探し回らないと……。

見たところ、この執務室の中に複数の人間を隠せるような場所はない。

次に扉を開いて寝室や浴室を確認したけど、閑散としていて怪しい場所は無かった。

「やっぱり隠し扉のような物があるみたいだね」

「うん、怪しい場所を調べてみよう」

アイラの言葉に同意して、僕はまず一番怪しいと思った本棚の後ろを探そうと動きだす。

しかし、アイラが僕の服の裾を摑んで止めた。

「どうしたの、アイラ？　急いで探さないと……」

「ティムお兄ちゃん、こういう時こそ落ち着かないと。闇雲に探し始めるんじゃなくてまずは冷静に観察しよう」

そう言って、アイラは部屋全体を見回し始めた。

きっとアイラの言っていることが正しいとは分かる。

アイラは僕より賢いから。

だけど、僕は時間が差し迫っていることで思わずそわそわしてしまう。

僕も一生懸命部屋を見回すけど、何も分からない。

「――ティムお兄ちゃん、あそこの辺りが怪しいよ」

そう言って、アイラが指を指したのは西側の窓の前の何も置かれていない一角だった。

本棚や何か隠す為の物があるわけでもない。

「アイラ、僕には何も無いように見えるんだけど……？」

「私にもそう見えるよ。でも、だとしたらおかしいんだよ」

アイラは次に絨毯を指差した。

「この絨毯の毛が寝ている場所が一番多いのは私達が立っている場所だね、出入りで必ず通るから。次が、本棚の前、ここも足を運ぶからね。そして、あの何の変哲もないあの場所の前もなぜか絨毯の毛が寝てるの。頻繁に足を運んでる証拠だよ」

「そ、そっか！　じゃあ、あそこから調べてみよう！」

アイラの言葉に納得した僕はその場所へと足を運ぶ。

ペタペタと床を手で触っていたら、魔法陣のような物が現れ、地下へと続く扉が現れた。

アイラの推理は大当たりだ。隠蔽の魔法が施されていたんだろう。

僕一人で来ていたら見つけられなかったかも……。

「開かない……魔法の結界かな……？　なら、僕の《洗濯スキル》【漂白《ブリーチ》】で……！」

僕は行使してみたが、これは〝汚れ〟たり得なかった。

「……駄目だ、これは〝装置〟だ。道具を使って施錠しているのかな？」

「なら、私が解除をしてみる。魔法陣があるなら私の知識で解き明かせるかも……」

そう言って、アイラは魔法陣を読み始めた。

紙とペンをお願いされたので、僕は部屋に置いてあった物をアイラに渡す。

「古代ルーン文字だね、宝具で間違いないかな……もう少し時間があれば何とか解読できそう」

アイラは魔法陣を見つつ、凄い速度で紙にペンを走らせる。

一カ月ほど前は僕たちの名前を書けただけで喜んでたのに、立派になったなぁ……。

「――あの、ティム君。何か、扉の外からティム君の友達を名乗る人が来たのですが……」

部屋の外を見張っていたシャルさんが僕に呼びかけてきた。

友達……？

「あーはっはっ！　やはり友に手を貸さないのは僕の美学に反するからな！　ティム、助けにきたぞ！」

入ってきたのは見覚えのない青年だった。

整えられた短髪に、整った顔立ち。

シンプルな服装と靴はとてもおしゃれな着こなしだ。

外見だけでいえばアサド王子とも良い勝負だ、僕の友達にこんな美青年なんて――まさか……？

「オ、オルタなのか!?　お前、あのへんてこなオカッパ頭はどうした!?」

「由緒正しき〝エーデルヘアー〟のことかい？　僕はエーデル家を抜けることに決めた！　貴族で

あることが友を、人々を助ける障害となるならば、口惜しいが決別の証としてクリーゼに切ってもらったのだ！」

僕はあいた口が塞がらない。

「服も、胸元にバラをあしらって、キラキラした変なやつじゃないのか⁉　靴も先っぽが尖った変なやつじゃ――」

「さっきから失礼な奴だな、僕の貴族服や貴族靴も目立つからな。クリーゼに頼んだらこんなに地味な服を着せられたよ。ダサい格好にされてしまったが、僕の華麗な活躍で挽回するとしよう」

全く見慣れない姿のオルタが高笑いする姿に僕は呆然とした。

髪型や服装でここまで印象が変わるのか……。

ぼ、僕も髪を切ればもしかしてもっと男らしく――

「ティムお兄ちゃん、解析が出来たよ！　って誰その人⁉」

僕が馬鹿なことを考えている間に、アイラが解読を済ませた。

驚いているアイラにオルタはいつもの調子で口説き始める。

「アイラ、今日も美しいよ。紙とペンを持って一生懸命考えている君は美の巨匠による絵画と見間違えるほどだった。僕はこんなにダサい格好になってしまったが――」

「えぇっ⁉　オルタさんなの⁉　す、凄い……で、でも今はそれより！　魔法陣の解析の結果だけど、ちょっとギルネお姉ちゃんがいないと駄目かも……」

アイラは紙を持って説明する。

「この魔法陣の〝ここ〟と〝ここ〟に上手く魔力を注げば解除が出来るんだけど」

「でも、魔力を扱えるギルネ様は今レイラ達とベリアルの足留めに――」

「ふむ、魔力を注げば良いのか？」

オルタが顎に手を添えて僕たちの間に割って入った。

「でも、高度な魔力コントロールが必要で……オルタさんはそういうの出来る？」

「出来ないな。そういう〝感覚で出来る〟ようなことは僕は理解できない。勉強の仕様がないからな」

「そ、そうだよね……」

「だが、〝解除〟じゃなくて〝破壊〟でもいいんだろう？　僕は加減が出来ず、この手の装置を何度も壊したことがある」

そう言うと、オルタはアイラが指示していた二箇所に両手で触れた。

「破壊って……宝具を〝魔力の過剰注入〟で破壊する気!?　多分、とんでもない魔力が必要になるよ!?」

「宝具だって、魔道具の一つには変わりがないのだろう？　ならば安心するが良い。今まで僕が使用して壊れなかった魔道具はない！」

はた迷惑な自慢をすると、オルタが魔力を全力解放する。

膨大な魔力にリンハール王城全体が揺れ始めた……。

その頃エーデル家の屋敷では――

「読書の最中に失礼いたします。オリバー様、オルタ坊ちゃまがエーデル家の継承を拒否されるそうです。そして……当家を出てゆかれました」

クリーゼの報告を書斎で聞くと、当主のオリバー＝エーデルはやや微笑むようにしてため息を吐いた。

「――そうか、出ていったのか。……分かった」

「……驚かれないのですか？」

当主の意外な反応にクリーゼはつい訊ねる。

「……オルタは常に誠実で、向上心があり、目の前の人間を放っておけない誰にでも優しい子だ――」

オリバーは座ったまま、クリーゼの瞳を真っ直ぐに見つめた。

「――だが、優しすぎる。誰も見捨てることが出来ない。貴族とは、誰かを守るため誰かを犠牲にせねばならん時もある。あの子は貴族には向かないんだ。クリーゼ、君がそれを教えたんだろう？」

「私は手ぬぐいをお返ししただけです。全てはオルタ坊ちゃまがお決めになりました」

「悪いメイドだな。だが、それを聞いて安心した」

オリバーは椅子に座ったまま、目を通していた書物の続きを読み始めた。

そしてポツリポツリと語り始める。

「もちろん、オルタがエーデル家を引き継いだら誰よりも上手くやってみせただろう。平民を守り、いつだって貴族として最適な振る舞いを選択できるようになってくれるはずだ」

書物をゆっくりとめくりながら、オリバーは話を続ける。

「――だが、それはあの子の……オルタの本当の心を殺すことになる。だからと言って、重度の障害を乗り越える程に心の支えとなった『貴族』という立場をあの子から奪うのも間違っている。オルタ自身が納得した上で〝自分で選び取る〟必要があったんだ」

オリバーの悟ったような語りにクリーゼも察した。

「オリバー様……坊ちゃまが屋敷を抜け出したのも見抜いていて――」

「クリーゼ、お前の言い訳は酷かったぞ。なんだ、『オルタ坊ちゃまはお腹を下してトイレに籠もっています』って……よくそれで二日間いけると思ったな」

クリーゼは何が悪いのかが分からない様子で首をかしげた。

「きっと外でよい出会いがあったのだろう。自分の心を偽る必要のない、理想の生き方を見出したのだと思う。親として、これ以上に嬉しいことはない」

「……オルタ様はオリバー様に認められ、貴族に成るために誰よりも努力をされていました」

「分かっている。だからこそワシも選考に手を抜く気はなかった。そして……オルタは見事に実力で継承権を勝ち取った」

オリバーは手を止めることなく机に積み上げられた書物を一ページずつ丁寧に目を通していた。

それらは全て、算術や歴史、交易学などの猛勉強をしてきた、〝オルタのノート〟だった。

「ワシは一度も『頑張れ』とは言ったことがない。全てはあの子の――オルタの選択だ。ワシは親失格かもな……いつか苦悩するときがくると思うと、どうしてもオルタの背中を押してやることができなかった」

　クリーゼは口元を緩ませながら首を横に振った。

「オルタ様はオリバー様のお気持ちに気がついておられますよ。お忙しいオリバー様に代わり、オリバー様の命で我々使用人は頻繁にオルタ様にお茶やお菓子を運んでいましたから」

「ははは、言い訳が下手くそなのはワシも同じか。使用人に様子を見させていたのはバレていたんだな」

「……オルタ様は一度もお茶やお茶菓子を断りませんでした。遠くから見守る親の愛を感じておられたと思います」

「そうか、ワシになど憧れることのないよう、嫌われるくらいのつもりで接していたんだが……オルタは妻《あいつ》に似て、優しいだけではなく聡いからな」

　上を向いて軽く目を擦ると、オリバーは再びノートの続きを読み始める。

「オルタがこんなにも頑張れたのは『貴族という立場』のためではない、『人を助けたいという想い』によるものだ。本人も混同していたようだがな」

　オリバーの言葉を聞くと、クリーゼは得意げな表情に変わった。

「それを、私が気がつかせて差し上げたわけですね。手ぬぐいを坊ちゃまにお返しすることによって――」

「お前、今回の件がなければ手ぬぐいを借りパクするつもりだっただろ」

　六年間も手ぬぐいを返さなかったクリーゼにオリバーが指摘をすると、滝のような汗を流し始めた。

オリバーは諦めたような表情で笑う。

「償うつもりで、一つだけ教えてくれ。初めてこの屋敷を飛び出す時、オルタはお前に何と言ったんだ？」

オリバーの問いにクリーゼは額の汗を拭って答えた。

「はい、〝友達が欲しい〟と呟いておりました」

「そうか……。それがあいつの本当の気持ちか。ようやく出てきた我儘がそんな些細なことだとはな」

「本人はすぐに〝社会勉強だ〟と言い直していましたが」

「見栄を張るのも貴族の素質だからな。本当はワシと同じで小心者のくせに」

オリバーは笑いながらノートを閉じる。

「もう、『貴族』なんて支えはオルタに必要ないのだろう。つかまり立ちではない、これからは自分の足で好きに歩いて、人助けも友達作りもしてゆけるはずだ。自分の心のままに――」

そして、窓の外を見上げた。

「頑張れ、我が息子よ」

第五話　ベリアルとの決戦

「はぁ……はぁ……。届かない……か。くそっ、これではリンハール王国は……」

俺は二本の短剣を地面に突き立てて膝をついた。

勝者である兄のベリアルは目の前で剣を肩に担いでいる。

敗北した俺の呟きを聞くと、ベリアルはため息を吐く。

「案ずるな、アサドよ。俺は、王座を継ぐつもりはない」

「――っ⁉　何だと⁉」

意外なベリアルの発言に俺は驚いた。

ベリアルの目的は、国王になってシンシア帝国と戦争を起こすことではなかったのだろうか。

だが、シンシア帝国に対して並々ならぬ敵意を持っているのは確かなはず……。

「俺は〝王子〟を辞めるつもりだ、姿をくらます。アサド、お前がリンハール王国の次の国王になれ」

「い、いったい、何が目的なんだ……？」

「アサド……俺の目的は――」

ベリアルは剣を闘技場の床に突き立てた。

「兵士達を引き連れてシンシア帝国へ侵攻し、姫〝アイリ＝シンシア〟を略奪して殺害することだ！」

「――えぇ～⁉」

ベリアルの発言に身を潜めているはずのレイラ嬢が大声を上げた。

「レ、レイラ、声がでかい……！」

「だ、だって……ティムの最愛の妹よ……！　あいつ……絶対にここで止めないと……！」

レイラ嬢をたしなめるギルネ嬢の声も、しっかりこちらまで聞こえてしまっている。

まずいな……。
「アサド、誰か連れてきたのか？　共闘すれば俺を倒せるとでも？」
当然二人に気づいたベリアルがそう言った瞬間。
——突然、王城全体が震えだした。
予想外の事態に俺は周囲を警戒する。
なんだこれは、計画に無いぞ……？
様子を見たところ、ベリアルによる仕業でもないようだ。
ベリアルも剣を握ったまま周囲を警戒して呟いた。
「何だ、この揺れは——うん？」
振動がおさまると、ベリアルの指輪が割れて地面に落ちた。
あれは〝宝具〟か……？　遠距離から宝具を破壊した……？
可能なのか、そんなこと。
「ふっふっふっ！　ベリアル王子、追い詰めたぞ！　お前の企みも全て終わりだ」
宝具が壊れたのを見て、ギルネ嬢が仁王立ちで姿を現す。
そして、腕を組んでしたり顔をしてみせた。
——恐らくブラフだ。
ギルネ嬢もこの揺れと宝具の破壊の原因は分かっていない。
事情を知ったような表情で不敵な笑みを浮かべているだけだ。

だがその振る舞いが、この場の心理戦を制することができていた。

「なるほど……全て分かっていたというわけだな。スラム街に行かせた兵がなかなか帰ってこないのは少々疑問に感じていたが。――『ギフテド人』を解放したな……？」

全てを悟ったような表情でベリアルはため息を吐いた。

どうやら『ギフテド人』の解放は今の宝具の破壊と関係があるようだ。

ティムたちが上手くやってくれたらしい。

情報を引き出したギルネ嬢は見事だ。

全員の混乱をいち早く見抜いて最初に行動を起こした。

惚れ直してしまいそうだ。本当に頼りになる。

俺は両手の短剣をもう一度握り直し、宣言する。

「ベリアル、お前の計画に兵士たちの命を捧げさせるわけにはいかない」

「『ギフテド人』を逃がし、俺の計画を阻止しようというのか。ふん、お前なら――そうするだろうな」

ベリアルが話をしている途中、雷が落ちた。

しかしベリアルは身を翻して回避する。

ギルネ嬢の魔術だろう。

「――さて、お前を絶対にここで倒さなくちゃならない理由も出来たな」

「えぇ、理由は分からないけど、シンシア帝国に侵攻なんてさせない」

ギルネ嬢とレイラ嬢がベリアルの前に立ちふさがる。

ベリアルは俺達三人を前にして笑った。

「良いだろう。お前達全員を打ち倒し、俺は俺の道を走ってみせる」

そう言うと、ベリアルは身を屈めた。

異様な剣の構えだった。

腕立て伏せをするように両手を地面に付けたまま、右手で剣を握っている。

「二人とも、気をつけろ。ベリアルの職業《ジョブ》は〝ソード・ランナー〟だ、とにかく素早い。多人数の相手なんか奴にとってはむしろ戦いやすいくらいだろう」

「なら、先手必勝だ！」

ギルネ嬢が雷を撃った瞬間、ベリアルが「オン・ユア・マーク……」と呟き腰を頭の位置よりも高く浮かせた。

「ふっ！」

直後、息を吐き出すとクラウチングスタートを切ったベリアルは魔法を避けつつ俺たち三人へ向けてとてつもない速度で突進してきた。

「──っ⁉　【物理障壁《プロテクト》】！」

ギルネ嬢は避けきれず、物理障壁を張った直後にベリアルの剣撃を受けて吹き飛んだ。

俺は剣を両腕の短剣で捌き、レイラ嬢は飛び上がって何とか躱す。

「ギルネっ⁉」

「──大丈夫だ、さすがはティムの装備だな」

慌ててレイラが声をかけるが、吹き飛ばされたギルネ嬢はすぐに立ち上がった。

ダメージはほとんど無いようだ。

「この感触、〝斬撃耐性〟か……それもかなり強力な。みね打ちの方が有効だな」

ギルネ嬢の様子を見て、ベリアルが戦闘スタイルを変える宣言をした。

「あっ、お前卑怯だぞ！　斬撃にしろ！」

「俺への対策を万全にして、三人で襲いかかるのは卑怯じゃないのか？」

「私達は人助けをしているの、卑怯な手でも何でも使うわ」

レイラがそう言って聖剣フランベルを突きつける。

ベリアルは聖剣を見て少し関心を示していた。

「あぁそうだな。俺は悪人だ、『ギフテド人』の血を使い、兵士達の命を犠牲にしてでもアイリ＝シンシアを連れ去り、殺してみせる」

「それがこの国を支配してきたシンシア帝国への復讐になるのか？　少し前から野心深い奴だとは思っていたが、そんな真似で自己満足を満たそうとするとは、実にくだらないな」

俺はベリアルの馬鹿馬鹿しさを指摘しつつ、その速さに対応するために構えを変えた。

短剣を持ったまま両腕を自分の顔の前で立てる。

【手術《オペ》】の構えをとった。

「アサド、お前が真実を知るのはもう少し先の話だ。もう一度行くぞ？　オン・ユア・マーク――」

ベリアルは再び体勢を低くして構えると、ギルネ嬢を選んで突進をしてきた。

「一番動きが鈍いのはお前だな、魔術も厄介だ」

「させるかっ！」

俺は素早くギルネ嬢の前に回り込み、ベリアルの剣を両腕の短剣で受け止める。

「お前が好みそうな女だな。近頃腑抜けていたのはこの女のせいか？」

「んなっ！　なぜそれをっ⁉」

「――隙ありだ」

ベリアルはつい赤面した俺の腹部を蹴り飛ばして、再びギルネ嬢のもとに突進した。

「あの馬鹿は何をやっているんだ……だがおかげで魔法陣は描けた！　【撃ち抜く雷撃《トリガーライトニング》】」

ギルネ嬢の両腕がバチバチと音を立てて光を纏った。

手の親指と人差指のみを立てた形にすると、人差し指の先端からベリアルへ向けて雷が放たれた。

「よっ！　ほっ！　あぶねっ！」

「くそっ、ちょこまかと！」

「ちょっと、ギルネ！　そんなに撃たれると私も近づけないんだけどっ⁉」

ギルネ嬢はベリアルへ向けて何発も雷を撃つが、全てギリギリで避けられてしまう。

俺もレイラ嬢も二人の激しい戦闘に割り込めない状態だ。

そんな中、段々とベリアルはギルネ嬢と距離を詰めてゆく。

「――ゴール。残念、俺の勝ちだ」

そう言ってベリアルは目の前でギルネ嬢に剣を振りかぶった。

アサド＝リンハール

Asad Linhar

Ascendance of a Choreman
Who Was Kicked Out of the Guild.

好きなものは？
風呂、日光浴、
医学の勉強

苦手なものは？
恋愛

レベル：20

ステータス▶▶ 腕力C　防御力C　魔力C　魔法防御C　速さD

冒険者スキル▶ 双剣B　医術B

病（精神病）に伏せった両親を救うために医術を学んだ。薬を調合したり、相手の身体の状態を診たりする医術が使える。

しかし、ギルネ嬢は勝利を確信したような笑みを浮かべる。

「いや、私の勝ちだ【地中の機雷《ヘイトニング》】」

「――っ⁉　くそっ！」

ギルネ嬢が足元に隠していた魔法陣を発動させた。

激しい光と共に強烈な雷が二人を包み込む。

――しかし、すぐに雷は止んでしまった。

「危なかった……ビビって離れようとしていたら追撃でやられていたな。こいつは勝負師か……宝具が破壊されたことを思い出して良かった。〝魔法陣を壊せば魔術は発動しない〟」

膝をついたベリアルが、服の所々を焦がしながらため息を吐いた。

その目の前で、ギルネ嬢が倒れた。

二人の足元に書かれた魔法陣がベリアルの剣で傷つけられて破壊されている。

「ギルネ嬢が……くそっ！」

「さて、残りはお前たち二人だな」

ベリアルは軽く屈伸すると、再び身を低くして構えた。

「あとは剣士だけだ。アサド、お前は〝ソード・ドクター〟だったな。残念ながら純粋な戦闘職である俺の方が有利だ」

敗戦の色が濃くなった俺はレイラに指示を出す。

「……レイラ嬢、ギルネ嬢を連れて逃げろ。俺ができるだけ時間を稼ぐ」

「そんなことできないわ、だってこいつを放っておいたらシンシア帝国が侵略されちゃうし……」

「——それに、アサド。すでにフラフラのお前が俺を足留めなんてできるかな？」

そう言って、ベリアルは俺に突進した。

「くそっ、なんという速さだ！」

「速さだけじゃないぞ？　こっちは両手で剣を掴んでいるからな」

ベリアルは大剣で俺の双剣を片方弾き飛ばす。

残ったもう片方の短剣で俺は反撃を試みた。

「くっ！　医剣技【執刀《メス》】！」

「遅いっ！　走剣技【終着の加速《ディップ》】！」

胸を大きく張り出すようにして加速したベリアルの剣撃に俺はついていけない。

スキルが発動し切る前にもう片方の剣も弾き飛ばされてしまった。

武器を失い、体勢を崩した俺は、ベリアルが再び剣を振りかぶる姿を視界に捉えることしか出来なかった。

「……アサド、お前は何も間違ってない。お前の信じる道《レーン》を走れ……」

ベリアルの剣を振る姿と共にそんな呟きを耳に残し、俺は意識を失った……。

第六話　ヒーローは遅れてやってくる

――バリィィン！

オルタの膨大な魔力に耐えきれなくなり、宝具の魔法陣が音を立てて歪む。

そして、間もなく粉々になって消え去った。

アイラと僕は驚きの表情でオルタの後ろ姿を見つめる。

「嘘……、本当に宝具を壊しちゃった」

「し、城が揺れてたぞ、オルタ、一体お前はどれだけの魔力を――」

「そんなことより、この地下に『ギフテド人』たちが捕らえられているのだろう？　揺れを感じて不安なはずだ、急いで救出しに行ってやろう」

何でもないことのように言うと、オルタは地下扉を開く。

警戒を続けながら階段をくだると、中は魔道具で明るく照らされていた。

執務室の半分くらいの地下部屋では、ベッドや浴室、大量の食事が置かれた生活スペースにアイラくらいの年齢の『ギフテド人』の子どもたち十人くらいが僕たちを見て目を丸くしていた。

「だ、誰っ⁉」

「助けが来たの⁉」

そんな戸惑いの表情の子どもたちに僕は声をかける。

「みんな、大丈夫⁉　怪我はしてない？　とりあえず、【洗浄《クリーン》】！」

何日間も監禁されていたのであれば、怖いのは病気だ。

僕は全員を綺麗にしつつ、状態を確認する。

「ティムお兄ちゃん、大丈夫そうだよ。見たところ、弱っている子は居ないようだし、みんな面倒は見てもらっていたみたいだね」

アイラの言う通り、衰弱している子はいないようだった。

オルタも安心したようにため息を吐く。

「緊急性は無かったようだな、一安心だ。君達、この僕に続きたまえ！」

「そ、外に出られるの⁉」

「よかった、友達に会いたいよ……」

「血を抜かれて、外に出してもらえなくて……凄く怖かった！」

オルタの自信に満ちた態度に子どもたちは安心しているようだった。

こいつのこういう所は本当に尊敬できる。

「これでみんなをロックさんの仲間の馬車に乗せて、シンシア帝国まで逃せば私達の任務は達成だね」

「そうだけど……ギルネ様たちは大丈夫かな……」

「ティムお兄ちゃん。気持ちは分かるけど、信じるしかないよ。私たちじゃどうすることもできないし」

僕たちは『ギフテド人』の子どもたちを連れて静かに扉を叩く。

見張りをしているシャルさんが外側から開いてくれた。

「無事に保護できたようですね。ティム君たちと通って来た裏口が一番見つかりにくいです。皆さん私についてきてください」

僕たちは少し早足のシャルさんについていく。

冷静な表情をしているが、シャルさんも焦っているし、心配しているんだろう。

もしかしたらアサド王子が今も命がけで足留めをしているのかもしれない。

「ティム君、またこの後、闘技場の上の渡り廊下を通ります。気が付かれないように、少し上から様子を見てみましょうか……」

「でもティムお兄ちゃん、私達の役割はこの子たちを逃がすことだよ。心配でも、お姉ちゃんたちを信じて私達は通り過ぎて行こうね」

アイラの言葉に僕は頷く。

そのとおりだ、僕が行ったところで戦力になんてならない。

それにギルネ様もレイラもいるし、僕の作った服には最大限の斬撃耐性を付与した。

信じるんだ、あの三人がかりならきっとベリアル王子だって倒せるだろう。

でも、もし……もしも、ギルネ様たちがピンチだったら……。

僕が少しだけそんなことを考えていたら、オルタが僕の肩を叩いて小声で囁いた。

「ティム、人はどんな役割を持たされようとも『自分の心の声』には逆らえない。僕はそれを身を以って知った――」

きっと、心配で表情を曇らせていたのだろう。

そんな僕にオルタは話を続けた。

「――だから迷うな、身体が先に動いてしまうのが君だろう？　安心したまえ、君がどんな行動を起こそうとも僕が尻拭いをしてやるさ」

オルタは不敵に笑ってみせた。


――闘技場。

ギルネもアサド王子も倒されてしまい、私は恐怖で震える自分の足に何とか力を込めてベリアルを睨んだ。

「――さて、あとは聖剣持ちのお嬢ちゃんだけか」

「ギルネもアサドもやられちゃったけど……私が貴方をここで行かせるわけにはいかないわ」

私は聖剣フランベルを構えたまま、軽く左右に揺れた。

ガナッシュ師匠の酔っ払った千鳥足を思い出して……。

ティムが私に作ってくれたドレス服もヒラヒラと揺れる。

「奇妙な構えと揺れだな、動きが読めん」

「地面に両手をつけて構えるあんたに言われたくないんだけど……」

「一理あるな。すぐに終わらせて『ギフテド人』を連れ戻させてもらう」

言い終わらないうちにベリアルは私へと向けてスタートを切った。

一直線に向かってきたベリアルの高速の剣を、私は紙一重で躱す。

「とりゃ！」

さらに、私は回転した身体で反撃をしかける。

ベリアルは驚きつつ、私の剣を防いだ。

「驚いた、アサドよりも速いな」

「あんたほどじゃないわよ、あれだけ走ってまだ疲れてないの？」

「残念ながら、俺は長距離もいけるんだ……そして――」

ベリアルは呼吸が次第に早くなっていった。

「【走者の麻薬《ランナーズ・ハイ》】……このスキルで俺は疲れを超越して動くことが出来る」

「私だって長く戦えるわ、お腹が空いたらリンゴも持ってるし」

私は強がってみせた。

本当は長く戦えるとは思えない。

ベリアルの足運びは速すぎる。避け続ける間に私の体力が先に限界を迎えるだろう。

それでも絶対に倒れるわけにはいかない……。

じゃないと――

「大丈夫だ、そんなに長引くことはない。これで俺はさらに速くなった。今度こそ終わりだ。ゆくぞっ――――！」

スタンディングスタートからベリアルは私を斬りつけた。

さっきよりもさらに速い。

しかし、その剣は私には当たらなかった。

「くぅぅ！　これも躱すかっ！　走剣技【追い風《フォロー・ウィンド》】」

続けてベリアルは加速した剣で連撃を加えるも、私は直感的に避けた。

速さでは恐らく、ベリアルの方が速いのだろう。

それでも、私の身体はどうにかベリアルの攻撃を避け続ける。

「な、何という反射神経とボディバランスだ!?　その服もヒラヒラして間合いが摑めん……！」

偶然、今回着せられたドレス服がベリアルを翻弄していたようだ。

そういえばガナッシュ師匠からも聞いたことがある。

そんな戦い方をする〝ソード・ダンサー〟という職業《ジョブ》もあると。

ドレスを着て戦うと聞いて、憧れはしていた。

ティムのおかげで私は今そんな状態らしい。

「くそっ、攻撃が当たらんっ！」

「――――ふぅ……」

ついに体勢も整えた私は大きく息を吸い込むとスキルを発動した。

長期戦は不利だ。このチャンスを逃すわけにはいかない……。

――私は全力をここに込める……！

「酔剣技、【高濃度の太刀《ストロング・ゼロ》】」

「走剣技、【走者の足留め《スターティング・ブロック》】」

私はガナッシュ師匠直伝の剣技を発動した。

それをベリアルは防御スキルの剣技で受け止める。

――ギィィイイン!!

剣と剣がぶつかり合い、衝撃波と共に轟音が響き渡った。

「……くっ！」

「こ、こんなに重たい攻撃も出来るのか……！　剣が折れそうだ……！」

ベリアル王子の頬から一筋の汗が流れる。

防がれてしまった、私の全力の一撃が。

次だ、次の作戦を立てなくちゃ……！

絶対に倒れるわけにはいかない、私が守らなくちゃ！

ティムの大切な物を、今度は私が――！

しかし、つばぜり合いの最中に私の全身から力が抜けた――

「……だめ、ここで倒れちゃ――」

そう呟くも、私の身体は言うことを聞かずにその場で崩れ落ちた。

剣が手から滑り落ち、音を立てて地面に落ちる。

身体の震えが止まらない。

我慢していた呼吸が酷く荒くなってゆく。

私はもう……隠すことも出来ない程に疲弊していた。

ベリアルは私の様子を見てホッと安心するようにため息を吐いた。

「今のが、お前の全ての力を使った勝負の一撃だったのだな。安心したよ。そして残念だったな」

ベリアルは動けなくなった私の前で腕を肩ごとグルグルと回した。

私の剣技で腕を痺れさせることくらいはできたらしい。

でも……全く敵わない……。

「敗因はレベルの差だ。お前がいくつかは知らんが、基礎ステータスは俺の方が大幅に上回っていたようだ」

「はぁ……はぁ……。くっ、動け！　動け！　動いてよ……私の身体！」

私は何度も自分の身体にムチを打つが、とっくに限界を超えているようだった。

絶望的な思いで私はベリアルの大きな身体を見上げる。

ベリアルは私に剣を向けた。

「まさか、アサドでもなく魔導師でもないお前に一番手こずるとは思わなかったよ。だが、これで終わりだ」

ベリアルが剣を振りかぶる。

これからどうなってしまうのだろう。

ティムの妹のアイリちゃんはベリアルに殺されてしまうのだろうか……？

そんなの……ティムが悲しんじゃう……。

「ベリアル……私が死ぬまで何でもするわ。どんな命令にだって従う奴隷になる。だから、アイリちゃんを殺すのは止めてくれないかしら……」

私はすがるような気持ちでベリアルの瞳を見つめる。

ティムがどれだけ妹を愛しているかは知っている。

私がアイラのことを自分の命以上に大切にするように、ティムもアイリちゃんのことを大切に思っている。

代わりになれるのであれば、私は喜んで人生を差し出そう。

それで、ティムが張り裂けそうな思いにならなくて済むのなら……。

「……残念ながら、お前はアイリの代わりにはならん。あいつは――いや、何でもない」

ベリアルは言葉を飲み込んだ。

そして、剣を振りおろす。

私は覚悟を決めて目をつむった。

その瞬間――

「ベリアルぅぅぅう！」

突然、空から聞こえてきた少年の声の雄叫びにベリアルは手を止めた。

私が目を向けると、すでにベリアルの真上で少年がフライパンを振りかぶっていた。

「レイラに手を出すなぁぁあ！」

「そっ、走剣技、【走者の足留め《スターティング・ブロック》】！」

ベリアルは私への攻撃を中断した。

フライパンの攻撃に対して、あわてて防御スキルを発動する。

少年は弾かれ、私の方向へと吹き飛んだ。

そして、大きなクッションを生成して自分の身体を受け止めさせる。

ベリアルは突然の事態に困惑した。

「フライパン……？　それに、そのデカいクッションは一体どこから……」

クッションを消して、立ち上がるその少年を見て私は驚きの声を上げた。

「——ティムっ⁉」

「レイラ、そんなにフラフラになるまで……よく頑張ったね」

その少年——ティムは私の頭に手を乗せる。

そして、優しく撫でた。

私の瞳からは大粒の涙が溢れ出す。

「——後は僕に任せて！」

可愛い顔をしたヒーローは誰よりも素敵な笑顔を私にみせる。

そして、ベリアルにフライパンを突きつけた。

――数分前。

シャルさんの先導に従って、僕たちは『ギフテド人』の子どもたちを連れて城の裏口の塔を目指していた。

「ここの渡り廊下を抜ければすぐです！」

シャルさんがそう言った直後。

――ギィィイイイン!!

下から轟音が聞こえてきた。

剣と剣がぶつかりあった音だろうか、僕はシャルさんに促されるまでもなく急いで下を覗き込む。

渡り廊下からは円形の闘技場が一望出来た。

そして僕はその状況を目にする。

ギルネ様が倒れている……！

アサド王子もだ。そしてベリアルの前でレイラが膝をついていた。

僕は渡り廊下の手すりから身を乗り出した。

「――オルタ！　『ギフテド人』の子たちとアイラは頼んだぞ！」

「ティ、ティムお兄ちゃんっ!?」

「お、おい……ティム、お前まさか……!?」

考えるまでもなく渡り廊下からベリアルめがけて飛び降りた。

このままではレイラもやられてしまう。

攻撃を中断させないと。とにかく――あの剣を握った手を止めさせないと……！

僕はガムシャラに《調理スキル》からフライパンを【生成《ジェネレート》】する。

「ベリアルぅぅうう！　レイラに手を出すなぁぁあ！」

僕はフライパンを振りかぶってそう叫んだ。

ベリアルは驚愕の表情で僕を見上げる。

「そ、走剣技、【走者の足留め《スターティング・ブロック》】！」

ベリアルは攻撃を中断し、剣で防御の体勢を取る。

落下速度を利用して叩き込んだフライパンは防がれて僕ごと簡単に弾き飛ばされてしまった。

地面に墜落する前に僕はとっさに衝撃吸収クッションを裁縫で作り、自分の身体を受け止める。

「――ティムっ⁉」

レイラが驚きの表情で僕の名前を叫んだ。

喜びの表情ではない、疲労困憊で不安で堪らないような表情だった。

安心させなくちゃ……。

もう休んで良いって、後は僕が何とかするって……。

僕はレイラの頭に手を乗せると精一杯の笑顔を作る。

「レイラ……良く頑張ったね後は僕に任せて！」

オルタの自信に満ちた笑みを思い出しながら、僕はレイラに笑いかけた。

これならきっとレイラも安心して――

「嫌っ……！　ティム、逃げて……！」

しかし、レイラはポロポロと泣き出してしまった。

ま、まぁそりゃそうか……。

頼りにならなくてごめんなさい。

「レイラ、ギルネ様たちは大丈夫なの？」

僕はベリアルから視線を外さないままレイラに訊ねた。

「わ、分からない。でもティムの服のおかげで斬られてはいないわ、みね打ちをされているだけ」

「そ、そっか……でも急いでベリアルをどうにかしてギルネ様たちの手当をしないと」

ギルネ様に外傷は見当たらない。

今すぐ様子を見に行きたいけど、そんな余裕はない。

僕は気絶しているだけだと自分に言い聞かせて精神を落ち着かせる。

続けて、レイラに質問した。

「ベリアルの目的は、やっぱり王になって戦争を起こすことだよね？」

僕はどうにか戦闘を避ける方法はないかと模索した。

このままの一騎打ちだとどう考えても勝ち目はない。何か別の方法でベリアルの望みを叶えることはできないだろうか。

僕の質問にレイラは少し躊躇しつつ答えた。

「いいえ、ベリアルは王子を辞めて『ギフテドの血』で強くなった兵士を引き連れてシンシア帝国を侵略するつもりらしいわ、そ……それで――」

「――『アイリ＝シンシア』を略奪して殺害する。それが俺の目的だ」

「――えっ⁉」

ベリアルの言葉に僕は驚きの声を上げる。

まさかここでアイリの名前が出てくるなんて全く予想していなかった。

「な、何でっ⁉ どうして、僕の妹を⁉」

僕が狼狽している様子を見ると、ベリアルも驚いたような表情を見せた。

「ティム……？ 妹……？ もしかしてお前がティム＝シンシアか？」

「そ、そうだ！ なぜ妹のアイリに手を出そうとするんだ！」

僕がフライパンを突きつけて威嚇すると、ベリアルの目の色が変わった。

――深い、静かな怒りを帯びたものへと。

「そうか、お前がティム＝シンシアか……。お前のせいで――」

ベリアルは恐ろしいほどの殺気を僕に向ける。

肌がヒリつく、恐怖で息が上がる。

それでも僕はここで倒れるわけにはいかない。

「ティム＝シンシア、お前は……お前だけはここで確実に息の根を止めさせてもらう」

ベリアルの宣言にレイラは驚いて僕のズボンを引っ張った。

「そ、そんな！　ティム、お願い逃げて！　べ、ベリアル王子！　お願いします、勘弁してくださ
い！　私でよければ本当に何でもします。だからどうかティムだけは……！」

レイラは疲弊して動かない身体を無理やり引きずって僕の横まで来た。

そして、泣きながら懇願を始めてしまった。

「——どけ、娘よ。大丈夫だ、全力でいく。そいつは痛みすら感じないさ」

「レ、レイラ……し、心配しないでよ……ぼ、僕なら大丈夫だから」

震える膝で、僕は再び頭を下げているレイラの前に立った。

後ろ手でレイラの頭に触れ、《洗浄スキル》の【手もみ洗い《ハンドウォッシュ》】を使った。

出来るだけ疲労を取り除く為だ。

これでどうにかレイラだけでも逃げられないだろうか。

——僕が命を賭してベリアルに食い下がっている間に。

ベリアルは身を低くして構えた。

突進してきそうな構えだ。もう気を抜くことはできない。

「『ギフテド人』たちはまだ城内を出ていないのだろう？　お前を殺して、すぐに連れ戻せるな」

「……さ、させない！　お前は、僕が倒す！」

「残念ながらそれは無理だ。手を抜くことはしない、〝最高速〟でいかせてもらう。オン・ユア・

マーク……」

膝を震わせながら、僕はフライパンを構えて宣言した。

駄目だ、こいつは何としてでもここで倒さないと……！

このままじゃ、ギルネ様もレイラもアイリも……みんな殺されてしまう！


「ど、どうしましょう……このままじゃティムが……」

フライパンを構えるティムの後ろで私、レイラ＝クロニタールは一生懸命に考える。

ティムの【手もみ洗い《ハンドウォッシュ》】を受けても、私は腕が上がるようになった程度だった。

このままじゃ、ティムを守ることも、連れて逃げることもできない。

「――ふんっ！」

ベリアルがスタートを切る。

とんでもない速度だ、もう考える時間はない。

泣き出してしまいそうな自分をどうにか奮い立たせて私は必死に考える。

どうにか、どうにかティムが助かる方法は――

何か道具は……剣とリンゴしか――リンゴ？

その時私は〝あること〟に気がついた。

「ティム！」

私はドレスのポケットに〝収納〟させていたリンゴをティムの目の前に放り投げた。

そして、叫ぶ――

「焼きリンゴ！」

確かではない。

でも、ティムが『調理をしよう』と考えればきっと〝何かが変わる〟はずだ。

――私は料理の名前を叫びながら、奇跡を祈った。


ベリアルが突進を始めた直後、僕の目の前に突如リンゴが飛び出してきた。

そして、直後に聞こえる「焼きリンゴ！」というレイラの〝注文〟。

――その瞬間、僕の思考が無意識に【戦闘】から【調理】へと切り替わる。

（このリンゴを一口大の大きさにして、バターを塗って焼き、シナモンとハチミツをかける、お好みで食塩を――）

そこまで考えて僕は我に返った。

今、自分は大事な戦闘中だ。

レイラの為とはいえ、料理なんかしている場合じゃない。

――しかし、料理人の性《さが》だ。

食材が目の前にあり、注文を受けているままだとどうしても気になってしまう。

（い、いや駄目だ！　戦闘に集中しないと……！）

そんな葛藤を覚えている時。

いまだに僕の目の前でゆっくりと回転しながら上昇しているリンゴを見て気が付く。

――〝時間の流れが遅くなっている〟ということに。

不意にレイラの今朝の言葉を思い出した。

僕が朝食を作った後に呟いていた言葉だ。

〝いつ見ても『速すぎる』わね〟。

僕は考えた。

これは恐らく《料理スキル》による現象だ。

僕は今、目の前のリンゴを調理する気になったからこの【調理時間《クッキングタイム》】の間は自分のみが速く動けるのだろう。

きっと今まで調理中の僕はこの状態だったのだ。

宙を舞うリンゴの後ろにはベリアル王子が見える。

時間の流れが遅くなったとはいえ、ベリアル王子は剣を振りかぶって確実に自分へと向かって来ている。

僕がこの【調理時間《クッキングタイム》】を解いたら確実になすすべもなく斬られてしまう。

解除するわけにはいかない。

おそらく発動条件は『僕が調理をしよう』と考えたことだ。

となると、調理以外の行動をすると解除されてしまうだろう。

僕は、あくまで〝目の前のリンゴを調理中〟でなければならない。

そしてもの凄い速度で僕に突進をしてきているベリアル王子を迎え撃つ必要もある……。

僕は手に持ったフライパンを強く握った。

まずは、リンゴをレイラの小さな口でも難なく食べられるように〝砕く〟必要がある。

ベリアル王子はすでに目の前まで迫って来ていた――

「よし！　――おりゃっ！」

僕はフライパンを両手で握ると、リンゴを叩いて小さく砕いた。

――こちらに疾走してくるベリアル王子の顔面ごとフルスイングして。

「――がはぁっ!?」

驚きにも似たようなベリアルの叫び声が聞こえた。

フライパンを伝わる衝撃に両腕がわずかに痺れる。

リンゴだけじゃない、恐らく何か別の物も粉砕されたような感触を手のひらに感じながら、僕は周囲に飛び散ろうとしているリンゴの破片をザルで回収した。

【洗浄《クリーン》】し、バターを塗って【加熱《ヒート》】で焼き始める。

――ベリアル王子が吹き飛ばされているのが視界の端に見えた――

その横で僕は焼きあがったリンゴを皿に盛りつけると、シナモンパウダーをふりかけ、上からハチミツをかけた。

レイラは甘い方が好みのはずだ、きっと満足してくれる。

僕が完成した焼きリンゴのお皿を左手に持った瞬間、【調理時間《クッキングタイム》】は解かれた。

時間が等速に流れ出す。

――ガシャン！

その瞬間、剣を手放し気絶したベリアルが床に落下した。

「…………」

僕は呆然としたまま、左手に焼きリンゴが乗ったお皿を持っていた。

少し離れた所には、大の字で倒れて動かなくなったベリアルがいる。

「ティ、ティム……ま、まさか倒したの？」

レイラは何が起こったのか分からないような表情で呟いた。

「……レ、レイラ……えっと――」

僕もよくわからないまま、左手に持ったお皿に視線を移す。

そして呟いた。

「――焼きリンゴ食べる？」

第七話　勘違いの尊敬

「ティム……ど、どうやって倒したの？」

「え、えええと……」

地面にへたりこんだまま、レイラは僕に質問する。

僕は正直、あまり覚えていない。

ただ、リンゴを砕く際に利用させてもらったような気はする。

卵を割る時だって、卵をテーブルにぶつけるよね？

そんな感覚だ。

「多分、フライパンでリンゴごとベリアル王子を打ち返しちゃったんだと思う」

「ベリアルはとんでもない速度でティムに向かってたから……凄い破壊力だと思うわ」

「こ、細かく砕きたかったから丁度よくて——そ、それより早くギルネ様をっ！」

僕は一旦、左手に持った焼きリンゴを乗せたお皿に【保温《キープ》】を使って【収納《ストレージ》】した。

脅威は去った、僕はやっと心配で仕方がなかったギルネ様の様子を見ることが出来る。

僕が振り返ると、アサド王子が目を覚ましたところだった。

頭を抑えながら自分の身体を起こしている。

「……いたた、やられていたのか。——ベリアルはっ⁉」

慌てて周囲を見回すアサド王子は僕たちと倒れたベリアル王子を見て驚きの表情を浮かべた。

「倒したのか⁉　信じられん！」

「アサド王子、丁度よかったです！　ギルネ様の容態を診てくれませんか⁉」

僕は目を覚まして早々のアサド王子に【診察《コンサル》】の使用をお願いした。

どうか、どうかご無事でありますように……！

それだけを願いながら。

「――うん、心配ないな。ギルネ嬢はみね打ちで気絶させられているだけだ」

アサド王子の診断結果に僕は心の底から安堵した。

「よ、よかった……すみませんが、次はベリアル王子の方の治療をお願いします。その……少しやりすぎてしまったので」

僕がそう言うと、アサド王子はさらに驚いた。

「ティ、ティムが倒したのか……⁉　てっきりレイラ嬢かと……」

「いいえ、私は全く敵わなかったわ。ティムが一撃でやっつけちゃった」

「俺との決闘の時は手加減をしてあんな真似をしたんだな……全く、俺はどこまでも情けないな」

アサド王子は何やら勝手に勘違いをして頷き始めてしまった。

レイラがその話を聞いて少し驚いた表情を見せる。

「えっ、ティムってアサド王子とも戦ってたの⁉」

「あぁ、俺の完敗だったよ。この様子だと本来の実力で倒すことも出来ただろうに、俺が王子だからと使用人の前で恥をかかせないように気を使ったんだな？」

なにやら勝手に解釈をしたアサド王子が尊敬の眼差しを僕に向け始めた。

「い、いや～。偶然ですよ、あはは……」

僕は二人の反応に愛想笑いで済ませた。

あの時も今回もどちらも内心冷や汗ダラダラで必死になっていただけなんです……。

「私もギルネの様子がみたいわ。何もしてあげられないけど、心配だもの……」

レイラがよろよろと立ち上ろうとしたので、僕は肩を貸した。

感謝をするとともにレイラは僕にポツリと語りだす。

「ティムはまた私を救ってくれたのね……はぁ、本当は私がティムに恩返しをしたかったのに――」

「何言ってるの！　レイラのおかげだよ。レイラがリンゴを投げてくれたから僕はあの力が使えたんだから！」

僕はレイラに感謝を伝える。

リンゴが飛んできた時はびっくりしたけど、おかげで気がつくことが出来た。

――僕の持っている能力に。

「でも倒したのはティムの実力よ。それに……ティムが助けに来てくれた時、私は凄く嬉しかったの。本当に……もうこのまま死んでもいいとさえ思っちゃった」

レイラはため息を吐いてうつむくと、顔を真っ赤にした。

僕は慌てて声をかける。

「えっ、何で!?　し、死んじゃダメだよ!?」

「死なないわ！　ものの例えよ！」

僕がレイラを倒れているギルネ様の側まで連れてくると、遠くから声が聞こえてきた。

「――ティムお兄ちゃん～!!」

目を向けると、アイラが闘技場の入り口から走ってきた。

そして飛び上がると僕に抱きついて胸元に顔を埋めた。

「よがっだ～！　生きてて、よがっだよ～！」

いつも冷静なアイラが号泣して取り乱している。

どうやら心配をかけてしまったようだ。

僕が考えもなしに突然あんな所から飛び降りたんだから当然か。

「はぁ、はぁ、待ってくれたまえアイラ！　僕は君のこともティムに任されたのだ。勝手に走って行かないでくれたまえ！」

後ろから、あわててオルタがやってくる。

あまりに様変わりしたオルタの風貌にレイラは別人かと首をかしげ、アサド王子はベリアルの治療の手を一時的に止めてしまう程に驚いていた。

オルタはやや怒り気味の様子で僕とアイラに語りかける。

「ティム、聞いてくれたまえ！　君が非常識にもあんな所から飛び降りるから、アイラも飛び降りようとしたんだぞ！　彼女は頭が良いんじゃなかったのか⁉　あんな所から落ちたら死ぬに決まっているだろう！」

オルタの叱る声にアイラは僕の服から手を離さないまま反省の様子を見せた。

「だって、ティムお兄ちゃんが死んじゃうと思って……そ、それなら私も一緒にって……」

「アイラ、君はティムとは違って着地する手段を持っていなかったんだろう？　ティムだって飛び降りた瞬間はクッションを作って着地するなんて思いついていたか怪しいものだ。ティム、君の行動はアイラも真似をするんだ。この僕のように模範となる振る舞いを心がけてくれたまえ！」

飛び降りた後のことを知って、僕は肝を冷やした。

アイラは僕より頭がよくて、冷静だからと勝手に信頼していた。

でも慌ててしまうと思い切ったことをしてしまうみたいだ。

そりゃそうだ。アイラだってまだ九歳の子どもなんだ。

僕もあまり身勝手に行動するわけにはいかない。

「オ、オルタにアイラを任せて本当によかったよ……これからは気をつける」

「あぁ、大いにそうしてくれたまえ！　とはいえ――見事だった。ベリアルを倒す瞬間は僕もアイラと上から心配しながら見ていたよ。『ギフテド人』たちの避難はシャルさんに任せたからそっちも安心してくれたまえ」

オルタが僕に笑いかけると、アイラはキラキラした瞳で僕の身体を揺さぶった。

「ティムお兄ちゃん、お姉ちゃんを助けに現れる白馬の王子様みたいだったよ！　あっ、もともと王子様か」

「あはは、本物の王子様は僕にフライパンで殴られた方だけどね」

そんなベリアルを少し心配するように目を向けると、アサド王子が治療を終えたところだった。

「――ティム、ベリアルの治療はおおかた終わったぞ。君のおかげで少し顔立ちがよくなったかもしれないな」

「ありがとうございます！　では、悪さが出来ないように縛りましょう！」

僕は《裁縫スキル》を使い、目を覚ましても動けないようにベリアルを何重にも糸で縛った。

そして、気絶したままのベリアルの額に指で触れる。

僕を見て、アサド王子が呟いた。

「――ティム、ベリアルはこれでも昔は面倒見のよい自慢の兄だったんだ。こうして兄の命すらも救ってくれたこと、個人的にはとても感謝している」

アサド王子は僕に頭を下げた。

「……きっと、何か理由があったのかもしれません。ベリアルが僕と対峙した時、とんでもない殺意を感じました。僕が憎きシンシア帝国の元王子だからというだけでは無いと思います。何であれ、ベリアルが目を覚ましたら本人に聞いてみましょう」

僕はベリアルの体内から『ギフテド人』の血液を消し去る為にスキルを発動する。

もうすでに寿命はある程度縮んでしまっただろうけど、もう数年以内に死ぬなんてことはなくなるはずだ。

「《洗濯スキル》、【洗浄《クリーン》】……！」

第八話　過去と正体

「う……ん？」

「ティム！　ベリアルが目を覚ましたわ！」

ベリアルをじっと監視していたレイラが声を上げた。

「俺は一体……。くっ、顔が痛む……」

僕たちに囲まれたベリアルは、糸に縛られて座ったまま苦しそうに顔を歪ませた。

ギルネ様もすでに目を覚まされている。

腕を組んで、苛だちを隠せないようにベリアルを睨んでいた。

「よし、じゃあ仕返しだな。まずはレイラが戦って凄く疲れてしまった分、次にベリアルの顔が硬かったせいでフライパンで殴ったティムの腕が少し痺れてしまった分と――」

ギルネ様は笑顔で腕をまくり、腕をぶんぶんと回した。

「ギ、ギルネ様、勘弁してあげましょう……ベリアルも結構痛い思いをしています。あ、あと……さすがに少し理不尽です……」

僕は報復に燃えるギルネ様を制止する。

「この状況……俺は、負けたのか？」

ベリアル＝リンハール

Belial Linhar

Ascendance of a Choreman
Who Was Kicked Out of the Guild.

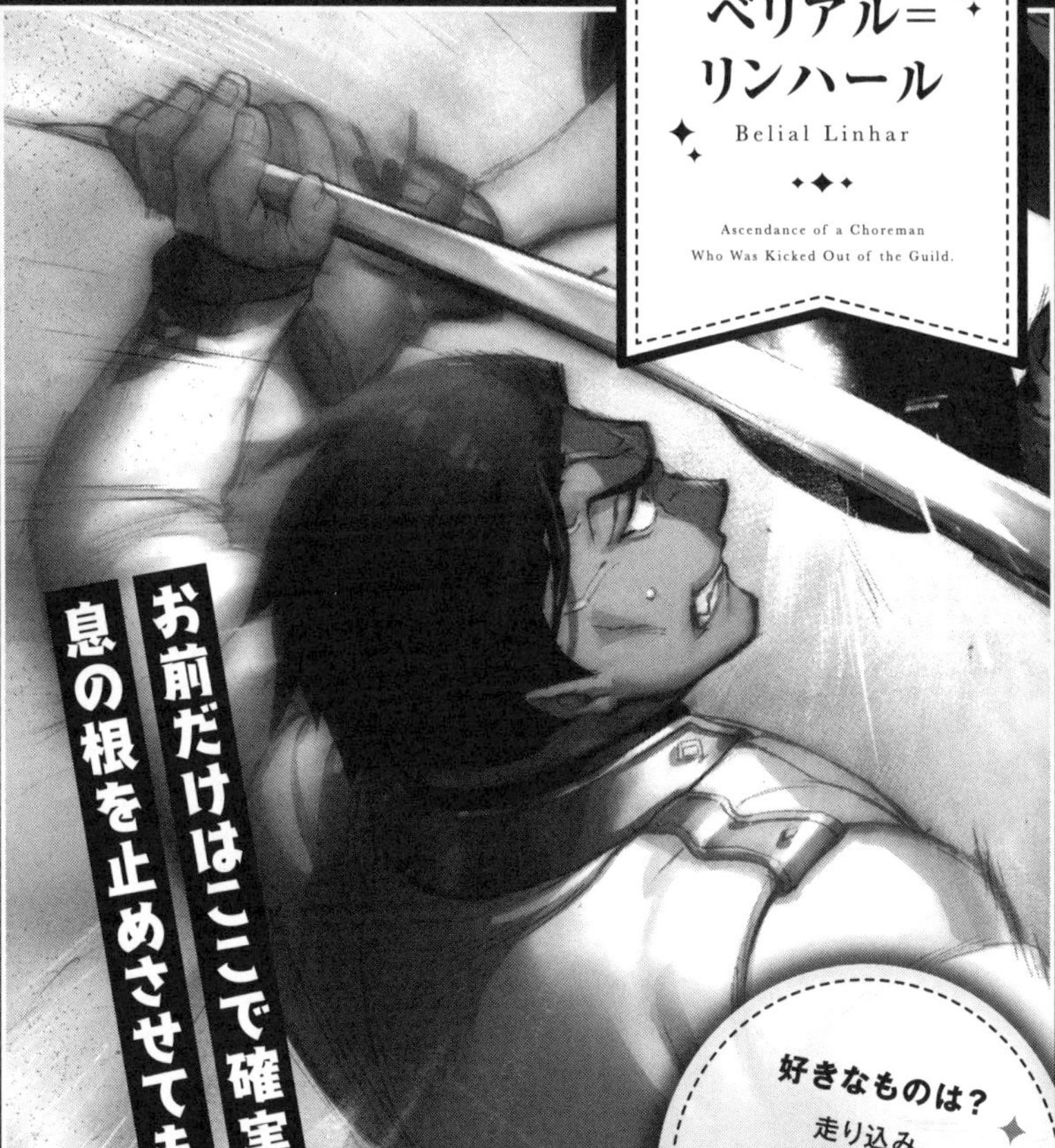
息の根を止めさせてもらう

好きなものは？
走り込み、
筋トレ、家族

苦手なものは？
人との会話

レベル：25

ステータス▶▶ 腕力B　防御力C　魔力G　魔法防御G　速さA

冒険者スキル▶ 剣（1）C

足が速く、持久力のある戦い方が出来る。ギフテド人の血液を取り入れて、寿命と引き換えに強くなった。

少し驚いたような表情でベリアルは僕を見上げた。

僕の代わりにギルネ様が得意げに答える。

「当然だろう、ティムは世界一勇敢で格好いいんだからな」

「——いや、ギルネもティムが倒したって聞いた時めちゃくちゃ驚いてたじゃない……」

横でベリアルを警戒しているレイラが、ギルネ様に冷静なツッコミを入れた。

ギルネ様による僕の持ち上げは絶好調だ。いつもだけど僕に自信を付けさせる為だろう。

でも、後ろ向きな僕も今回の戦いで少しは自信が付いた気がする。

「ベリアル、『ギフテド人』はこれで全員国外へと逃した。お前の計画は終わりだ」

アサド王子はベリアルを睨みつける。

僕は屈むと、縛られたベリアルと目線を合わせた。

「話してもらいますよ。なぜ僕の妹——アイリを狙っていたのか」

僕の最愛の妹、アイリ。

最悪な性格だった僕や王子たちの中でもアイリはずっと優しい心を持ち続けていた。

僕を見捨てることもせず、慕い続け、ずっと側にいてくれた。

そんなアイリをベリアルの魔の手から守りきれたことに安堵しつつ、僕も睨みつける。

ベリアルも僕の瞳をまっすぐに見つめ返した。

「その様子だと何も知らされていないんだな……」

そんなことを呟いて、ベリアルはため息を吐く。

チラリとアサド王子にも目を向けた後、何か決心をしたように頷いた。

そして、ベリアルは口を開く……。

「アイリは……リンハール王国で生まれた。俺とアサドの……妹だ――」

衝撃的な言葉と共にベリアルは語り始めた。


――十四年前、リンハール王国。

「うふふ、もう少しね。あなた……」

「そうだな、リズ。もう少しでこの子……〝アイリ〟が産まれてくる」

俺の父、リンハール王国の王、キクロス＝リンハールは王妃、リズ＝リンハールの大きなお腹をさすって幸せそうな笑みを浮かべた。

「歳が近いアサドと喧嘩なんてしちゃわないかしら？」

「大丈夫だ。アサドは心優しい子に育つ。それに、しっかりとした長男もいるからな」

「そうね、ベリアルがいれば安心だわ」

そう言って両親は王室の真ん中でアサドの遊び相手をしている俺に期待の眼差しを向けた。

「父上、母上、お任せください！　アイリも絶対に俺が守ってみせます！」

当時、六歳だった俺はアサドに絵本を読み聞かせながら胸を張って答えた。

「おにーたん……アイリ……？」

「アサド、アイリは俺たちの妹だよ。このリンハール王国待望のお姫様だ」

「ふ〜ん？」

何だか分かっていない様子でアサドは相槌を打つ。

そしてすぐに絵本の続きを読むように俺に催促をした。

俺は服を引っ張られながら笑う。

父上も母上も俺たちを見て幸せそうに笑っていた。

「――悪い魔王は姫を連れ去ってしまいました。勇者は決断します。必ずや姫を取り返して、この国に昔の輝きを取り返すのだと〜〜」

俺が絵本の続きを読み始めると、アサドは目を輝かせて夢中になっていた。


「「アイリ、誕生日おめでとう！」」

アイリが生まれ、一歳の誕生日。

家族全員で母上に抱えられたアイリにお祝いの言葉をかける。

幼き王女の誕生祭に国中の貴族達から祝いの品物が次々と届いた。

当の本人は何か分かっていないようだったが、幸せそうな俺たちの様子を感じ取ったのか天使のような笑みを浮かべている。

その笑顔を見ながら、当時の俺は『アイリが生まれた日のこと』を思い出す――

アイリは難産だった。

産まれた時の体重は少なく、泣き声を上げなかった。

心臓も止まってしまい、医師が必死に心臓マッサージをしていた。

俺や父上、母上は必死になってアイリの名前を呼んだ。

俺は祈った。どこにも連れていかないでくれと。

アイリが泣き声を上げ、元気に息を吹き返してくれるなら、悪魔にだろうと、死神にだろうと魂を売ってやるつもりだった。

アイリが泣き声を上げた瞬間、俺や父上、母上も思わず泣いてしまった。

良かった……良かった……ありがとう、生きていてくれて。

まだ、天使になるには早すぎる。

俺は何度もその小さな胸元に耳を当てて心臓の鼓動を確認した。

――そんな、奇跡のような存在が今、目の前で笑っていてくれる。

息をして、泣いたり笑ったりしてくれる。

それだけで本当に十分だった。

誕生日会の最中、そんな昔を思い出してアイリを見つめる俺の服を不意にアサドが引っ張った。

「おにーたん、遊んでよぉ」

俺や両親がアイリにばかりかまうので、二歳になったアサドは少し拗ねてしまったようだ。

こいつも可愛くて仕方がない。

「よし、アサドはお兄ちゃんと外で遊ぼうな！」

「あっはっ、アサドもやんちゃになってきたなぁ」

「えぇ、そうね。ベリアル、あまり服を汚しちゃ駄目よ」

難産を乗り越えたのでついアイリにばかり愛着が湧く。

アイリは身体も弱いのでいつも俺たちを心配させる。

とんでもない甘え上手だ。

「じゃあ、お兄ちゃんとかけっこするか？」

「する〜！」

俺とアサドは部屋を出て、中庭を駆け回る。

アイリを抱きかかえながら、父上と母上は幸せそうにその様子を見ていた。

本当に、何もかもが上手くいっていた。

〝あいつ〟がこの世に現れるまでは。


「――キクロス国王、何でも待望のご令嬢が産まれたとお聞きいたしました。大変遅ればせながら、おめでとうございます」

「エデン皇帝。祝いの為、わざわざご足労いただき誠にありがとうございます。アイリは隣の部屋でアサドと寝かせておりますのでぜひともご覧になっていってください」

アイリの誕生祭を終えて間もなく。

シンシア帝国から皇帝自らがこのリンハール王国を訪れた。

二人は応接室で握手を交わす。

俺は堅苦しい服を着せられて、母上とその様子を隣で見ていた。

「エデン皇帝、何だかずいぶんと若返られたように見えますね」

「ありがとうございます。良い〝健康法〟が見つかりましてな」

「それは吉報です。王族《ロイヤルライン》の血筋の恩恵で老いが通常よりも遅いとはいえ、お互い老体ですから、養生いたしましょう」

和やかに会話を交わす。

シンシア帝国とリンハール王国は対等な立場だ。

王子の数が多く、兵力としてはシンシア帝国が上回っているのだろう。

だが、ダンジョンから湧き出る『魔物』という人類にとって共通の敵がいるので、シンシア帝国としてもリンハール王国と争い、消耗することは好ましくないようだ。

アサドが誕生した時は特に訪問は無かったはず、何か他の目的があるのだろうか。

父上の笑顔には若干の警戒が見て取れた。

エデン皇帝は父上の言葉に頷くと、話を切り出した。

「実は、シンシア帝国でも二年前に子どもが産まれましてね。特に国民には知らせていないのでご存じないとは思いますが、ティムという名前でして」

「――それはっ！　おめでとうございます！」

エデン皇帝の言葉に父上は安心したように頬を緩めた。

ただ、子どもの話をしにきただけのようだ。

歳が近いので仲良く遊ばせて欲しいとでも言いに来たのかもしれない。

「ぜひとも、祝いの席を設けましょう！」

「えぇ、それも良いかもしれませんね」

父上の提案にエデン皇帝は笑顔で答えた。

そして、懐から一枚の魔皮紙《まひし》を取り出す。

魔皮紙とは、少し茶色っぽい、ステータス判定の結果を印字する際に使われる特別な紙だ。

とある魔獣の皮膚から作られており、偽造が出来ない。

やや希少な為、冒険者ギルドにあるステータス判定の魔道具バリューの使用料が高い原因の一端でもある。

その魔皮紙をエデン皇帝は父上に差し出した。

「――それと、これがそのティムを王城でステータス判定した結果なのですが」

それを見た父上の表情が固まる。

そして、手を震わせた。

「な、何だこれは……全ての評価が最高レベル……？　もしかしてティム王子は――」

父上の様子にエデン皇帝はニタリと笑みを浮かべる。

「お察しの通りです」

「――や、やはり神童《デウス》。まさか伝承のみの存在ではなく本当に存在していたとは……」

父上の呟きを聞いて、俺も驚いた。

神童《デウス》は父上におとぎ話のような存在として聞かされていたものだ。

各国の王子が持つ特性、王族の血筋《ロイヤルライン》。

王族が継承してゆくこの特性には『始祖』が存在する。

それが数千年に一人生まれるといわれる神童《デウス》だ。

俺たち王族が持つ王族の血筋《ロイヤルライン》は何世代も引き継がれ、『始祖』の血が薄まったものに過ぎない。

純度百パーセントの王族の血筋《ロイヤルライン》を持つ神童《デウス》の存在は世界を掌握することさえ出来ると言われている。

父上の反応に満足したようにエデン皇帝は邪悪な笑みを浮かべた。

そして、別人のように態度を豹変させる。

「――先程、ワシに『若返った』と言ったな。その通りだ、ティムの血液をこの身体に入れた。ワシはすでに全盛期の力を取り戻しつつある」

「なんと……！　神童《デウス》の力はそんなことまで……」

「あぁ、ティムは神が我々にくださった最高の贈り物だ。いずれ、我が帝国の王子達に敵う種族や国はいなくなることだろう」

父上は魔皮紙を強く握りしめた。

「エデン皇帝……貴方は……貴方の目的は……！」

「――世界を掌握する。手始めにこのリンハール王国からな」

そう言ってエデン皇帝が指を鳴らすと、背の高い、二十歳くらいの金髪の青年が部屋の外から現れた。

エデン皇帝と似たその容姿から察するにシンシア帝国の王子の一人であることは間違いない。

部屋の外にいた兵士達は音もなく倒されていた。

「安心しろ。ワシはティムの血液で強くなった王子を連れて、この国を滅ぼそうとはまだ今のところ考えついていない」

「……よ、要求はなんでしょう？」

明らかな脅迫を始めたエデン皇帝に父上は唾を呑み込んで訊ねた。

俺も母上を守るように前に立ち固唾を呑んで見守る。

「シンシア帝国の属国となってもらう。毎年一定の税や食料をシンシア帝国に納めるのだ。そして――赤子であるアイリ＝リンハールを人質として預かる」

要求を聞いて、母上が叫ぶように声を上げた。

「――そ、そんなっ！　アイリは大切な娘です、渡せません！　人質であれば王妃である私が――」

「ご婦人。シンシア帝国を長きに渡り大陸一の帝国として繁栄させる為にティムには別の血筋である王族の血筋《ロイヤルライン》を持った相手が必要だ。血の薄まりを防いで、強力な子孫を残す為にな」

こちらの提案など一切受け入れるつもりもない様子でエデン皇帝は語る。

「だからアイリはいずれにせよ我が帝国の物とする。残念ながらワシの提案に大人しく従うのが最善だ。キクロス国王は理解しているようだぞ？」

　エデン皇帝の言葉に父上は拳を握って震えていた。

「……リズ、アイリの為に負け戦を起こすわけにもいかん。王として、我々は国民と兵士の命を握っているのだ」

　父上は、血が流れそうな程に歯を食いしばっている。

　俺は頭が真っ白になった。

　アイリは奇跡の子だ。生きることの尊さを教えてくれた。

　笑ったり泣いたりするだけでみんなに幸せを与えてくれる。

　そんな、国家繁栄の道具みたいに扱って良い存在じゃない。

　エデン皇帝は連れてきている金髪の王子に手で指示を出しながら笑みを浮かべた。

「キクロス国王、貴方が父親である前に聡明な君主でよかった。では、早速アイリをいただこう。隣の部屋だったたな」

「そ、そんな！　せめて一日！　考えさせて！」

　取り乱した母上に対して、エデン皇帝は表面上は紳士的に振る舞う。

「――ご婦人、これが私達が出来る最大の譲歩だということをご理解ください。そして、アイリの命は今後我々が握っていることもどうかお忘れなきように」

「いや！　お願い、アイリは……この子は身体も弱いの！　私が見てあげなくちゃ駄目なの！」

「抵抗はしないでください。アイリ一人では済まなくなりますよ」

どうすることも出来ず、泣き崩れる母上を父上は駆け寄って抱きしめた。

子どもだった俺は目の前で突如壊されてゆく幸せな日常を、理解が追いつかないままに、その後起こった一連の全てを呆然と眺めていた。

シンシア帝国の金髪の王子がアイリとアサドが寝かされている部屋に入り、アイリを抱きかかえて部屋から出てくる、そんな様子を。

「……一つだけ約束してくれ。アイリには何も知らせずに幸せな人生を送らせてやってほしい」

父上は祈るように呟いた。

「この世界の王になるティムとまぐわうことが出来るんだ。これ以上の幸せは無いだろう」

エデン皇帝は疑問すら持たないような表情で笑った。

「アイリの為にも、今後お前らとアイリは会わせない方が良いだろう。もし、アイリ本人がリンハール王国の娘だと自覚したら不要な感情を持ってしまうかもしれんからな。娘の負担にはなりたくないだろう？」

眠り続けるアイリを抱えた金髪の王子の隣でエデン皇帝が話を続ける。

父上は何も言わず、悲しみを堪えるような表情で泣き続ける母上を強く抱きしめていた。

「誇るがよい。お前らの娘はこのリンハール王国を救ったのだ。戦争を回避し、この国が滅ぶのを防いだ。なに、悪いようにはしないさ。こちらも世界征服の準備で忙しいからな——それでは失礼する」

もう要件は済んだとでもいうようにエデン皇帝はアイリを抱えた王子を引き連れて足早に城を出

ていった。

すすり泣く母上の嗚咽だけが部屋に響いた……。


──それから九年後。

「アサド、今日も医学の勉強をしているのか？」

「はい、兄上！　父上も母上も身体が弱いですから、僕が医者になって二人を元気にするんです！」

「……そうか。あまり無理をするなよ。お前は大切なリンハール家の王子なのだからな」

アサドは十一歳になった。

あれから母上はシンシア帝国に連れ去られたアイリの身を案じる日々。

少しずつ身体もやつれてしまっている。

父上も表面上は気丈に母上を労わっていたが、精神と身体が急速に弱っているのは目に見えて明らかだった。

俺はそんな両親の代わりによく公務を行い、やがて国の実権を握るようになってきていた。

剣の実力だって、いずれは全盛期の父上を超えてみせるつもりだ。

心優しいアサドはそんな弱った両親を見てどうにかしたいと思ったようだ。

アイリが連れて行かれた当時、アサドはまだ物心もついていなかった。

アサドは二人の心身の衰弱が、アイリという存在を失ったものによることだと知らない。

アイリの存在もアサドには教えないようにしていた。

安否が分からない、連れ去られた妹がいるなんてアサドなら必ず心を痛めてしまうからだ。

両親の為に、俺も散々手を尽くした。

アイリは健やかに暮らしていると、陰で両親を励まし続けていた。

シンシア帝国には個人的に私兵《スパイ》を送り込み、アイリの様子を探らせた。

しかし、宝具で守られている帝城内部にまでは侵入が出来なかった。

アイリの本当の様子は誰にも分からないのだ。

——そんなある日、俺はシンシア帝国へ潜入させていた私兵から恐ろしい話を聞いた。

なんと、アイリが難病にかかり床に伏せっているというのだ。

俺は自分の立場も何もかもを忘れ、シンシア帝国に向かった。

何か解決方法を持っていたわけではない。

それでも俺が、兄の俺が何とかしてやらなければと城を飛び出してしまったのだ。

動きやすいように身にまとう衣服を破くと、馬も使わずにシンシア帝国まで走り続けた。

血を吐いても足を止めなかった。

自信があった、馬よりも速く駆けつけられると。

それに、馬車の中で大人しく待てるような精神状態ではなかった。

「な、何だお前は!?　此処から先はシンシア帝国城内だ、入れさせんぞ!」

「邪魔だ……どけ……!　入れろ、アイリ……待ってろ、今お兄ちゃんが何とかするからな……!」

「ボロボロの身なりに狂言……気の違った浮浪者か。捕らえて城下町の牢にぶち込め！」

一晩中走り続けて、たどり着いた俺は、シンシア帝国の城の前で止められた。

剣も何も持っていなかった俺は、力ずくで城に入ろうとするも身体はすでにボロボロで押さえつけられた。

ただの狂人だとみなされ牢に入れられた。

俺は力の入らない拳で鉄の檻をひとしきり殴り続けるとやがて疲労で身体が動かなくなった。

「ちくしょう……俺が……アイリを……」

俺がこんな所に閉じ込められている間にもアイリは弱っていく。

どうすることも出来なかった。

「――ここに、背の高い男性は捕らえられてきていますか……？」

俺が牢内で暴れることもできなくなった頃。

シンシア帝国で間諜をさせていた私兵の一人、ソニアが俺の捕まっているこの牢獄にやってきた。

身も心も服もボロボロになった俺が床に伏している様子を見て、安心したようにため息を吐く。

「看守さん、罰金をお支払いしますので釈放をお願いします」

「あんたが関係者かい？　もうこいつが暴れまわらないようにしっかりと見張っておいてくれ」

「かしこまりました」

ソニアは俺に肩を貸して外に連れ出す。

そして、落ち着いた声で話し始めた。

「ベリアル王子……アイリ様は出来る限りの手を尽くしてシンシア帝国にて治療されております。今、王子が行っても出来ることはございません」

「そのアイリの様子を、ソニアは直接見たのか？」

俺の問いにソニアは目を伏せる。

「……いいえ、流石に城の内部までは入り込めません。ですが、医術師が代わる代わる城に入って行ったのは目撃しております。きっと、姫としても日頃から丁重に扱われて――」

「そんなの全て推測に過ぎない。アイリは酷い扱いを受けていて、病気を発症した可能性もある。今更慌てて治療をさせているのだろう。アイリには利用価値があるからな」

「それは……そうかもしれませんが――」

俺はさらに指摘をした。

「ソニア、君が報告してくれたんじゃないか。『シンシア帝国の使用人たちは全員ひどい扱いを受けている』と。シンシア帝国の正式な親族でないアイリも例外ではないかもしれない。使用人と同様に支配されてこき使われている可能性だってある。あの子は身体が弱いんだぞ！」

俺の八つ当たりのような怒鳴り声を聞いて、ソニアはさらに苦しそうな表情を見せた。

「――しかし、ベリアル王子！　どうすることも出来ません！　そもそもシンシア帝国の方が戦力は上ですし、神童《デウス》によって王族達はさらに力を増しました！　戦争になるわけにもいきません！　どうか、お戻りになり我々の報告をお待ちください！」

「……くそっ！　神童《デウス》、ティム＝シンシアめ！　あいつさえ現れなければアイリが利用されることもなかった！」

俺はやり場のない感情を抑え込んでリンハール王国へと帰還した。

アイリが床に伏しているという情報は私兵を送り込んだ俺しか知らない。

知る必要がない。

父上や母上はそんなことを知ったらさらに精神を病んでしまうだろう。

どうにか……どうにかならないだろうか……？

アイリをシンシア帝国から連れ出し、アサドや父上、母上と共にリンハール王国で暮らさせる方法が……！

（――攫えばいい）

俺は不意に幼きアサドに読み聞かせていた絵本を思い出した。

姫を攫い、我が物にしようとする魔王を。

しかし、それではハッピーエンドは訪れない。

すぐにシンシア帝国が取り返すだろう。武力で脅されたら我々にはどうしようもない。

ならば、『もう取り返せない状態、諦めがつく状態』にすれば良い。

（アイリを、死んだことにさせよう。攫って、殺して魔獣に食わせたことにする。そうすれば、シンシア帝国も諦めがつく）

俺はそんな計画を思いついた。

アイリを連れ去り、リンハール王国に隠す。

俺はアイリを攫った犯人としてシンシア帝国に捕まるだろう。

その時に「大型の魔獣に襲われ、アイリは食われてしまった」と嘘を吐けば良い。

俺は実行前に王子の立場を捨て、顔を焼いて人相を変えれば気が付かれない。

身代金目当てに姫を狙った盗賊だとしか思われないだろう。

俺は処断され、戦争が起こるような事態にはならないはずだ。

アイリはリンハール王国で、本当の家族であるアサドたちと共に王城内で慎ましく暮らすことができる。

（だが……俺に攫うことができるだろうか？　見つからずにアイリの元にたどり着くのは不可能だ。協力者も必要だろう）

『シンシア帝国の王子たちから逃げ切れるか』ということだ。

俺は足の速さや持久力には自信がある。

だが、アイリを抱えて、アイリには怪我をさせないように確実に逃げ切れるとは思えなかった。

（シンシア帝国の王子たちは神童《デウス》の血で強くなっているんだ……他にもないだろうか……俺が強くなれるような手段は……）


俺はその日から本を収集し、部屋でアイリの奪還計画を練るのに明け暮れた。

そして二年後、アサドが《医術スキル》を会得し始めた。

【診察《コンサル》】というスキルは相手の身体状態を知ることが出来るらしい。

そのことを知って、俺は今までの中で得た情報から一つの案を絞り出した。

歴史書によると、かつてこの王国には『ギフテド人』という人種が移り住んでいたことがあった。

きっと、この国にもその子孫が多数いることだろう。

アサドの【診察《コンサル》】を使えば、『ギフテド人』かどうかが分かるはずだ。

そして南の商人から買い漁った書物にあった古文書、『シーカー医師の実験結果』に書かれていた情報。

〝『ギフテド人』の子どもの抜いたばかりの新鮮な血液を輸血すればその才能を自分にも感染《うつ》すことができる。血液結合の副作用で身体が耐えきれず残り数年の命となるが直ちに力を手に入れられるだろう〟

有益な情報の欠片が、ようやく繋がる――――!

（俺はアイリを略奪し、死なせた者として首を斬られるのだ。寿命が無くなろうが何の問題もない）

俺はアサドに王都民全員に【診察《コンサル》】を使うことを提案した。

才能を継承できる特性は伏せて、『ギフテド人』という存在を伝える。

輸血をされてしまうと、血液が結合し、肉体と適合せず寿命が短くなってしまう。

だから『間違ってその者たちから輸血されてしまわないように証明としてリストバンドを配る』と。

人が好いアサドは進んで受け入れた。

王都民全員にお触れを出し、城に招集する。

対応に当たった者たちに家族構成を聞き出させ、俺はそれとなく身寄りのない子どもを確認させた。

そして、アサドの【診察《コンサル》】によって『ギフテド人』の子どもがこの国に多数いることが分かった。

さらに幸運だったのは、【走者《ランナー》】の才能を持った『ギフテド人』の孤児がいたことだった。

この子どもの血を得れば、アイリを抱えて逃げ切ることができるかもしれない。

俺はその男児と、さらに戦闘に使える才能を持った『ギフテド人』の子ども数人を自分の部屋に幽閉した。

俺が次に向かったのは、城下町にある牢獄だった。

そこでは腐臭が立ち込め、盗賊や謀叛人、殺人を犯した者等、数十人の死刑囚が刑の執行を待っていた。

俺が現れると、看守たちは驚いて敬礼をする。

「おい、死刑囚が捕らえられているのはここだな?」

「べ、ベリアル王子⁉　はっ、本日も異常はございません！」

「ご苦労、彼らと話をさせてもらう。看守たちは外してくれ」

「か、かしこまりました！　どうかお気をつけて！」

俺の命令を聞いて看守たちが出てゆく。

死刑囚たちの牢に歩み寄り、俺は交渉を持ちかけた。

「……おい。俺の私兵となり、俺の命令を聞くならここから出してやろう。逃げ出せば容赦はしないが、働き次第では刑を軽くしてやる」

口八丁に死刑囚を丸め込んで、自分の駒とした。

アイリを助ける為、『ギフテド人』の血液で強化をして命を散らさせる連中だ。

俺はもうすでに悪魔に魂を売っていた。

アイリを救い出す為ならコイツら罪人の命など知ったことではない。

それから、二カ月ほど経った頃。

宮廷魔導師に印を付けさせた『ギフテド人』を貴族らが『ブベツ』と呼称し差別を推進し始めた。

シンシア帝国との取り決めによって増大した徴税による民衆の不満を中央から逸らせる為だろう。

やがて、貴族らの命令により、『ブベツ』たちは住居や職を奪われ、クエストも雑用以下の危険で誰もやりたがらないような案件しか受けることが出来なくなっていった。

二年も経つ頃には『ブベツ』たちは生活に貧窮してスラム街を形成していた。

アサドと、とあるおかっぱ髪の貴族の当主がすぐさま撤廃に動き出したが、政治の実権を握っている俺はねじ伏せて差別を推進させた。

誘拐した『ギフテド人』の子どもから目をそらさせるためだ。

攫ったのは孤児とはいえ、差別が撤廃されると行方不明者が目立ってしまう。

全ては邪魔が入らずにアイリを連れ戻す為……。

俺はどんな犠牲もいとわなかった。

(――これで……全ての準備は整った)

アイリが連れていかれてから十三年……。

俺はアサドの薬品部屋から持って来た睡眠薬を使い、宝具で部屋に幽閉している『ギフテド人』の男の子を眠らせて血液を抜く。

まずはこの【走者《ランナー》】の才能を持った子の血液を自分に入れる。

誰にも気が付かれること無く、この力を利用させてもらうため……。

差別の原因を作り出し、推進したことでアサドには首尾よく嫌われることができただろう。

あいつを避け続けてずっと会話もしていない。

俺がいなくなってもきっと悲しむことはないはずだ。

発見出来るよう、俺の目的を遺書にしたためて自室の机にしまう。

アイリを連れ去って宝具で監禁したら指輪もこの場所に入れて、解除出来るようにするつもりだ。

これでアサドもアイリという存在を知ることになるだろう。

父上や母上も元の元気を取り戻すはずだ。

(待っていろ。アイリ……。今、兄である俺がお前を本当の家族と幸せに暮らせるようにしてやる
……！　そして、アサド……。兄が居なくなってもお前なら大丈夫だ。アイリをシンシア帝国から隠し、幸せに暮らすんだぞ)

俺は『ギフテド人』の血液を自分の身体に注入した……。

もう後戻りは出来ない。前に走るしかない。

全ては、両親、そしてアイリが安心して幸せにリンハール王城で暮らせるよう、俺がバトンを繋ぐ為に。

第九話　再会の約束は突然に

「――だから俺は、アイリを救い出す為に全てを利用しようとしていたんだ」

「…………」

ベリアル王子の話を聞き、僕は驚きで口を開いたまま何の言葉も出てこなかった。

そんな間抜けな表情のまま何も考えられずに僕は周囲を見回す。

「…………」

誰しもが僕と同じような様子で言葉を失っていた。

「アイリは……アサド、〝俺たちの妹〟だったんだ……」

悔しそうに唇を噛みしめるようにしてベリアルはもう一度呟いた。

――何を言っているんだろう？

アイリは僕の妹だ。優しくて、可愛くて、慕ってくれて……。

シンシア帝国の王子たちや昔の僕なんかとは違って使用人にも優しくて、思いやりがあって……。

そう……あの王族たちの中でも〝アイリ一人だけは違って〟……。

「――俺の知らない家族がいたってことか……。父上と母上はそのせいで……。二人とも鬱状態が酷いから精神的な原因だと思ってはいたが……」

そう呟きながらアサド王子の頬からは一筋の汗が流れていた。

でも、僕たちほどは困惑していない。

むしろ、ベリアルの動機や両親の不調の原因に納得している様子だ。

「ティムお兄ちゃん……」

手の感触に気がついて目を向けるとアイラが心配するような瞳で僕の手を握ってくれていた。

きっと心配をかけてしまうような表情をしてしまっていたんだろう。

――こんなんじゃ駄目だ。何が真実でもちゃんと受け入れないと。

安心させる為に僕はアイラの手を握り返して笑顔を見せた。

「大丈夫、少しびっくりしたけどアイリはアイリだ。何も変わらないし大切な僕の妹だよ、誰が何と言おうとね。僕の父上――シンシア帝国の皇帝のエデンが僕の力を利用した酷い奴だっていうのも納得出来るんだ。僕は一度も愛情なんて感じたことは無かったから」

僕は力強くそう言ってみせた。

そうだ、血の繋がりなんて関係ない。

父上には裏切られるどころかもともと信頼すらしていない。

愛されていなかったんだから、思った通り僕は父にとって道具に過ぎなかった。

気丈な僕の様子を見て、ギルネ様とレイラは胸を撫で下ろしたように大きくため息を吐いた。

僕は、まずベリアルへの大きな誤解を解く。

「ベリアル王子、アイリは僕の妹として王城内で平穏に育てられました。病気に――『フタツキ病』にかかってしまったのは、アイリ本人の免疫力の弱さ故です」

「――アイリ嬢がかかった病気は『フタツキ病』なのかっ⁉」

僕の話を聞いて、アサド王子が口を挟み驚愕の表情を浮かべる。

ベリアルが目を向けると、アサド王子は表情を暗くして説明を始めた。

「……『フタツキ病』は不治の病だ。病原菌の感染力は非常に弱い。免疫力の弱い赤子が稀に発症する程度だが高熱にうなされ二～三カ月程度で絶命する……。医療技術に長けたリンハール王国でも治療法はない。では、アイリ嬢はもう――」

「死んでいないよ。ティムが全ての才能をなげうって治療したんだ。禁術を編み出した私との共同作業でな」

うつむきかけたアサド王子にギルネ様は胸を張って答えた。

そして僕の過去を知っているレイラは摑みかかるような勢いでベリアルに怒鳴る。

「そうよ！　むしろティムはアイリの命を救ったの！　それなのに……。それなのにティムを殺そうとするなんて！」

「――そんな……。そうだったのか……。俺はあと少しで取り返しのつかないことを……」

力なくうなだれるベリアルにレイラは涙ぐんだまま説教を続けた。

「そもそもティムはただ特別な力を持って生まれただけじゃない！　アイリを失うキッカケにはなったのかもしれないけれど、それでティムを殺そうとするほどに恨むのは理不尽だわ！」

「――レイラ、もういいよ。ありがとう……」

激昂したレイラをなだめる。

僕にはベリアルの気持ちが分かる。

僕だって、状況が分からないアイリのことが心配で、本当の家族から引き離されていたら――

それで、身体が弱く難病にかかっているなんて知ったら――

それらの原因になったくせに何も知らずに奪い取ったあげく、『自分の妹だ』と言う人間が目の前に現れたら――

きっと今すぐにでも殺したくなるのかもしれない。

僕たちの話を聞いてアサド王子は冷静に推察した。

「なるほど、禁術でアイリ嬢を助けたのか……。では、ティムがシンシア帝国の王子ではなく冒険者としてこの場にいるのは――」

「はい。僕は禁術の代償で才能を失い、王子としての価値を失いました。ベリアル王子、アイリのことについてはどうか安心してください。軟禁状態ではありますが、元気に暮らしているはずです。そして、いつかは僕が最高の冒険者となってシンシア帝国を変えてみせます！　アイリを自由に、望むようにさせてやるつもりです！」

ここまでの話を聞き、ベリアルは糸で拘束されたまま僕に頭を下げる。

「――どうやら、俺は大恩人をこの手にかけようとしていたみたいだな……。本当にすまない。俺の全身全霊を以って謝罪しよう。どうせ残り短い命だが首を斬り落としても構わない」

「ベリアル王子、そんなことを言わないでください。〝せっかく助けた命〟なんですから」

僕がそう言うと、ベリアルは顔を上げて不思議そうに僕を見た。

そしてアサド王子が僕の言葉の意味をベリアルに教える。

「兄上、貴方の体内に入った『ギフテド人』の血液はティムが消し去った。兄上が死ぬことはもうない」

アサド王子の話を聞き、驚いた表情を見せた後ベリアルは少し安心するように呟いた。

「そうか、俺は償うことができるんだな……。いや、償い切ることなんてできないがこの命ある限り俺は尽力しよう。さんざん利用し、差別を推進するなど『ギフテド人』には悪いことをした……」

『ギフテド人』の皆さんはシンシア帝国に逃しました、悪いと思うのであれば跡を追って償いをしに行ってください。フィオナ・シンシア救護院にいるはずです」

こうして、誤解が解けたところでギルネ様がベリアルに質問をする。

「ところで、ティムはその神童《デウス》とかいう存在なんだよな⁉ ティムの身体は大丈夫なのか⁉ 神童《デウス》は寿命が短いとか、酷い発情期があるとか、そういう問題を持っていたりはしないのか⁉」

ギルネ様が僕を心配してベリアル王子に聞いてくださった。

発情期ってなんだろう？

「俺も文献で得た知識程度だが――」と前置きをした上でベリアルは説明を始めた。

「神童《デウス》は数千年に一人、突然生まれる。〝神聖〟と呼ばれ、魔物や魔獣を滅する力を持つ者を指すらしい。ダンジョンから湧く魔物をこの大陸の国々へけしかけている魔族たちにとっては、最大の障害になるだろうな。それ故に、魔物や魔獣・魔族など、邪悪な心を持った者からは無条件に命を狙われるとも言われている」

僕は全く知らなかった。てっきり他の王子たちと同じように王族《ロイヤル》の血筋《ライン》による潜在能力だと思っていた。

もっとも、昔の僕がそんなことを知っていたらさらにつけあがっていただろうけど……。

「『魔物に狙われやすく』……怪鳥ガルディアが突如方向を変えてティムたちを襲いに行ったのはそのせいか……？」

アサド王子は呟いた。

確かに、実際に怪我をしたのはギルネ様だけど怪鳥ガルディアは僕を狙って突進していた。

あの大きな瞳は、間違いなく僕をにらみ続けていた。

それが、僕の〝神聖〟という特徴によるものだったとしたら……。

説明を聞いて頷かれた後、ギルネ様は疑問を口にされた。

「しかし、一つだけ分からない点があるな……。だってティムはアイリが妹だと思わされてきたんだろ？　兄妹だと結婚は出来ないじゃないか」

「——っえ？　兄妹だと結婚って出来ないんですか？」

初めて知った事実に僕は驚いた。

しかし、みんなは僕以上に驚いているようだった。

誰もが口をぽかんと開けている。

「……答えが出たな。ティムは兄妹でも結婚が出来ると教えられていたようだ」

アサド王子がそう言うと、ギルネ様からアイラ、オルタまでが次々と口を開いた。

「兄妹にしてしまえば、アイリがシンシア帝国にいる理由にも疑問がわかない。意外と賢い方法かもな……」

「ティムお兄ちゃん、私も本当の兄妹じゃないから結婚出来るからね？」

「あーっはっはっ！　ティム、君だって僕のことを馬鹿にできないくらい常識がないじゃないか！」

オルタ以外のみんなが少し可哀そうな人を見るような瞳で僕を見る。

レイラまで……確かに僕は少し常識が無いけど、オルタほどじゃない……と思う。

「──なんだ！　王子たちはこんな所にいたのか！　全く、この僕を迎えに来ないなんてリンハール王国は礼儀がなっていないな！」

不意に、闘技場の入り口から朗々とした声が聞こえた。

僕はこの声に聞き覚えがあった。

「……セシル、王子？」

「おや？　驚いた、使用人のティムか？　城を逃げ出したかと思えば今度はこんな所で使用人をしているのか！　かつては継承第一候補の王子だったお前がどんどんと落ちぶれてゆくものだな！」

目の前のシンシア帝国第四王子、セシル＝シンシアは心の底から愉快そうに笑った。

「──えっ!?　ティム、お兄様……!?」

直後、セシル王子の背後から慌てた様子で少女が顔を出した。

──長く流れるような青い髪、大きな丸い瞳。

見間違えるはずがない……成長したアイリだ。

「ティムお兄様……！　ティムお兄様……！　よくぞご無事で……！」

アイリは僕を見ると、大粒の涙を流す。

僕が城を出ていった〝あの日〟と変わらない様子で。

「あはは、駄目だよアイリ。せっかく綺麗なお姫様になったんだから……泣くなんて子どもっぽいよ……」

僕は思わず声を震わせながらそう言った。

なぜセシル王子がアイリを連れてここに来ているのかは分からない。

それでも、今はただ三年越しのアイリとの再会を喜ぼうと思った。

第十話　最後の願いは叶えられない

アイリは僕を見ると、セシルを置いて急いだ様子で駆け寄って来た。

途中、転びそうになるのを見て僕は急いで駆け寄り、その身体を受け止めて支える。

アイリは熱を帯びた表情で僕の目を見つめた。

そして、すがるような声で一生懸命に言葉を紡ぐ。

「ティムお兄様ごめんなさい……。アイリは悪い子です。もう我慢ができません。私の身体の細胞の全てがティムお兄様を欲しているのです。これは夢ではないですよね……？　ティムお兄様は今、私を抱きしめてくださっているんですよね……？　夢ならどうか覚めないでください……神様、お願いします」

「――アイリ……寂しい思いをさせてごめん。夢でも何でも無い、紛れもなく僕だよ」

僕がそう言うと、アイリの瞳からは再び大粒の涙が流れ始めた。

そして、強く強く僕を抱きしめる。

アイリは相変わらず寂しがり屋で泣き虫だ。

「――おいおいっ！　アイリ、何をしているんだ！　そんな落ちこぼれになんて抱きついたら服が汚れてしまうぞ？　無能が感染ってしまうぞ？　さっさと僕の元に戻って来い！」

僕とアイリの様子を見てセシル王子が面白くなさそうな表情で怒鳴った。

アイリは僕の胸元から名残惜しそうに離れると、僕の手を握ったまま僕の隣に立つ。

そして、遠くからセシル王子に向かい合った。

「私、もう城には戻りません！　気が付きましたの。私の幸せはティムお兄様が側に居てくださることが全てだということに！　ティムお兄様にご迷惑がかかってしまうのは重々承知ですが……」

そう言って、アイリは不安そうに僕を見つめる。

きっと僕が城を出ていく時も幼いアイリは酷く無理をしていたんだと思う。

僕は馬鹿だ、そんなことにも気がつけなかったなんて。

もう無理はさせせない。

守るんだ――僕が、〝兄〟としてアイリを……！

「迷惑なもんか。僕はアイリのお兄ちゃんだ。僕だってアイリとは離れたくない。セシル！　アイリはこのまま僕が連れて行く！」

僕はアイリの手を強く握って宣言した。

僕の言葉を聞き、さらに怒りで顔を赤くしたセシルは僕たちを見下すようにして言葉を吐き捨てた。

「おいおい、俺はこんなことのためにはるばるリンハール王国にアイリを連れてきたわけじゃないぞ？　アイリ、お前に〝自分の立場〟を分からせて服従させるためだ！」

「……私の立場？」

アイリが首をかしげると、セシルはニヤリと笑みを浮かべた。

「あぁ、そこにいるリンハールの王子の兄の方なら知っているだろう。さぁ、お前の口から言ってやれよ『アイリは国益の為にシンシア帝国に引き渡された貢物』だってな。幼少期のティムが目にかけたせいでつけあがったようだが、本来は俺たちに逆らうことなど出来ないシンシア帝国の〝奴隷〟なんだよ！」

セシルの言葉を聞いて、アイリの手は不安げに震えた。

僕はすぐに「大丈夫」と囁いてアイリを安心させる。

そして、力強くセシルに言い返した。

「アイリは奴隷なんかじゃない、僕の大切な妹だ。本当の奴隷はセシル、お前だろ？　父上の〝力〟の奴隷になってるじゃないか」

「ふん、本物の奴隷《ざつよう》が何を言っても遠吠えにしか聞こえんな。ティム、アイリは〝リンハール家からの供物〟だ！　生贄だ、犠牲だ！　お前の妹なんかじゃないぞ！」

セシルの言葉にアイリの顔が青ざめた。

「そ、そんな……や、やっぱり……私はティムお兄様の妹じゃ――」

僕はアイリの手を強く握った。

「――そんなこと、知っているさ。それでも僕はアイリのお兄ちゃんだ。別に兄が何人いてもいいだろ？　セシル、お前がアイリを服従させようとしているなら、絶対にアイリを渡すわけにはいかない」

僕がそう言うと、レイラとアイラ、アサド王子、そして僕が糸を消して拘束を解いていたベリアルが僕とアイリを庇うように立ち、武器を構えてセシルを睨みつけた。

ギルネ様が腕を組んでその先頭に立って不敵に笑った。

「セシルとか言ったか？　ここまでの旅はご苦労だったな。アイリは渡さない。このままシンシア帝国の手が届かない場所まで逃げてやる」

オルタもギルネ様の横にしゃしゃり出ると胸元に手を添えて、得意げに高笑いした。

「あーっ、はっはっ！　流石にこの人数には勝ち目がないだろう？　大人しく降参したまえ！」

「――あんたは戦力になんないでしょ。アイラを抱えて端にいなさい」

後ろからレイラに指摘されると、オルタは「任せたまえ！」と自信満々にアイラを抱えて闘技場の端に寄った。

アイラを任せられるくらいにはレイラもオルタを信頼しているらしい。

ギルネ様たちが僕とアイリを守るように取り囲む様子を見て、セシルは顔を片手で覆う。

そして、そのまま顔を上に向けて狂ったように大きな笑い声を上げた。

「……なぁ、なんでだティム？　なんでお前にはそんなに仲間がいるんだ？　何の力も持っていない落ちこぼれのお前に……こんなの、許されるはずがないだろう」

そう言うと、セシルは殺意のこもった瞳で僕を睨みつけた。

「来い、『リュゼ』」

セシルがそう呟くと、手元に歪な刃をした短刀が現れる。

刀身は赤黒く光り、まるで空から差し込んだ陽の光が吸収されているようだった。

「神器だ！　油断するな！」

ギルネ様が声を上げると、僕の隣にいるアイリが血相を変えた。

「『リュゼ』!?　不味い、ティムお兄様！」

セシルは短刀を構え、神技を発動する。

「死ね、ティム……【心臓を穿つ刺突《ラン・リュゼ》】！」

「――っ!?　【物理障壁《プロテクト》】！」

「ティムお兄様！　【入れ替わり《スウィッチ》】！」

ギルネ様が防御魔法を唱えたのと、アイリが何かを叫んだのは同時だった――次の瞬間、

――パリィン！

何かが割れるような音と共に僕の視界がわずかに〝ズレた〟ような感覚があった。
同時に、ガラスのような物理障壁の破片が僕の頬にぶつかる。
視界の先に居たはずのセシルは消えていた。
全員で誰もいない闘技場の入り口付近を見つめて、僕たちは動きを止める。
そして、違和感はもう一つ。
僕の〝右手〟にあったはずのアイリの手の感触はなぜか僕の〝左手〟にあった。
セシルが神技らしきものを発動してからたったの一瞬。
それだけ多くの情報量が与えられて、僕はまだ何も理解出来てなかった。
「──はっ？　嘘……だろ……？」
直後、セシルの声がなぜか僕の真横から聞こえて僕は目を向ける。
そんな僕の目に映ったのは──
「……あ……ティム……お兄……さ……ま……」
瞳を大きく見開き、消え入りそうな声で僕の名前を呼んでいるアイリだった。
その胸元にはセシルが握っている短剣が深く突き刺さっている。
アイリの口から鮮やかな赤い血が流れ出た。
──レイラとアイラは悲鳴を上げる。
「アイリっ！」
僕は名前を呼んで、倒れるアイリを受け止めた。

「――ち、違うっ！　違うぞ、俺はティムを刺そうとしたんだ！　俺は……ティム、お前のせいだ！　お前とアイリの場所が入れ替わったから……！」

セシルは狼狽したまま、神器『リュゼ』を消した。

短刀が刺さっていた傷口からまるでワインを零したように大量の血液が流れ出て、アイリのドレスと僕の服を濡らしていく。

「ギルネ様っ！　アサド王子！　早く回復魔法を！」

「――あぁ！　今助ける！　絶対に助けてみせるっ！」

「……くっ！」

僕の呼びかけにギルネ様は一切の迷いもなく、そしてアサド王子は一瞬だけ何かに躊躇してから駆け寄ってきた。

「【大回復魔法《ヒール・グランデ》】！」

大量の血液が溢れ出し、患部も見えないアイリの胸元にギルネ様が上級回復魔術をかける。

懸命にアイリを救おうとするギルネ様の様子を見て、セシルは顔を青くしたまま後ずさりをした。

「む、無駄だ……神技、【心臓を穿つ刺突《ラン・リュゼ》】は、確実にアイリの心臓を突き刺した……もうどうやっても助からない……手遅れなんだよ……お前らがアイリをちゃんと守ってれば……」

うわ言のようにブツブツと呟くと、セシルは僕たちに背を向けて逃げるように闘技場を飛び出して行ってしまった。

「アイリ……アイリ、大丈夫だ。絶対に助けてやる！　諦めちゃだめだ！」

僕は血に濡れたまま浅く速い呼吸を繰り返すアイリに何度も声をかけた。

——まるで自分に言い聞かせるように。

アサド王子はそんな僕の様子を見て、苦しそうな表情で説明を始めた。

「ティム、あそこまで深く心臓に刃が刺さったなら回復魔法じゃ追いつかない！　別の方法が必要になる！」

アイラの視界を手で塞ぎながら、オルタも駆けつけて来た。

「——おい！　何か術《すべ》は無いのか⁉　僕の莫大な魔力を使えばどうだ⁉　昔のティムが禁術を使ったように、アイリを救う方法があるんじゃないのか⁉」

しかし、ギルネ様は魔法を発動しつつオルタの提案に対して首を横に振る。

「禁術には大量の魔力の他に、『習得するまでの術者の技量』や『魔鉱石、素材などの触媒を捧げる』必要がある……今からじゃ絶対に無理だ」

「——別の方法ならある」

口を開いたのはベリアルだった。

その顔は落ち着いているようにも見える。

でもその頬や額には幾筋もの汗が流れ、心中の強い焦燥が見て取れた。

「アサド、【手術《オペ》】をしろ。俺の心臓をアイリに移植するんだ。家族なんだから拒絶反応も起こさないだろ？」

「——論外だ！　成功確率は一％にも満たない。そして【手術《オペ》】を試みれば兄上は確実に死ぬ！」

アサド王子は焦るように爪を噛むと、すぐに別の方法を模索し始めた。

ベリアルはそんなアサドの肩に手を置いて、諭すように語る。

「頼む、やってくれ。俺は兄としてアイリに何もしてやれなかったんだ……。最後くらい、俺がアイリを救ってみせる！　だから――」

「――大丈夫……です」

ベリアルの言葉を遮ったのは、弱々しく声を上げたアイリだった。

僕は慌てて声をかける。

「アイリっ！　今、絶対に助けるからな！　安心しろ、お兄ちゃんに任せとけっ！」

アイリは僕の腕に抱かれ、優しい瞳で僕を見つめていた。

血に濡れたその小さな手を動かすと、僕の頬を伝う涙を拭って微笑む。

「いいんですティムお兄様……私はこれで。……もう私の為に誰かが何かを犠牲になどしないでください」

「そんな！　アイリ……」

「ティムお兄様を守れてよかった……きっと私は、今日この時の為に神様にお祈りしていたんです。だからお願いします……ティムお兄様……笑ってください……最後はティムお兄様の笑顔が見たいから……」

「アイリ……！　いいや、最後じゃない！　諦めちゃ駄目だ！　絶対に――絶対に助ける！」

僕は藁《わら》にも縋る思いで周囲を見回す。

ギルネ様は限界以上に魔力を消費して必死にアイリを助けようとしてくださっている。

ベリアルは心臓移植手術をさせる為にアサドに掴みかかり、脅しでもかけているようだった。

レイラとオルタ、アイラも方法を探して必死に話し合っている。

僕だって何か出来るはずだ！

何度だって僕がアイリを救うんだ！

考えろ考えろ考えろ考えろ……！

どうにかアイリを助ける方法を――！

「――ティム」

頭の中が絶望と焦燥に染まる中、不意に鈴を転がすような、綺麗な声が僕を呼んだ。

その声はまるで聖歌のように、僕の不安を包み込む。

そんな声に反応して顔を上げると、ギルネ様が僕に微笑みを向けていた。

その美しい顔からはポタポタと大量の汗を流しつつ、回復魔法をアイリに発動させ続けている。

――ギルネ様は祈るように僕に語りかけた。

「ティム、頼む……アイリに笑顔を向けてやっていてくれ。アイリの望む通りにしてやって欲しい……。幸せにしてやってくれ……。お願いだ」

「……ギルネ様」

ギルネ様の無理をしたような精一杯の微笑みを見て僕は悟った。

悟りたくなどはなかった。

だけど、ほかでもないギルネ様だったから、僕はどうにか受け入れようと思うことができたんだ……。

――アイリはもう助からない。

僕は今度こそちゃんとアイリを見た。

辛くて堪らないはずなのにアイリはまだ僕に笑顔を向けていた。

泣き虫のくせに、こんな時は涙を流しもしない。

優しいアイリのことだ、きっとこの笑顔は僕の為なのだと思う。

僕に心配をかけまいと――

僕から不安と焦りをどうにか取り除こうと――

最後まで健気に僕に微笑みを向けているんだ。

「……アイリ、ありがとう」

僕はアイリに感謝をした。

お別れをする決心がついたわけじゃない。

ただ、言えずに後悔はしたくなかったから……。

僕の言葉を聞いたアイリは少し安心したかのように息を吐いた。

アイリはようやく、無理をしていない本当の笑顔を僕に見せる。

「ティムお兄様……。どうか最後に手を握っていてください……。アイリはそれだけで十分です」

「分かった、絶対に離さない……！　アイリ……。どこへ行っても僕がずっとアイリのことを想ってる……！」

僕はアイリの手を固く握った。

この手が冷たくなってしまうなんて、僕には想像すらしたくなかった。

「嬉しいです……ティムお兄様の妹で……本当によかった……」

僕の手を握り返してアイリは満足したように目を細めていく――

「アイリ！　僕もアイリが妹で本当に良かった……！」

「ティムお兄様……アイリは……とても幸せです……」

アイリは最後に微笑むと、ゆっくりと目を閉じていってしまった……。

僕はそれでもアイリの手を握り続けた。

涙を流しながら、下手くそな笑顔を向けた。

心が壊れそうだ。

本当に殺されるべきは僕だったのに。

僕が無力だったせいだ。

何も変わっていないじゃないか。

僕は何も守れないままだ……。

――無力感に打ちひしがれていると、アイリが再びゆっくりと目を開いた。

「……ティムお兄様、もう一つだけお願いが」

「――な、何だアイリ！　何でも言ってくれ！」

僕がそう言うと、アイリは頬を赤く染めて口を開いた――

「あの……〝手を握ってくだされば十分〟と言ったのですが、やっぱりその……最後ですし、もう少し思い切ったお願いをしたいと考え直しまして、具体的に言いますと……その、く、〝口づけ〟とかは駄目でしょうか？　い、いえ！　もちろん〝頬にしてくれ〟なんて贅沢なことは言いません！　手の甲でも十分です！　で、でも出来ればおでことかにしてもらえると色んな意味で私も天国に行ける気がするんですが……」

「――っえ？　わ、分かった！　は、初めてだから下手くそだと思うけど――」

「――いやいやいやいや、ちょっと待てティム！」

口を挟んだのは回復魔法をかけてくださっているギルネ様だった。

ギルネ様は何やら訝しむような様子で僕の腕に抱かれたアイリを見る。

いや、ギルネ様だけじゃない。

その場にいた全員が驚きつつも似たような目つきでアイリを見ていた。

た、確かに……なんかアイリは思ったよりも元気そうに喋りだしていたけど……。

ギルネ様は患部――先程短剣が刺さったアイリの胸元をペタペタと手で触診する。

「――アサド王子」

「ギルネ嬢、分かった。【診察《コンサル》】」

アサド王子はアイリに近づき、肩に触れるとスキルを発動した。

確かこれは……相手の〝身体の状態が分かる〟スキルだったはずだ。

数秒後、アサド王子はスキルの発動を終えて診断結果を口にした。

「……傷は完全に塞がっている。それどころかありえないほどの超健康体だ……信じられんことだが、もう問題はないな」

「――え？」

僕は驚きと共にアイリに【洗浄《クリーン》】を使う。

切られたドレスの下からはもう血は流れ出てこなかった。

「――あれ？　私助かっちゃいました？」

アイリも自分の傷口だった場所をペタペタと手で触って驚きの表情を浮かべた。

「………………」

全く理解が及ばない状況に周囲は押し黙る。

「よかったぁ！　アイリちゃん、助かったんだね！　本当によかったぁ！」

レイラだけは泣いて喜びながら即座にアイリに抱きついていた。

僕も手放しで喜びたいけど、まだ安心は出来なかった。

何よりアイリの傷が急に治ってしまった〝原因〟が分からないままだ。

本当にもう大丈夫なのだろうか……？

「――ギ、ギルネ様が回復魔法で治してくださったんですか？」

「……いや、正直私の回復魔法でも切られた心臓を再生するのは無理だ。恐らく、なにか別の――」

ギルネ様は少し思案すると、何かに思い当たったかのように身体をピクリと震わせた。

「……ティムは幼少期に【失墜《エクリプス》】をアイリに使ったんだよな？　アイリを病気から救うために」

「は、はい……一カ月ほどで習得して急いでアイリに使いました」

僕はギルネ様の質問に答える。

「つまり、急ごしらえで使ったわけだな。それも妹を助けるために〝全力〟で」

「そ、そうですね。アイリが助かるなら〝腕でも足でも持っていけ〟という気持ちで……」

「──そして、ティムは神童《デウス》というとんでもない才能の持ち主だった。【失墜《エクリプス》】は『術師の持つ〝才能〟を〝生命力〟に変えて、対象者に与える』禁術……」

ギルネ様は納得がいったようにため息を吐いた。

「ティム、アイリが心臓を刺されても再生したのはおそらく、『ティムが加減をせずにアイリに生命力を与えすぎた』のが原因だ。神童《デウス》の才能を全て失う程にアイリに生命力を与えるのは明らかに過剰だったんだ」

「……えっ?」

僕が原因だと指摘され、思わず変な声を上げてしまう。

すると、アサド王子も納得した表情で頷いた。

「なるほど、俺が【診察《コンサル》】で調べた時に感じた異常な感覚もそのせいか。アイリ嬢の身体にはどんな傷も治ってしまうような生命力を感じられた」

「え、えっと──つまりアイリは不死身ってことですか……?」

「いや、何度も再生したりして余剰分の生命力が尽きたら元の病弱なアイリに戻るだろう。わざわざ戻る必要もなさそうだが……。少なくとも百人分くらいの生命力は感じたがな」

そんな説明を受けて、僕とアイリは顔を見合わせる。

ということは――

もう安心していいってことで――

「アイリっ！」

僕は喜びと共に思いっきり抱きついてアイリの肩に顔を埋めた。

よかった、本当に……！

「ティ、ティ、ティムお兄様！　そ、そ、そんなことをされたら私の心臓が止まっちゃいます！　せ、せっかく治った心臓が！」

アイリは大げさに反応してそんな冗談を口にする。

もうすっかり元気になったみたいだ。

僕はしばらくそのまま恥ずかしさで顔を真っ赤にするアイリの心臓の音を聞いていた。

うるさいくらいに〝アイリが生きている〟ことを証明するその鼓動を。

――こうして僕たちはシンシア帝国からアイリを取り返すことが出来たのだった。


「みんな、闘技場から室内に戻ろう。ひとまずは一件落着だ」

アサド王子の言葉で僕たちは闘技場からリンハール王城の中にみんなで戻ろうとする。

その前に僕はアイリに〝あのこと〟について聞いてみた。

「アイリ、さっき言ってたお願いだけど……その、た、確か僕に『口づけをして欲しい』とか──」

僕がそう言うと、アイリの顔は再びみるみる真っ赤に染まった。

そして、僕に深く頭を下げる。

「ごめんなさいっ！　ごめんなさいっ！　ティムお兄様にあろうことかあんなことをお願いしてしまうなんて！　どうかしていました！　忘れてください。つい魔が差してしまったんです！　お願いします。とにかく忘れてくださいっ！」

「わわっ、アイリ！　落ち着いて！　恥ずかしいのは分かったから！」

アイリだって年頃の女の子だ。そういうことに憧れがあったんだろう。

側にいたのが僕だったから、仕方がなく兄である僕に頼んでしまったんだと思う。

「わ、忘れるから！　だから安心してっ！」

忘れられるはずなど無いアイリの火照った表情と、爆発しそうだった自分の心臓の鼓動を思い返しながら僕は誤魔化した。

アイリは妹なのに〝意識してしまった〟なんて知られたらきっと気味悪がられてしまう。

いつも慕ってくれているアイリに『お兄様、気持ち悪いです……』なんて言われたら僕は崖から身を投げないでいられる自信がない。

「は、はい……ありがとうございます」

僕の言葉を聞いて、アイリはなんだか少し残念そうに返事をした……。

第十一話　リンハール王城でお茶会

「「――大変ご心配をおかけいたしました」」

リンハール王城の中に戻ると、広いホールで僕とアイリはみんなに頭を下げた。

アイリが心臓を刺された時、みんなには随分と心配させてしまった。

特にギルネ様にはヘトヘトになるまで魔力を使わせてしまったはずだ。

それでも僕たちを見て笑顔で笑ってくださっている。

「今になってみるとあれだけ慌ててしまったのが少し恥ずかしいな。なんであれ……無事でなによりだ」

ベリアルがそう言って頬をかくと、みんなも頷く。

そして僕はアイリにも頭を下げた。

「アイリ……〝守る〟と言っておきながら僕はアイリを守れなかった。それどころか逆に守られて、心臓を刺された後も何もしてあげられなかった。本当に……ごめん……」

そんな僕を見てアイリは戸惑う。

「――い、いえ！　お兄様は私の手を握っていてくださったじゃないですか！　結果的に助かったのもお兄様のおかげでしたし、私はもうどうお返しして良いか分からないくらいに感謝しているんですよ！」

アイリはそう言って僕に頭を上げるようにお願いした。

僕は自分の不甲斐なさを感じながら顔を上げる。

「いつか、強くなって僕がアイリを守れるようになるから！　だから――」

「心配は御無用です！　私はもう全然死なない体みたいですから！　むしろティムお兄様は私を盾にするくらいの気持ちで良いのです！」

アイリはそう言って小さな胸を張って笑顔で僕を見た。

「そ、それはそうかもしれないけど……アイリを盾になんて出来るわけないよ」

そんな話をしていると、廊下を小走りでシャルさんがやってきた。

ベリアル王子や見覚えのないアイリも含め、全員が勢揃いしている様子を見て少し戸惑っている。

シャルさんにアサド王子が声をかける。

「シャル、こっちの問題は解決した。そちらの報告をしてくれ」

「かしこまりました。『ギフテド人』の皆さんは無事、シンシア帝国にお送りいたしました」

「ありがとう。シャル。これで子どもたちも安心出来ることだろう」

「それで、ベリアル王子が捕らえられることもなくこの場にいるのはどういう結末になったのでしょうか？」

シャルさんはそう言ってベリアルの大きな体を見上げた。

アサド王子はベリアルの肩に手を置いて話を続ける。

「根本的な大きな問題はベリアルの疑心による物だった。アイリ嬢のことも……後で説明する。必要がないとは思うが、ベリアルは手錠を付けて牢獄に捕らえる。兄上、それで良いだろう？」

ベリアルは頷いた。

「構わない。『ギフテド人』には償いをさせてもらう。後日シンシア帝国のフィオナ・シンシア救護院へと向かわせてもらおう」

そう言ってベリアルはアイリに視線を向けた。

「――父上と母上に無事に成長したアイリを見せてやりたいが、アイリにとっても、今、床に伏している両親にとっても心の準備のような物が必要だろうな……」

アサド王子は同意する。

「そうだな。アイリ嬢、聞いた通りだが明日この王国の国王と王妃――生まれの上ではアイリ嬢の父親と母親になるが……その二人に会ってもらえないだろうか？」

アサド王子の提案にアイリは頷いた。

「構いませんわ。私は本当の両親に感謝こそしていますが、恨んだりするようなことは一切ありません。全ては力に溺れたシンシア帝国が悪いのです。そんな私の思いを先に伝えておいてくださいますか？」

アイリの気遣いにベリアルは頭を下げた。

「助かる。父上も母上もアイリのことを本当に心配し続けていたんだ。出来れば抱擁なども受け入れてやってほしい」

「ご心配要りませんわ。私も自分のことを心から愛してくれる両親や貴方の存在を嬉しく思っていますから……その……〝お兄様〟」

アイリは慣れない様子でベリアル王子をそう呼んだ。

「……アイリ、無理に俺のことを〝兄〟とは呼ばなくていいぞ」

ベリアルはそう言いながらも、嬉しそうに頬をかく。

「俺もアサドでいい。アイリ嬢のことを本当に妹として守り続けてくれたのはティムだからな」

そう言ってアサド王子は僕に優しい目を向けた。

「さて、今日はもう城内で各自休んでくれ。泊まっていってくれてかまわない。セシルの行方がまだ分からないが、あの様子だともう戻ってくることもないだろう。明日には父上からも直々に礼をさせてもらう。みんなこの度の件、本当に感謝する」

アサド王子がそう言ってベリアルと共に頭を下げると、オルタが高笑いをする。

「あーはっはっ！　王子に頭を下げさせて、国王からも感謝されたと知ったら僕の父上はきっと仰天することだろう！　しかも王宮に宿泊出来るなんてな！　さて、バルコニーはあるか？　リンハール王国全体を見下ろし、この気分に酔いしれるとしよう！」

そう言ってオルタは僕たちと離れて城の中を勝手に歩き出した。

オルタはこの後どうするんだろう。自分から立場を捨てたエーデル家にまた貴族として戻るのだろうか？

そんなことを思っていたらアサド王子が呟いた。

「恐らく『一人で風に当たらせてくれ』ってことだろうな、今回の騒動でオルタ坊も〝貴族の限界〟を感じたはずだ。少し放っておいてやろう」

そう言ってシャルさんを呼ぶ。

「さてシャル、ティムたちに案内を」

「はい、ティム君とその他の皆様、お部屋にご案内いたします。もうそれぞれのお部屋で各自休まれますか？」

シャルさんは僕たちにそう言って、首をかしげた。

ギルネ様はそんなシャルさんに「ありがとう」と感謝をしつつお願いをする。

「その前にシャル、客室を一つ借りてもいいか？」


リンハール王城の豪奢《ごうしゃ》な客室の一つ。

そこに僕、ギルネ様、レイラ、アイラ、アイリの五人を通してもらっていた。

要人との会合などに使われる部屋らしく、アイラは瞳を輝かせた。

「うわぁ〜、凄く綺麗なお部屋！　バルコニーもあるよ！」

これからどうするかとか、色々と考えなくちゃいけないことはある。

だけど、ギルネ様のご提案でひとまずはみんなで一緒にお茶会をすることにした。

お祝いをして区切りを付けた方がよいとのことだ。

「うむ、まだ空も明るいし、お茶会はバルコニーでしようか！」

「よく小鳥が飛んできますから、イタズラされてしまわないようにお気をつけください。何かございましたら城内の使用人になんでもお申し付けくださいね。ではごゆっくりどうぞ」

シャルさんはそう言うと、笑顔で部屋を出て行った。

「ギルネ様とレイラは大変お疲れでしょう……ベッドで本格的に休まれた方が良かったのではないですか？」

僕は二人のお体を気遣ってそう提案した。

レイラはフラフラになるまでベリアルと戦っていたし。

ギルネ様も魔力がなくなるまでアイリに回復魔法をかけ続けてくださっていたはずだ。

しかし、ギルネ様もレイラもテーブルを囲むように配置された豪勢な椅子に座ったまま首を横に振った。

「大丈夫だ。こうして椅子に座らせてもらえれば休める。ちゃんと夜に寝ないと生活リズムも崩れてしまうしな」

「私も平気よ。ティムが【手もみ洗い《ハンドウォッシュ》】をして疲労を取ってくれたしね。それよりもアイリちゃんとお話ししたいわ」

そう言ってお二人は僕の【洗浄《クリーン》】だけを受けてこの場にいてくれた。

同じようにテーブルを囲んで座るアイリとアイラは嬉しそうに笑う。

「ティムお兄様には沢山の素敵なお仲間の皆様が出来たのですね！　ちょっと女性の方が多いよう

な気もしますが……」

「アイリお姉ちゃん、ティムお兄ちゃんと会うことが出来てよかったね！　私とお名前がそっくりだし、いっぱいお喋りして仲良くなろうね！」

アイラはそう言ってアイリの手を握り、ブンブンと上下に振った。

「アイラさん、ありがとうございます！　そして皆さんにも改めてお礼を言わせていただきます！　本当にありがとうございました！」

アイリはそう言って立ち上がると深く頭を下げた。

その時、アイリから見て正面に座っていたレイラが突然鼻血を出す。

「レイラ!?　どうしたのっ？　大丈夫!?」

「大丈夫！　私は大丈夫よっ！　それより、アイリちゃんの服の胸元を早く繕ってあげた方が良いかもしれないわ！」

自分の鼻を押さえるレイラにそう言われて僕はようやく気がついた。

ほとんど目立たなかったから忘れてしまっていたけど、アイリの服は短剣に刺されて胸元が切れてしまっている。

背筋を伸ばしていれば切り口も分からないけれど、アイリがお辞儀をした際にレイラが気がついてくれたみたいだ。

なぜかまた出てしまったレイラの鼻血が心配だけど、いつものことだから僕も少し慣れてきた。

「じゃあ、アイリ少しだけじっとしていてね。《裁縫スキル》……よし、終わったよ！」

僕は無心でアイリの服の胸元を繕った。

下着は……流石に無理だから切れたままで我慢してもらおう。

繕い終わった自分の服の胸元を手でペタペタと確認してアイリは驚きの表情を浮かべた。

「お、お洋服が直ってますわ！　これはティムお兄様がやってくださったのですか⁉」

「うん、僕は《雑用スキル》が得意なんだ。このままお茶会にいたしましょう。皆さんにお茶のご用意をいたしますね！」

僕は《料理スキル》を使い、全員分の紅茶を淹れると、みんなが座っている前にティーカップを置いていった。

砂糖やミルクの入った小瓶もそれぞれの側に添えて置く。

お茶菓子として猫形のマカロンやクッキー、ミニケーキ、ハニートーストなどを載せてお出しした。

そして、保温状態で収納していた例の焼きリンゴとフライパンで綺麗に作り直した焼きリンゴもテーブルに置いていく。

最後に収納から花瓶を置いて、アイリの髪色と同じ青い花を生けた。

目の前にお茶会のセットが出来た様子を見てアイリは目を輝かせながら驚いている。

「えっ⁉　と、突然お茶やお茶菓子が現れましたわっ⁉」

「アイリお姉ちゃん、安心して！　お菓子もお茶もティムお兄ちゃんが用意した物だから！」

「まぁ、最初は驚くわよね……私は今でも驚いてるけど……」

レイラはそう言って焼きリンゴを口に運び、幸せそうな笑顔を浮かべた。

「ティムの作る物はどれも絶品だぞ！　アイリもほら、このマカロンというお菓子がおすすめだ！」

そう言ってギルネ様はアイリに黄色いマカロンを手にとって差し出した。

アイリは照れたように表情を赤らめる。

「ティムお兄様の手料理……よ、よいのでしょうか、私が食べてしまっても」

「もちろん！　ピーマンとかの野菜も練り込んであるから栄養バランスもバッチリだよ。アイリの口に合うといいんだけど……」

「よ、よいのですね……!?　わ、私の口でティムお兄様のお料理をグチャグチャに咀嚼して、私の身体の一部にしてしまっても！」

食事を独特な表現で表すと、アイリは興奮するようにギルネ様からマカロンを受け取って恍惚とした表情でそれを見つめる。

「ツヤがあって凄く綺麗ですわ……まるでティムお兄様の髪の色みたい。ソレが今、私の中に……。で、ではいただきます……」

そう言ってアイリは黄色いマカロンを口に入れた。

軽くブルリと身体を震わせた後、ゆっくりと噛み締めて幸せそうな表情を浮かべる。

「今まで王宮で口にしたどんなお料理よりも美味しいですわ……。私、もうティムお兄様の作った物だけを口にして生きていきたいです……」

「あはは、アイリはいつも大げさだなぁ。でも美味しくできてたみたいで嬉しいよ。皆さんもお召し上がりくださいね。お腹が空いていましたらお料理もお作りいたしますのでおっしゃってください」

僕がそう言うのを合図にみんなもぞくぞくとお茶菓子を手にし始めた。

「何回食べてもティムお兄ちゃんの作るお菓子は美味しいね！」

「あぁ、アイリの言うことも尤もだ。ティムの料理が無い人生なんてもう考えられん」

「焼きリンゴも美味しいわよ！　これを作りながらティムはベリアルを倒しちゃったんだから、ほらほらみんなも食べて！」

そう言ってみんなで和気あいあいとお茶会が始まる。

幸せだ。こうしてみんなに喜んでもらえる瞬間が奉仕する者として最高の喜びだと思う。

それなのに、子どもの頃の僕は一度でも料理を作ってくれた人に感謝や賛辞を述べたことがあっただろうか。

アイリが僕の側に戻ってくれたからだろう。僕は紅茶を口にしながらそんなことを思い返していた。

「――ティム、アイリについてもう一度紹介してもらっても良いか？　宿屋で少し聞かせてもらってはいたが、もっと詳しく知りたい」

「かしこまりました！」

ギルネ様のお願いに僕は快く答える。

「アイリは昔からすっごくいい子なんです。セシルのように力や権力の奴隷だった昔の愚かな僕が使用人をイジメている時、アイリはいつも使用人をかばい続けていました」

僕の言葉を聞いて、アイリは照れるように頬をかいて紅茶を口にした。

僕は昔を思い出しながら当時の心優しいアイリの行動をみんなに紹介する。

「――例えば、僕が粗相を働いた使用人を踏みつけると、アイリは『お兄様、私を踏んでください！』と頭を差し出してきたり。僕が使用人に犬の真似をさせて楽しんでいると『私をお兄様のペットにしてください！』って四つん這いになったり、どこからか首輪とリードと餌皿を持って来たこともありました……そんな風にアイリはいつも『自分の身をていして、立場の弱い人の身代わりになろう』としてくれていました」

「――っ!?　ケホッケホッ！」

僕がそう言うと、アイリは突然飲んでいる紅茶でむせて、慌てて補足をした。

「あ、あはは！　そうですね！　私はそうやって〝使用人の皆さんを守ろう〟としていました！　ええ、全くその通りです！　ティムお兄様は私には手を出してくださいませんでしたが……」

そう言ってティーカップを掴むアイリの手は激しく震えていた。

きっと当時の僕への恐怖を思い出してしまったんだと思う。

僕は弱者をいたぶることで快楽を得ていた最低な人間だった。

アイリがそういう手段を使って僕を止めていなかったら、僕はきっともっと酷いことを使用人たちにさせていただろう。

昔の僕もさすがにアイリには手を出さない。そうして心の奥底で少しずつ考え方を改めてくれたんだと思う。

「そう……アイリちゃんはすっごく優しい子だったのね……」

「うむ、ショタ――幼少時代のティムはそんなこともしていたんだな。それは使用人が羨ま――可哀そうだな」

「な、何かアイリお姉ちゃんに別の意図も見える気がするんだけど……それに、動揺してない？」

レイラはホロリと涙を流し、ギルネ様は腕組みをして頷き、アイラは小さな声で何かを呟いた。

お茶会は続いていく。


みんなが楽しくお茶会を続ける中で、今度はアイリに僕たちのことを紹介することになった。

「それで、ティムが侮辱された私のためにギルドの幹部全員を片手でひねり潰してだな――」

「ギルネ様、僕はそんなことしてないですよ……その時はギルネ様と共にギルドを出て宿に向かったんです――」

ギルネ様はまるで冒険譚でも語るようにウキウキとしたご様子で僕との出会い、そしてギルドを追放されるまでの様子を語る。

さらに酷くなっていたギルネ様の記憶違いを修正しながら僕もアイリに話をした。

続けて、レイラがリンハール王国に来てからベリアルを倒すところまでをアイリに語ってくれた。

「――そして、もう駄目だって思った時に空の橋からティムが飛び降りて来たの。『レイラに手を出すな』って叫びながらフライパン一つでベリアルに飛びかかって。それで本気になったベリアルはティムを殺す為に全力で斬りかかったんだけど、ティムが焼きリンゴを作るついでにフライパンで顔面を叩いて倒してしまったわ」

そんなレイラの話を聞くと、ギルネ様は笑った。

「――あっはっはっ！　レイラ、さすがにそれは話を盛り過ぎだぞ！　まぁ、ティムは格好いいからつい盛りたくなってしまうその気持ちは分からないでもないが――」

「あの……ギルネ様……大体合っています」

僕がそう呟くと、ギルネ様は驚愕の表情を浮かべた。

一応、ベリアルを倒したことは伝えていたけど詳細を話したのは今のが初めてだ。

まぁ、普通は信じられないよね……。

「ティムお兄ちゃんが飛び降りた時はびっくりしたけど、すっごく格好よかったよ！」

「えぇ……本当に……。私、あの時のことを何度も夢に見ちゃいそう……」

そう言ってレイラは自身の身体を抱きしめると、ブルリと全身を震わせた。

レイラにとって、ベリアルと戦うのは怖くて堪らなかったんだろう。

何度も夢に見てしまう程の恐怖だったみたい。

今夜はアイラだけじゃなくてギルネ様やアイリも安心させるためにレイラと一緒に寝てあげた方が良いのかも。

そんなレイラとアイラの様子を見ると、ギルネ様の頰から一筋の汗が伝った。

「ほ、本当なのか……？　てっきりベリアルが勝手に転んで自滅したのかと……い、いや！　私は分かっていたぞ！　ティムはやる時はやる男だからな！」

「そんな――　『男の中の男だ』なんて……ありがとうございます」

僕は身に余るギルネ様の賛辞に感謝しつつアイリの様子を確認する為に目を向けた。

「…………」

アイリは僕たちの話を聞きながら紅茶を盛大にこぼしていた。

飲もうとして、紅茶のカップを口元に運んだけど、聞き入ってしまったので口を閉じたままカップを傾けてしまったらしい。

アイリの体が紅茶でびしょびしょになっている。

「ア、アイリ!?　紅茶が全く飲めてないよ!?　《洗濯スキル》……【脱水《デジック》】！」

僕は透けてしまっているアイリの下着を見ないようにしてスキルで紅茶を取り去った。

全く見ていない。ピンク色の可愛らしい下着なんて……！

紅茶はそんなに熱くしていないから火傷はしていないと思う。

そもそも火傷なんてしてもアイリはすぐに治っちゃうんだろうけど。

「……はっ!?　ごめんなさい！　ティムお兄様のご活躍があまりにも素晴らしすぎて、胸が熱くなって、ボーっとしてしまいましたわ！」

「胸が熱くなってたのはこぼした紅茶のせいだね……アイリの体が濡れてびしょびしょになってたよ」

「ぬ、濡れて……!?　あ、紅茶の話ですね……ごめんなさい……」

そう言ってアイリは顔を赤くして頭をかいた。

僕はそんな様子のアイリを見て子どもの頃を思い出す。

「あはは、アイリは昔から抜けている所があるから気をつけないと。子どもの頃もよくほっぺたにご飯粒とかを付けてたよね」

「お恥ずかしいです……いつもティムお兄様が指で取ってくださっていましたね……」

僕がそんな昔話をすると、アイリは恥ずかしそうに顔を手で隠した。

アイリのまだまだ子どもっぽい一面にどこか安心しつつも、僕はギルネ様に呆れられてしまわないか少しだけ心配になる。

ギルネ様はとても立派で格好いい大人の女性だから。

「――ふむ、まぁ人は誰にだって不注意な所はあるさ。アイリ、恥じることじゃない」

「ギルネ様……！」

そんな優しいお言葉に僕はギルネ様の方を向く。

すると、ギルネ様の頬がケーキのクリームだらけになっていた。

「ギルネ様っ⁉　お顔がクリームだらけになってますよ⁉　【洗浄《クリーン》】！」

僕が慌ててスキルを発動すると、ギルネ様はなんだか少しだけ残念そうな表情で「ありがとう」と呟いた。

アイリに気を遣ってギルネ様が顔を汚してくださったんだろう。

こんな気遣いも出来るギルネ様は本当に素敵だ。

そんなことを考えていたら、アイラが不意に僕に囁いた。

「――ティムお兄ちゃん、お姉ちゃんが寝ちゃったみたい」

アイラの言葉を聞いて、レイラの方を見ると確かに寝てしまったように目を閉じていた。

なんだか凄く幸せそうな表情だ。

「さっき紅茶に濡れたアイリお姉ちゃんを見た瞬間に、意識が飛んだみたいに寝ちゃったんだ」

「レイラはやっぱり疲れていたのか。私がお茶会なんて提案してしまったせいで無理をさせてしまっていたようだな」

ギルネ様は申し訳無さそうにため息を吐く。

僕はそんなレイラの様子を見ながら、先程思い付いたことをお願いした。

「このまま寝かせてあげましょう。それと、夜はギルネ様やアイリもレイラに添い寝をしてもらってもいいですか？　今回の戦いでは随分と怖い思いをしたはずですから」

「じゃあ、みんなで寝ようよ！　ティムお兄ちゃんも一緒に！」

「あはは、アイラ。僕は大丈夫、別室で寝るよ」

無邪気なアイラの提案を僕は笑って誤魔化す。

アイラはまだ小さいから男の人が女の人と一緒に寝ちゃいけないって分からないんだろうなぁ。

「ティムお兄様、かしこまりましたわ！　私、レイラさんが不安になってしまわれないように抱きしめて、出来るだけ身体を密着させて一緒に寝ます！　お任せください！」

「そうだな、レイラが不安なら仕方がないだろう。普段スキンシップを避けられている分、いっぱい抱きしめてやる。ふふふ、楽しみだ」

アイリとギルネ様は力強く約束してくれた。

アイリ＝シンシア
（アイリ＝リンハール）

Airi Sincia

Ascendance of a Choreman
Who Was Kicked Out of the Guild.

ティムに
虐めてもらうこと
苦手なものは？
シンシア帝国の
王室

レベル：1

ステータス▶▶ 腕力E　防御力C　魔力D　魔法防御D　速さF

冒険者スキル▶ 全部最低評価

シンシア帝国の姫だったが、その正体はリンハール王国の姫。昔の性格が悪い頃からティムを慕っていたのは実はマゾっけがあるから。今でもティムには人をいたぶる才能があると思っている。不死身に近い再生能力（生命力が尽きたら死ぬ）を持っている。

第十二話　オルタニアと英雄《アルゴノーツ》

「――ふふふ、随分とみすぼらしい格好になったな。これじゃ女性にアプローチも出来やしない」

僕、オルタニア＝エーデルは部屋の鏡を見ながら今の自分の姿に悪態をついていた。

僕の希望でリンハール王城の一番大きなバルコニー付きの部屋に案内してもらった。

大きすぎる部屋で一人、今の自分を色んな角度で見てはため息を吐く。

「せめて胸元にバラの花くらいはあしらいたいな、このままでは華やかさに欠ける」

そんな独り言を言いつつ、短く切られてしまった自分の髪をいじる。

こんな似合わない髪型と服装になったせいで、この部屋に通される間もリンハール王城内のメイドたちにはジロジロと見られてしまっていた。

何やらみんな、顔を赤らめていたが……。今の僕は見ている方も恥ずかしいような無様で地味な格好ということだろう。

以前の貴族服とおかっぱ頭《エーデルヘア》で街を堂々と闊歩していた時はみな、美しい僕の格好に照れて顔すら合わせられない様子だったのだが……。

「――まぁ、その分僕自身が華やかであればよいだけだがな！」

そんなことを呟き、笑いながらだだっ広いバルコニーへと出た。

沈みゆく太陽を見つつ風に当たりながら端まで歩くと、手すりを摑みリンハール王国の城下町を一望する。

(『華やかであれば』……か。それはどういう生き方だ？　僕は……結局何になりたいんだ？)

ため息を吐くとそんなことを自問する。

またエーデル家の貴族に戻ることは難しくないだろう。

事情を説明すれば父上は褒めてくれるだろうし、僕は名実共に十全な状態でエーデル家を継ぐことも出来る。

だが、僕が本当になりたかったのは……。

ゆっくり瞳を閉じると瞼《まぶた》の裏に鮮烈に焼き付いている。

綺麗な金髪、燃えるような瞳、勇敢な横顔。

仲間の為、自らの危険を顧みずに敵へと向かって行ったあの少年――ティムの姿が。

魂が震えた。

心が揺さぶられた。

もちろん心配の方が強かったが、ティムは見事に強大な敵を打ち倒して仲間を救ってみせた。

まるで、僕が小さい頃から読んでいた小説の英雄だ。

(まぁ、少しだけ頼りなかったがな……)

心の中でそんな一言を付け足して僕は笑う。

僕もそうなれると思っていた。

『貴族』として人の上に立てるようになれば周りの人々を救えると……。

だが違った。

貴族では全員を救うことはできない。

賭けるのは自分の命ではなく、領民の命だ。

例え友が窮地に陥ろうが勝手に駆けつけることなど許されない。

身分や責任の狭間で自分の感情や正義感を飼いならし、折り合いをつける必要がある。

時には誰かを犠牲にしてでも……誰かを救うのだ。

「僕には……貴族なんて荷が重い……！」

思わず弱音を吐いた。

今までの自分の人生を全て否定するような弱音を。

だから一人になりたかったんだ。

こんなの誰にも聞かれたくなかったから……。

「――若くして思い悩んでいるんデスねぇ」

不意に聞こえてきた穏やかな声に僕は驚いて振り返る。

鍵は閉めていたはずだ。誰かがいることなどありえない。

「だ、誰だ！」

「――これは失礼いたしマシた。怪しい者ではありますが、戦う気はありまセンよ」

バルコニーの柱の横には筋骨隆々の三、四メートルくらいの巨大な男が、人が好さそうな笑みを浮かべて立っていた。

降参でもするように両手を上げているが、その手が振り下ろされれば僕は一瞬でぺしゃんこにされてしまいそうだ。

「そ、その巨大な体軀……巨人族《ジャイアント》か⁉」

僕が驚くようにそう言うと、彼は頭を下げる。

「ハイ、私は巨人族《ジャイアント》のイスラと申しマス。そして……テレサさんも、出てきてクダさいよ」

巨人族《ジャイアント》の男性は小声でバルコニーの柱に呼びかける。

すると、面倒そうな様子を隠そうともしない女性の声が聞こえてきた。

「ちょっと、イスラだけで済ませなさいよ！『貴族なんて嫌だ』とか呟いちゃってるわがままお坊ちゃまなんて相手にしたくないわよ！」

そんな言葉を聞き、僕は羞恥で顔を赤くした。

あ、あれは誰もいないと思ったから呟いたんだ……まさか誰かに聞かれていたなんて。

「まぁまぁ、テレサさん。きっと彼なりの理由があるのデスよ。それに思春期を抜けて間もないような青年の呟きを勝手に聞いてしまった我々も悪いデス」

「はぁ～、めんどくさぁ。私は婚活で忙しいのよ？　何でこんなダルい任務に私がわざわざ出向かないといけないのよ」

そう言って柱の陰からため息を吐きながら小柄な少女が出てきた。

本当に背が低い。アイラと同じ位の背丈だ。

カジュアルな格好で面倒くさそうにボサボサの青い髪をいじりながらイスラの隣に立つ。

そして、気だるそうな瞳で僕を見た。

「──っ!?」

「……?」

突如、僕の姿を見て目を丸くした彼女はすぐ柱の陰に戻る。

そして綺麗なドレスを身に纏い、髪が完璧にセットされた状態で、すぐまた柱の陰から出てきた。

この短時間でどうやったのだろうか……。

先程の自分の立ち居振る舞いを全てやり直すかのように微笑みを浮かべながら、優雅でおしとやかに歩いて先程の──イスラの隣の位置まで戻ってくる。

「──ごきげんよう。突然の訪問をどうかお許しください。私はか弱い妖精族《フェアリー》のテレサですわ。趣味はお裁縫です」

そして、先程の低くて気だるそうな声とはうって変わって、ワントーン高い声でにこやかに挨拶をする。

先程僕が見たのは何かの幻覚だったのだろうか……?

しかし、イスラも驚いている。

「テ、テレサさん……いつもと態度が違──ぶぺぇっ!?」

「あら、イスラさん！　頬に虫さんがいましたわ！　私、怖くてつい叩いてしまいましたっ！」

その件に触れようとしたイスラの頬に小さな手形が付いて赤く腫れる。

どうやら彼女にはたかれてしまったらしい。

な、何だ……このでこぼこコンビは……。

テレサは何やらイスラに屈むように合図すると、お互いに顔を近づける。

「何よ、こんなとんでもイケメンなら話は別よ！　イスラ、先に言いなさいよね！」

「テレサさん、我々は婚活に来ているワケではないんデスよ！」

そして、何かをコソコソと話し合っている。

僕がますます怪しむような視線を送ると、二人はそれに気が付いた。

コホンっと咳払いで仕切り直しをしつつテレサから僕に話を始めた。

「失礼致しました。私達は、この場所で強大な魔力を観測いたしましたので、その残存魔力を辿ってここまで来ましたわ」

「魔力の発生源である貴方にたどり着くまで少し苦労しましたケドね。そのせいでテレサさんが不機嫌になってしまいマシた――」

また余計なことを言いそうになったイスラは自分の口を両手で塞ぐ。

強力な種族である巨人族《ジャイアント》が最弱種族といわれる妖精族《フェアリー》の機嫌を窺うというありえない構図に僕は慣れそうにない。

ひとまず、テレサの言う通りベリアル王子の部屋の宝具を破壊する際に僕が放出した魔力を追って来たというのは納得はできる。

だが何にせよ……とても怪しい。

彼らは一体何者なのだろうか……。

「あぁ、その訝しむ視線も素敵です。目元がキリッとしておられますのね」

「あ、怪しまないでクダさい。我々は『英雄《アルゴノーツ》』と呼ばれる組織に属する者デス」

「――『英雄《アルゴノーツ》』だとっ⁉」

イスラの発言に僕は驚いた。

『英雄《アルゴノーツ》』……〝国〟という枠組みの頂点は〝国王〟や〝皇帝〟だが、その国々の更に上に存在しているると言われている組織だ。

王子はもちろん、国王ですら彼らには逆らうことが出来ない。

世界中から最強の実力者のみが集い、〝冒険者の最頂点〟とも言われている。

伝説の存在のはずだが、それが今僕の目の前にいる彼らということらしい。

しかしにわかには信じられないことだ。

僕は警戒を解かないまま彼ら二人と向かい合う。

イスラは身長が高すぎたのでテレサと視線を合わせて僕は口を開いた。

「もう少し、君たちの話を聞こう」

「ありがとうございます。そうですねぇ、単刀直入に申しますと――」

テレサはドレスの裾をつまみ、膝を曲げると、僕に微笑んだ。

「貴方を、我々『英雄《アルゴノーツ》』のメンバーに迎え入れたいと思っておりますわ」

「――は？　僕を……『英雄』に……？」

ありえない申し出に僕は困惑する。

話くらいは聞いたことがある。

『英雄』とは、冒険者として究極にまで名を揚げた歴戦の勇士や幾千の兵士にも一人で勝る実力が示された豪傑が得られる称号のはずだ。

今日初めて会っただけの者に、ましてや戦闘経験すら無い僕のような者に与えられて良いものではない。

すると、巨人族《ジャイアント》のイスラも慌てるように妖精族《フェアリー》のテレサを諭し始めた。

「テレサさん！　いきなり過ぎマスよ、順序立てて説明してあげないと混乱しマス！」

「あら、ごめんなさい。普段はこんなに大雑把な性格ではありませんのよ。整理整頓もお掃除も得意ですし！」

「さりげなく婚活をするのも止めてクダさい！」

身長も息も全く合わない二人。

僕は腕を組みながらため息を吐いて意見を述べた。

「イスラの言う通りだ。僕は今文字通り首をひねっている。『英雄《アルゴノーツ》』についても僕にはおとぎ話の中の世界だ、もう少し詳しく教えてもらえないだろうか」

「えと……文字通りに首をひねる必要はあるんデスか……？」

僕の視界から見て真横に映るテレサが笑顔で両手を合わせて頷いた。

「かしこまりましたわ！　まずこの大陸――〝ソティラス大陸〟全体にはびこる〝魔物〟や〝魔

獣〟。この存在は〝ダンジョン〟と呼ばれる迷宮から出現し、人々を襲っているということはご存じですか？」

僕は首を元に戻して頷いた。

「あぁ、だから世界中の冒険者達はその〝ダンジョン〟を攻略し、魔物の発生を抑制する。国を守ると共に報酬や〝ダンジョン〟のお宝を手に入れて生活をしているのだろう？」

「その通りですわ！　問題はその〝ダンジョン〟という物が自然にできている物だけではないということですの」

テレサがそう言うと、イスラが頷いた。

「ハイ、〝ダンジョン〟の多くは魔物をこの大陸に送り込んでいる〝魔族〟によって作られている物デス。彼らは全ての種族を滅ぼしてこの大陸を手に入れようと企んでいマス」

「私達英雄はその魔族と直接殴り合い――お戦いをしてるグループですわ」

テレサは慌てて清楚な言葉に言い換えた。

話を聞いて僕は考える。

僕が屋敷の書庫で読んだ書物の一つと情報は一致している。

世界の本当の危機は国や種族同士の争いではなく、魔物を生み出し続けている〝魔族〟という者達との古来から続く争いだということだ。

種族という垣根を超えて、最強の英雄たちが集まった〝特級ギルド〟。

英雄、それが彼らならばこの話も真実なのだろう。

「だがしかし、わざわざ僕なんかをスカウトする理由が分からないな。上級冒険者ギルドにでも行けばもっと優秀な戦士がごまんといるはずだろう」

「いえいえ、あんな雑魚――ネズミさんのようにか弱い皆様では少し力不足ですの。皆様、せいぜいモンスターたちから国の防衛を担う程度ですわ」

「そ、そうデスね。それと、実は魔族との戦いは我々が劣勢デス……それで、私達は探していたんデス――」

二人は僕に向けて手を差し出した。

「「切り札となる、〝時空魔法〟を使える素質を持った者を」」

そんなことを言われて、僕は今度は逆向きに首をひねった。

「〝時空魔法〟？　それが使える素質が僕にあるということか？」

「ハイ、貴方のステータスを少し見させてもらいマシたが、魔力が非常に高いデス」

「『僕のステータスを見た』だと？　おかしな話だな、僕に魔道具を使用すると壊れてしまうんだ。ステータス判定の魔道具バリューは使えない」

僕の反論にテレサは小動物でも眺めているような微笑みを浮かべる。

「レベルが三十辺りを超えたらそんな物使わなくても相手の力量は測れるようになりますわ。この辺鄙な人間の国々ではなかなかそんなレベルの人はいませんが」

イスラが同意するように頷いた。

「〝時空魔法〟は消費する魔力が莫大過ぎて、誰も基礎魔法すら使えまセン。ですが、魔道具すら壊してしまう程の魔力を常に出し続けながらケロリとしている貴方なら使える可能性がありマス」

そして、テレサは顎に手を添えて僕をじっと見つめた。

「私も今、直接貴方をこの目にするまでは疑っていたのですが……。完全にぶっ壊れ――本当に素晴らしい魔力をお持ちですわ」

「そうデスね……異常です。人間の身でここまでの魔力を持つなんてタダで済むとは思いませんから何らかの代償も支払っていると思うのデスが……」

「代償か。そんな物はない。僕は生まれた時から完璧な存在さ」

僕は自分の胸元に手を添えて頭を下げた。

「僕はオルタだ。オルタニア＝エーデル。名乗りが遅れてしまったな。とはいえ僕はもうエーデル家を出たからこの名前を名乗って良いのか分からないが――」

そう言った瞬間、テレサの表情が急にけわしくなった。

そして、諭すような口調で僕に言う。

「――家名は大事になさい。繋がりの糸というものは一本でも繋がっていればいくらでも太く丈夫に出来るわ。でも自ら断ち切ってしまうと結び直すのが困難になるの」

そこまで言うとテレサは慌てて自分の口を塞いだ。

普段の口調が出てしまったからだろう。

だが、テレサの言う通りだ。

僕はエーデル家を誇りに思っている。自らその糸を切る必要はない。

テレサは焦って自らのキャラを取り戻す。

「ご、ごめんなさい、私ったら変なことを言いましたわ！　私たちもちゃんと自己紹介いたしますわね！　私はテレサ＝フロイトですわ」

「私はイスラ＝ディアボロスと言いマス。オルタさん、よろしくお願いしますネ」

お互いの簡潔な自己紹介を終えると僕は質問を口にする。

「それで、〝時空魔法〟といったか？　それが使えるようになるとどうなるんだ？」

「これはその名の通り、〝時間〟と〝空間〟を操る魔法デスね。例えば、〝時の流れを遅く〟したり、〝異空間に何時でも物を出し入れ〟したり出来るようになりますヨ」

テレサは少し得意げに胸を張った。

「ふふふっ、一対一《タイマン》に物量戦、どちらも手にしたら最強になれますわ！　ありえないような魔法ですけど、魔族との戦いはこれくらい高次元な能力が必要になりますの」

二人の話を聞いて、僕は拍子抜けしたように呟いた。

「何だ、そんなのティムが同じことを出来るじゃないか」

その呟きを聞いた二人は顔を見合わせる。

身長差が凄いのでお互いに首が疲れそうだ。

「――いえいえ、出来る者などいませんヨ。そんなことが出来たら即刻『英雄』になってもらってマスし、貴方以外では強力な魔力の痕跡も感じませンでした。そもそもそんなことが出来る者が存在するはずが――」

「ちょ、ちょっと、イスラ！　オルタはいきなりこんな筋肉巨人と超絶美少女に話しかけられてまだ混乱しているのよ？　嫌味っぽく指摘をして苛めるのは止めなさいよ！」

そう言ってテレサはイスラを叱り始めた。

「あなたは身体が馬鹿でか――大きいんだから、高圧的に感じるのよ。人一倍言葉を慎重に紡ぎなさい」

「そ、そうデスね……私も魔術のこととなると少し熱が入ってしまいまして……反省しマス」

テレサの方が何かと口に出す前に言葉を選ぶべきなんじゃ……？

頬をはたかれたくないので僕は口には出さなかった。

そして一応、〝時空魔法〟と似たようなことをしているように見えたティムについて二人に聞いてみる。

「この城に冒険者を目指している金髪の少年がいるんだ。彼は『英雄』にはなれないのだろうか？」

僕の質問に二人は話し合いながら答えてくれた。

「つい先程、オルタさん以外の実力者の方々がホールに集まっていた時に全員の実力を見まシタが……残念ながら皆さん実力不足デシたねぇ。高身長で褐色の人と紫髪の女の子が少し強かったデスが」

「ティムって、確かあの中でも特に弱かった金髪の子よね……。残念ながら、あれじゃ普通の冒険者になるのも難しいんじゃないかしら？」

「そうデスねぇ、私達もただの一般人か使用人と思ってマシたし……。彼は戦いとかは無理だと思いマス」

そして、僕に結論を述べた。

「とにかく、彼はこんな途方も無い戦いに巻き込むべきではないわ。戦闘も無理そう。イスラの言う通りただの〝一般人〟ね」

「ハイ、彼のような弱い人たちを救うためにも我々は魔族と戦い続けているんデス」

「……そうか」

二人の言葉を聞いて、僕もティムをこの話に巻き込むのは止めた。

苦難を乗り越えて、無茶を押し通して、せっかく妹とも再会できた。

そんなティムに再び困難を与えていいはずもない。

ティムには守るべき仲間がいて、果たすべき目的や夢がある。

次は……僕の番だ。

「――弱い人々を救う、誰かを犠牲にする必要もない。全ての民を救うことが出来る……。ふふっ、まさに僕の探し求めていた英雄像だな……」

僕は胸元に手を添えると華麗に高笑いをしてみせた。

「あーはっはっはっ！　であればこの僕に全て任せたまえ！　なんたって僕は〝英雄〟、オルタニア＝エーデルなのだからね！」

すっかり夜になり、月がきらめく空に僕の声が高らかに響く。

ティム、君は君が成すべきことを――

そして僕は僕が理想とする生き方を――

いつか再会する、その日まで。


「あーはっはっはっ！」

僕の優雅な笑い声を遠巻きに聞きながら、イスラとテレサは何かをこそこそと話している。

「め、めちゃくちゃ笑ってマスね。というか、まさかのノリ気デスね」

「くそー、あいつ見た目は超格好よくてタイプなのに。やっぱり英雄は〝私以外〟みんな変人なのかよ」

「テレサさん……自覚が無いんデスか……？」

二人とも、きっと僕への期待が止まらないのだろう。

僕はひとしきり笑い終えると、そんな二人に提案する。

「では、明朝出発するとしようか。ティム達にも別れを告げないとな」

「え、えーとデスね……オルタさん」

「大変申し訳無いのですが、〝今から〟来てもらいますわ」

やけにニコニコした様子で二人はそんなことを僕に言ってきた。

「やはり急ぎなのか。分かった、ではみなに一言ずつだけ別れの挨拶を」

「――オルタ、私達は急いでおりますの。今すぐ行きましょうよ」

「すみません、オルタさん。テレサさんは気が短く、もう限界でシテ。今すぐ参らないと非常に不味いことになるのデス」

そう言いながらテレサとイスラは笑顔のままジリジリと僕と距離を詰めてきた。

こいつら、まさか力ずくで……！

「くそっ、せめてアイラにだけでも別れの挨拶をする！　あんなに素晴らしい器量と向上心を持った女性とはそう会えない！」

僕は振り返ると、部屋の扉へ向かって全力で駆け出した。

「あっ逃げマス！　【拘束《バインド》】！」

イスラが呪文のような物を唱えると、光の紐が僕の身体を縛り付けた。

「ふんっ！」

——ブチィ！

しかし僕は気合でそれを千切る。

「えぇ!?　私の拘束魔法が『ふんっ！』で破られマシた!?　どんな魔力デスか!?」

「あっはっはっ！　〝愛の力〟の前にはどんな魔法も無力さ！」

「いえ、明らかにオルタさんの魔力が異常なせいデスよ！」

僕の手がドアノブに伸びる。

あと少し……！

「——あら、なら私も〝愛の力〟で縛っちゃいましょう。運命の赤い糸で」

僕の手がドアノブに触れずに空を切った。

そして、自分の身体が後ろに引っ張られたことに気がつく。

見ると、僕の足が赤い糸で拘束されていた。

糸の先はテレサの小指と繋がれている。

「ほら、戻ってきてくださーい」

テレサがそう言いながら小指をクイッと引くと、紐付けされた僕の足も引っ張られて体全体が宙に浮く。

そして、テレサに受け止められてしまった。

いつの間にかテレサの服装が蒼い、煌びやかなドレスに変わっている。

「これ以上暴れるなら、全身を糸でグルグル巻きにしちゃいますからね～」

「ぼ、僕の身体が、小指一本で引き寄せられた!? 一体どんな魔法を――」

「あっ、ソレは魔法ではなくテレサさんの馬鹿力で――」

「ほら、こんな感じで♪」

テレサがそう言うと、イスラの口が糸で縛られた。

「変なことを言う口は縛っちゃいますからね～。私はか弱い妖精ちゃんなのでそんなことはできるはずがありませんわ。愛の力です」

「くそ、僕は諦めないぞ！ アイラ！ アイラ～！」

「あらあら、まだ暴れるんですね。全く、どう料理してあげましょうか。あっ、私はお料理も得意ですわ」

散々叫び声を上げたが、結局僕は全身を糸で縛られてしまった……。どこか懐かしい感覚だ。

「――もう大声は上げませんか？　変なことは言いませんか？」

「はい……」

「ハイ……」

イスラと共に口だけは解放してもらった。

僕の身体はそれでもまだ糸でグルグル巻きにされたままだ。

「おい、これでは勧誘ではなく誘拐じゃないか」

「もともと拘束してオルタさんを連れて行くつもりでシタので、テレサさんも連れてきたんデスよ。念の為だったのですが、本当に私の魔法を打ち消しまシタね。私もトレーニングが足りませんでした」

イスラは自分の腕を曲げると力こぶを作り、それに話しかけるようにしてため息を吐いた。

絶対、その筋肉は魔法と関係ないだろ。

「オルタの異常な魔力は切り札になりますからね。貴方がどういう意思だろうと、連れて行くつもりでしたわ」

そう言って、テレサはグルグル巻きの僕を引きずりながらバルコニーに運ぶ。

「よいしょ、よいしょ。う～ん、か弱い私には重たいですわ」なんて呟いているが、汗一つかいていない。

「じゃあ、すぐに行きましょう」

「テレサさん、お願いしマス」

イスラがテレサにお願いしている様子を見て、僕は不思議に思った。

「移動手段はテレサなのか。てっきりイスラがその巨体を活かして、背中にでも乗っけて走るのかと……」

「それもよい走り込みのトレーニングですが、テレサさんの羽で飛んでいった方がずっと速いデスからね」

「テレサの羽……か」

「――オルタは最初から私の姿を見ても、何も言いませんでしたわね」

そう言ってテレサは自身の背中を僕に見せた。

妖精族《フェアリー》であれば普通、その身長程の大きさの〝妖精の羽〟がある。

しかし、テレサの背中にはそれが無かった。

「別に羽がない妖精が居ても良いだろう？　で、どうやって飛ぶつもりなんだ？」

「ふふふ、貴方のそういうところは凄く好きですわよ」

僕の言葉にテレサは微笑んだ、そして得意げな表情を見せる。

「私に仕立てられない物はありませんわ！　――《裁縫スキル》【偽りの翼《イカロス》】」

そう言うと、テレサの背中には大きな翼が現れた。

純白の翼の羽根は、よく見ると布で出来ていて、無数の糸が引っ張り合い翼を動かしている。

「《裁縫スキル》……だと？」

どこかの誰かと同じことを言いだしたことに僕は驚いた。

「驚きまシタか？　テレサさんは生活スキルの〝裁縫〟を極めた英雄なのデス。今までこんな人はいまセン、前代未聞の異質《イレギュラー》な存在なのデス」

「まぁ、これから先も私みたいな人は現れないでしょうね～。自分が家庭的な良いお嫁さん過ぎて怖いわ」

「テレサさん……料理も掃除も全然できな――」

「おらぁ！　……ですわ！」

イスラは再び口を糸で縛られた。

こいつは正直者過ぎる、筋肉バカだ。

ティムの能力については黙っていてよかったようだ。

これを見るに、話していたら同じように誘拐されてしまっていただろう。

「おい、せめて置き手紙くらいは書かせてくれ。突然いなくなったらみなが僕を心配するだろう」

「しょうがないですわね。一分以内でお願いしますわ。よーい、スタート！」

「待て！　糸を解いてくれないと書けないんだが!?」

その後、一時的に右腕だけ動かせるように糸を解放してもらった僕は少ない残り時間で本当に必要なことだけを手紙にしたためて部屋に残した。

「ほら、もっと寄ってください」

「いや、自分じゃ動けないんだが」

そしてテレサは糸で縛られたままの僕を抱き寄せて、イスラとはお互いの手を糸で結んだ。

「では、行きましょうか。私達のギルド、『英雄《アルゴノーツ》』に！」

「あぁ、アイラ……最後にひと目だけでも君に逢いたかった……」

僕の呟きは虚しく夜空に消えていく。

イスラの巨体も軽々と糸で引っ張り上げて、テレサは月夜に向けてバルコニーから飛び立った。

第十三話　世界は誰かの雑用で出来ている

——少し前、ギルネたちの部屋。

気絶してしまったレイラ以外の女性陣でリンハール王城の大浴場で入浴を終えると、メイドに案内された客室へと戻ってきた。

「——あれ？　何だか今、オルタさんの声が聞こえなかった？」

突然そんなことを言ったアイラに、ギルネとアイリは耳を澄ませた後に首を振った。

「気のせいだろう。アイラも少し疲れてしまったんだな、早くみんなで休もうか」

「そうですね！　こんなにご立派なベッドがあるんですもの！　ティムお兄様は凄いですわ、こんなに凄い物まであっという間に作ってしまわれるなんて……」

アイリはうっとりとした表情で部屋の中央に置かれたキングサイズの豪勢なベッドを見つめた。

「うむ、これならみんなで一緒に寝ることができるな！」

「みんな一緒だ～、えへへ～、嬉しいな～」

「アイラの寝間着は猫の格好じゃないのか……」

「ギルネお姉ちゃんの理性が飛んじゃうからね～、スリスリされるの嫌じゃないんだけど」

「ティムお兄様の作る寝間着を着れるなんて夢のようですわ……ティムお兄様の匂いがする気がします……くんかくんか……」

気絶してしまっているレイラは先にベッドの中央に寝かされている。

それを見て、アイリは呟く。

「レイラさん、凄く綺麗で可愛い寝顔ですね……。ぜひお風呂もご一緒して仲良くなりたかったですわ」

「レイラは凄く恥ずかしがり屋でな、お風呂は一緒に入ってくれないんだ。私が抱きついても逃げられてしまう」

不満そうにこめかみに手を当てるギルネにアイラが笑う。

「ギルネお姉ちゃんに正面から抱きしめられるの、嬉しいけど少し息が苦しいんだよね～」

「……？　私はそんなに強く抱きしめてないぞ？」

「いや、胸がね……」

アイラがギルネの大きな胸元を呆れたような表情で見つめるも、本人は分かっていない様子で首をかしげた。

「そういえば、アイリは幼い頃からティムと一緒だったんだよな」

みんなで布団に腰掛けると、ギルネからアイリに話しかけた。

「そうですね、物心が付く前からシンシア帝国に軟禁されておりましたので」

「本当の兄妹じゃないなんて、衝撃的な真実だったよね……。アイリお姉ちゃん、大丈夫？　落ち込んでない？」

アイラはアイリの手を握った。

「アイラさん、とても優しいお気遣いありがとうございます。大丈夫ですよ、むしろ、わたくしは王族の中でも放っておかれていましたので、その理由が何となく分かってスッキリいたしました」

「うむ、アイリは強いな。慈愛と献身に満ちた心とその気丈な性格が今のティムの優しくて勇敢な心を育んだのだろう」

「と、とんでもないですわ！　わたくしなんてこの三年間はティムお兄様の無事をお祈りすることしかできませんでしたから……ギルネさんの方がずっと立派ですわ、ティムお兄様をそばでお守りくださり本当にありがとうございます」

アイリはそう言ってギルネに深々と頭を下げた。

「守るだなんて……ティムは私が思っていたよりもずっと強くて格好よかったよ。私はいつもときめかされてばかりだ。それよりもアイリ――」

ギルネは真剣な表情でアイリに詰め寄る。

「ティムについて、これだけはアイリにハッキリさせておきたいことがある」

「は、はいっ!?　何でしょうか？」

アイラはハラハラしたような表情でそんな二人を見て呟いた。

「二人共、ティムお兄ちゃんのことが好きだもんね……。こ、これはお姉ちゃんが寝てる間に壮絶な奪い合いが……」

アイラが呟いた直後、ギルネが頭を下げた。

「ショタ――幼少時代のティムの様子をもっと教えてくれ。私は今の優しいティムしか知らないから、生意気だった頃のティムを教えてもらえると妄そ――今後に役立つんだ！」

「あっ、はい！　もちろんいいですよ！」

「なんだ～、お姉ちゃんが眠ってる間にティムお兄ちゃんの相手が決まっちゃうかと思った～」

アイラは小さな声で呟くと思わず大きくため息を吐いた。

「えっと、では、そうですねぇ……何をお話ししましょうか？」

「た、例えばだが――！」

ギルネはさらにアイリに詰め寄る。

そして、興奮を隠しきれないような様子でアイリに質問した。

「――アイリはティムと一緒にお風呂も入ったことがあるんだよな？　そ、その時どんな感じだったのかを教えてくれないか？」

「え、えぇ!?　わたくしがティムお兄様とお風呂に入った時ですか!?」

「お願いだ！　私の知らないティムを教えてくれ！」

ギルネは布団の上でアイリに土下座をした。

突然のことにアイラもアイリも困惑する。

「えぇっと、わたくしもティムお兄様が本当に小さい頃に一緒に入っていた程度なので……。体のホクロの数だとか、どこから体を洗うだとか、浴槽にはどこまで、どれくらいの時間浸かるだとか、それくらいしか覚えていないのですが……」

「えぇ……アイリお姉ちゃん、むしろそんなに覚えてるの……？」

アイラは若干引きつった笑顔でアイリを見た。

「助かる！　アイラはもう寝た方が良いかもしれんな……。ここから先は少し刺激の強い話になる」

「ギ、ギルネお姉ちゃん！　私、ぜんぜん眠くないんだ！　だ、だから、お話を聞いてるよ！」

眠っているレイラを他所に三人の盛り上がりは最高潮になった。

――その時、アイリに身を寄せるアイラがふと〝窓の外〟に目をやると首をかしげる。

「あれ？　今、窓の外に月明かりに照らされて、オルタさんが空を飛んで行ったのが見えたような……」

「……アイラ、やっぱり早く寝た方が良いんじゃないか？　流石のアイツでも、そんな面白いことにはなっていないだろう」

ギルネはアイラの頭を少し心配する。

「オルタさんって、あの特徴的な笑い方をされる方ですよね。あの方もわたくしを助けようと必死になってくださっていましたので明日、お礼を申しあげないと……！　ティムお兄様のご友人とお話するのが楽しみですわ！」

そうして、夜はふけていった……。

「――ティム君のお部屋はこちらになります」

「シャルさん、ありがとうございます！」

僕はシャルさんに自分の客室を案内してもらっていた。

先程、ギルネ様たちに皆さんで一緒に眠れるようにと部屋に大きなベッドをお作りした後、寝間着も作ってお渡ししておいた。

レイラは目を覚まさなかったから【洗浄《クリーン》】だけして、そのままベッドに寝かせた。

今頃ギルネ様たちは皆さんで城の大浴場に向かわれている頃だろう。

「では、ティム君。今日は大変お疲れだと思います、何と言ってもこの国のヒーローですから。ごゆっくりとお休みくださいね」

そう言ってシャルさんは今朝から変わらぬ凛とした雰囲気で僕に頭を下げる。

部屋を出て行こうとするところを、僕は呼び止めた。

「――あっ、シャルさん。ちょっと待ってください」

「何か御用でしょうか？　私でよろしければ何なりとお申し付けください」

そう言ってシャルさんは振り返り、僕に微笑んだ。

シャルさんだって今日は誰よりも働いていた。

いや、今日だけじゃない恐らく昨日からずっと働き通しだ。

あらかじめ城内の見張りが居ないように取り計らい、僕たちを迎えに来て、『ギフテド人』の皆さんをシンシア帝国まで逃がすよう誘導してくれた。

それだけでも怖くて、凄く大変だったはずなのに、今も変わらずメイドとしても僕たちに奉仕してくれている。

そんな様子を全く見せずに。

無理をしているんじゃないだろうか。

僕は、シャルさんの顔をよく見る為に自分の顔を近づけた。

「あの……ティム君。か、顔が近いのですが……」

扉に背を付けて、視線を逸らすシャルさんの顔をじーっと見つめた。

……やっぱり。

目の下はコンシーラーを塗ってクマを隠している。

疲れを誰にも悟らせないようにする為だ。

その無理が出てきているのだろう。シャルさんの顔も赤くなってきた。

アサド王子を笑わせようとしていたこともそうだけど、シャルさんは本当に健気で一生懸命だ。

使用人として、人に仕える者として、とても尊敬する。

何か、僕がしてあげられることはないかな……。

「シャルさん、その、嫌じゃなければなんですけど……。マッサージを――」

「かしこまりました！　ティム君は誰よりも頑張りましたからね。誠心誠意マッサージをさせていただきます！」

そう言って腕まくりをするシャルさんに僕は慌てて首を横に振る。

「い、いえ！　あの……僕がシャルさんをマッサージさせていただいても良いですか？」

「えっ？　ティム君が、私を……ですか？」

僕の提案にシャルさんは驚いた表情を見せる。

僕は誤解をされてしまわないように慌てて弁明をした。

「ご、ご安心ください。直接手で揉んだりする訳ではありませんから！　僕のスキル【手もみ洗い《ハンドウォッシュ》】で疲労を取り除くことができるんです！」

「で、ですが……私は使用人に過ぎません。王子のお客人、ましてや大恩人であるティム君に私のお世話なんてさせる訳にはいきません」

そう言って、シャルさんは少し口惜しそうな表情で僕の提案を断った。

そして、深く頭を下げる。

「ティム君、ありがとうございます。お気持ちはとても嬉しいですよ。では失礼いたします」

そう言って、シャルさんは僕の部屋を出た。

しかし、僕はつい部屋の外に出たシャルさんの手を摑んだ。

驚いたように身体をビクリと震わせる感覚が手に伝わる。

「す、すみません、こんなことはシャルさんのご迷惑かもしれません。ですが、その……僕も雑用係や使用人として働いていましたから、シャルさんのお仕事の大変さが少し分かるんです。だからその……どうにかシャルさんを労いたくて……」

僕は拙い言葉でしどろもどろに想いを伝えると、シャルさんの腕から力が抜けた。

そして、シャルさんは何だかしおらしい様子でゆっくりと振り返った。

「ティム君……いいのですか？　その、甘えてしまっても……」

「は、はい！　もちろんです、僕でよければなんなりとお申し付けください！」

僕はシャルさんが言っていたことと同じことを言い、胸を叩いて笑った。

すると、シャルさんは顔を赤らめてモジモジし始めた。

いつもの毅然としたシャルさんの様子とは対照的だ。

「では、マッサージを……その……スキルではなく、直接ティム君の手でお願いしてもよろしいでしょうか？」

恥ずかしそうに小さな声でシャルさんは僕に言った。

僕は少し戸惑った。

だってシャルさんの体に触れてしまうことになるから。

でも、強がりなシャルさんからやっと要望を聞き出せたんだ。

ここは男らしく堂々と承諾をして、シャルさんを思いっきり甘やかしてあげたい。

「もちろん良いですよ！　……では、シャルさん。僕のベッドに行きましょう」

「……はい、ティム君」

僕はそう言って、シャルさんの腕を引いて部屋の扉を閉めた。

「――えっと、まずはこのお茶を飲んでください」

僕はそう言って【収納《ストレージ》】していた食材を使って飲み物を作った。

そして、ベッドに腰掛けてもらっているシャルさんに手渡す。

「すりおろしの生姜や漢方を煎じました。体の末端までポカポカと温まりますよ」

「あ、ありがとうございます。そういえば、ティム君はお料理も作れるんでしたね……」

「少し準備をしますので、飲みながらお待ち下さいね」

「はい――あっ、凄く美味しいです」

僕はシャルさんがもっと癒やされるように準備をする。

花、葉、果実から抽出したオイルを桶に張った水に溶かして【加熱《ヒート》】、【保温《キープ》】。

沸騰状態を保ったままの桶をそばに置いて、アロマを部屋中に充満させる。

心と身体のリラックスやリフレッシュが目的だ。

窓を少し開けて、新鮮な風も取り込みつつ部屋全体を【加熱《ヒート》】して室温を上げる。

「す、凄い……柑橘系の良い香りが。それに身体が火照ってきました」

シャルさんはそう言ってリラックスしたように深く息を吐いた。

「汗を沢山かくと思いますが、ご不快に感じないよう僕が【洗浄《クリーン》】を常に発動し続けて消しますのでご安心くださいね」

「た、助かります……でも、やっぱりティム君にそんなことをさせてしまっていると思うと、それもなんだか恥ずかしいですね……」

「僕のことはただの雑用係だとでも思って気楽にしてください」

「そ、それは難しいかもです……あ、お茶、ごちそうさまでした」

僕はシャルさんからお茶のカップを受け取る。

そして、いざマッサージをすることについて少し悩んだ後に僕は頭を下げた。

「それでその……ごめんなさい！　あんなことを言っておきながら僕は背中を押すくらいしかマッサージを知らないので、やっぱり大体はスキルに頼るしか……」

「——いえいえっ！　とんでもないです！　それで十分ですよ！　私の無理を聞いてくださりありがとうございます！」

「不甲斐なくてすみません……。では、えっと、うつ伏せに寝てください」

たどたどしい僕の指示を聞くと、シャルさんも少し緊張した様子で身体を寝かせる。

リラックスさせて疲れを取ってあげたいのに、自信がないせいでシャルさんが気を遣ってしまってる。

うぅ……僕は全然だめだ。

ここからは恥ずかしくても堂々としなくちゃ。

「——では、その……体に触れてしまいますね。嫌だったら言ってください」

「大丈夫ですよ。ティム君にだったら……。嫌じゃないです」

シャルさんは顔を自分の腕の中に伏せてそう言ってくれた。

いつもとても大人びて見えるけど、シャルさんはいくつなんだろう。

もう二十歳くらいなのかもしれない。

だとしたら僕みたいな子どもに体を触られるくらい、何とも思わないのかも。

さっきの恥ずかしがっていたような表情のシャルさんは何だかとても幼く見えたけど……。

僕は不慣れな手つきでシャルさんの背中を押していく――

肩甲骨の下から背骨に沿って首の横、肩まで。

メイド服を伝って、シャルさんの小さな背中の肌の温度を手のひらに感じた。

「とても心地良いですよ」と言ってくれるシャルさんは時折小さく甘い声を上げる。

僕はその度に身体をビクリと震えさせて手を止めてしまっていた。

シャルさんはそんな僕を見て面白そうに笑う。

「――ティム君は、どうしてこんなに使用人に優しくしようと思うんですか……？」

僕がマッサージを続けていると、シャルさんはそんなことを聞いてきた。

「えっと……そうですね。僕が、使用人の皆さんを尊敬しているからです」

「……尊敬、ですか？」

「はい、上手く言えないのですが――」

僕は下手なマッサージを続けながら想いを語る。

「この世界は――日常は毎日、当たり前のような表情で回っている……。一見、何だかそう見えてしまいます」

手を動かしながら、僕は下手なりに自分の本心を言葉に変えていった。

「――でもその、〝当たり前〟を作っている人たちがいます。みんなの食事を作ったり、家を綺麗にしたり、物を運んだり、物を作ったり、服を繕ったり……。そんな下働き――雑用をこなす人たちがいる」

そんなことを言いながら自分でも過去の幼き自分の過ちを思い返していた。

シンシア帝国で使用人たちには仕事と引き換えに対価を支払っていた。

だからと言って、心無い言葉や振る舞いを行って良い理由とはならない。

自分の生活を支えてくれていたんだ、なのに僕はただの一言も言ってあげていなかった。

「いつもありがとう」って……。

たったその……一言を。

「一生懸命、人に尽くすことができる。そんな人たちを僕は尊敬しているんです」

僕の言葉を聞いて、少し眠たそうな声でシャルさんは呟いた。

「でも……使用人になるのは力や能力が無いからです。この世界では……。能力が全てですから……」

「――僕が変えます」

僕は手を止めて自分の小さな手のひらを見つめた。

「世界中の間違った価値観や汚れ《しがらみ》を……僕が全部綺麗に掃除します。きっと、敬意を抱くべきは能力ではなく、その人の〝生き方〟であって、〝想いや行動〟なんです。それは……踏みにじられてよい物じゃないはずです」

どこかの高笑いが得意な元貴族を思い出しながら僕はそんなことを話す。

オルタはそんなことに捕らわれない、自分の能力が誰よりも劣っていようと物ともしない。

自分の生き方に信念を持ち、弱きを助ける。

シンシア帝国にもオルタみたいな王族がいれば状況は変わっていたと思う。

――いや、そんなことは考えても仕方がない。

変えるんだ、僕が……。僕の下剋上を起こして……！

「そうなんですね……。ティム君だって、人の為に頑張れて、優しくて……。やっぱり……。とても素敵……で……す……」

シャルさんはそう呟くと、コテンと首から力が抜けて顔が布団に埋まった。

「あれ？　シャルさん？　ね、寝ちゃった……」

マッサージが気持ちよかったってことでいいのかな……？

起こしてしまうのも悪いから、僕はシャルさんの身体を慎重に仰向けにすると、布団をかけてそのまま寝かせてあげた。

そして、少し距離を離した位置に僕は自分のベッドを作る。

（少し遅くなっちゃった……。浴場の場所も分からないし、他のメイドさんを呼ぶのも悪いし……。【洗浄《クリーン》】だけして僕も寝ちゃおう）

「……シャルさん、お休みなさい」

そうして僕はシャルさんを自分の部屋に残したまま、隣のベッドで眠った。

第十四話　新たな誓い

——少し時間は遡る。

ティムたちと別れた後、俺アサド＝リンハールはベリアルを連れて城の牢獄に向けて歩いていた。

お互いに言葉はない。

ベリアルが俺を避けていたのは、自身が死ぬつもりだったからだということは分かったが、今更急に昔のように兄に甘えることも出来るはずがない。

それに、お互いの剣を通じてすでに語り合ったこともある。

ベリアルが俺との決闘を受けたのは、最後に俺とまた昔のように遊びたかったからだろう。

そんなことをぐるぐると頭の中で考えていたら、牢獄に着いた。

俺は手枷をはめてベリアルに告げる。

「兄上、この牢獄で明日まで過ごしてもらう。明日の早朝には釈放する。アイリ嬢が父上や母上と会う際にはあらかじめ事情を話して立ち会ってもらいたいからな」

俺がそう言うと、ベリアルは微笑むようにしてため息を吐いた。

「アサド……愚かな兄ですまないな」

「……確かに、兄上は妹のために多くの人に迷惑をかけたな。何をどうしたって許されることじゃない」

そう言いながら、俺は牢獄の格子窓から満月を見上げてベリアルとの幼き日々を思い出す。

「――だが、兄上は昔からどうしようもなく面倒見がよかったからな。失望はしない、俺にとっては兄上は兄上だ」

そう言って笑うと、ベリアルは獄内に差し込む月明かりから逃れるようにあぐらをかいて座り、ため息を吐いた。

「……そうか。アサド……大きくなったな」

「なんだよ、今更。ずっと前から俺は大きいよ……」

俺がそう言うとベリアルは笑った。

本当に久しぶりだ。こんなに優しい瞳の兄上を見るのは。

「それで？　アサドの結婚相手は決まっているのか？」

心から愉快そうな表情で突然そんなことを言い出すベリアルに俺はずっこけそうになる。

「久しぶりに話したと思ったら何を馬鹿げたことを――」

「いや、馬鹿げてなんかいないぞ。お前はこのリンハール王国の国王になるのだから王妃が必要だろう」

そう言って、ベリアルは顎に手を当ててにやけづらで俺を見る。

「アサドの相手は誰になるのだろうかとずっと気になっていたんだ。ほら、お前のお付きのメイドとはどうなんだ？　凄く美人でしっかりしているじゃないか」

「余計なお世話だ。シャルとはそんな関係じゃない。それにあいつは仕事は完璧だが、不真面目だぞ」

「いや、あの子は真面目なはずだ。お前は鈍感だから分からないだろうがな。今回も一生懸命働いてくれたんだろう？　労ってやったらどうだ？」

「休暇はちゃんと与えてる。あいつは休日も俺の部屋に来ておちゃらけてくるがな」

「そうか……じゃあ、凄く真面目な子なんだな」

噛み合わないベリアルとの会話に俺は頭をかいた。

そして、シャルについて一つだけ気になっていることを吐露する。

「シャルは……最近笑ってくれないんだ。いつも澄ました表情で仕事をしているから、なんだか無理をさせてしまっている気がしてな」

「そんなの、お前が笑わないからに決まっているだろう」

「……そうなのか？」

「お前がそのメイドの他の表情を見たがっているように、生真面目なお前の破顔する様子を彼女も見たがっているのさ」

原因が自分だと言われて、俺は頭を抱える。

「う～ん。まぁ、どうにかシャルには喜んで欲しいな。俺の大事な使用人だ」

「居るのが当たり前だなんて思うなよ。アサド、お前にはもったいないくらいの相手だ」

「分かっているよ。だから苦心しているんじゃないか」

なぜだか、そんな話ばかりが弾んだ。

ベリアルはその計画の為に自分にはずっと専属のメイドは付けていなかったはずだ。

そういえば、ベリアルをシンシア帝国の牢獄から出してくれたソニアという女性はその後どうなったのだろう。

兄上のことだから、アイリ奪還の計画には巻き込まないようにしたと思うが……。

もしかして、俺とシャルの関係を重ね合わせて見ているのだろうか……？

そんな想像もほどほどに、明日に向けてベリアルとは別れを告げた。


俺はその後、オルタ坊が案内されたバルコニー付きの大部屋に向かった。

「あいつ、一人でこんな大部屋を希望したのか……」

俺の手には自分の寝間着──そう、ここに来たのは入浴へと誘う為だ。

俺が風呂好きなのもあるが、久しぶりに語らい合えると思うと気分が高まる。

そしてオルタ坊の部屋の扉をノックするが……。返事はなかった。

（……留守か、いや、バルコニーに出ていたらこのノックも聞こえないだろう……。もう眠っている可能性もあるな。残念だが、オルタ坊は諦めるか……）

そう考えて次の目的地へ。

（ティムは向こうの部屋に案内されたはずだな）

城の廊下を歩き、ティムの部屋へと向かう。

（さて、この国の姫や人々を救った英雄との裸の付き合いだ。王子である俺自らが存分に労ってやろう）

俺は上機嫌にそんなことを考えつつティムの部屋の直ぐそばまで歩いてきた。

廊下の曲がり角を曲がると、ちょうどティムが部屋の外に出ていた。

何やら、ティムがシャルの腕を摑んでいる。

そして、シャルは何だか嬉しそうに顔を赤らめていた。

シャルのあんな表情は今まで見たことがない。

「……では、シャルさん。僕のベッドに行きましょう」

「……はい、ティム君」

そして、ティムはシャルを部屋に引き入れると扉を閉めてしまった。

俺は持っていた寝間着を床に落とした。


「――ティム君、本当にごめんなさい！　どうか、今回の私の醜態についてはご内密にお願いします！」

翌朝、僕の部屋で目を覚ましたシャルさんは散々頭を下げながら僕に謝った。

そんな様子に僕は狼狽える。

「た、単に寝落ちしちゃっただけですし、そんなに謝らなくても――」

「いえっ！　大恩人であるティム君のベッドを奪ってしまうなんて、一生の不覚！　何より私はこれでもメイド長なので、年下の男の子に甘え切って身も心もとろけてしまったなんて知れたら他のメイドに対して威厳が無くなっちゃいます！　何卒！　何卒！」

「――大丈夫ですよ！　言いませんから！」

シャルさんが何度も頭を下げようとするのを、僕は何とか止めさせる。

まさかリンハール王国でも使用人に頭を下げさせてしまうことになるなんて……。

「それより、体調はどうですか？　疲れは取れましたか？」

「はい！　ティム君が頑張ってくださったおかげで酷かった肩凝りも治って、生まれ変わったような清々しい気分です！　本当にありがとうございます！」

シャルさんは笑顔でぴょんぴょんと跳ねてみせた。

気遣いではなく、本当に疲れが取れているようなシャルさんの様子を見て僕は安堵のため息を吐く。

「良かった、もう無理はしちゃ駄目ですよ？　シャルさんも時には誰かに甘えてください」

「そ、そうですね……こんなに気持ちが良いなら何度でも甘えたくなっちゃいます……」

「僕がリンハール王国に居る時はいつでも甘えてくださいね」

「な、何度もティム君に甘えてしまうと、私……駄目になっちゃいそうです……」

そう言ってシャルさんは両手で赤く染まった頬を覆う。

いつもは冷静沈着なシャルさんの色んな表情を見て、何だか僕はドキドキしてしまう。

「では、ティム君。私はアサド王子のお世話をしに参りますね」

「かしこまりました！　部屋を出る所を見られるのも不味いですよね、僕が先に廊下の様子を見ます」

僕はそう言って、扉から顔を出して廊下を見回した。

「な、なんだかいけないことをしてるみたい……。ティム君との秘密……。うふふ……」

背後でシャルさんが何かをボソボソと呟いていた。


「ティムお兄ちゃん、おはよう～！」

「アイラ、おはよう！　みなさんもおはようございます。ゆっくりとお休みになれましたか？」

円卓のある大広間に全員で集まる。

アイラは僕を見ると駆け寄って抱きついてきた。

「ティムお兄様、おはようございます！」

アイリは両手を揃えて僕に深々とお辞儀をする。

そしてギルネ様も続いた。

「ティム、おはよう。ティムの作ってくれたベッドのおかげで快適だったぞ。みんなで寝ようとしたらその前にレイラが目を覚ましてしまって、一緒に寝れなかったのが残念だが……」

「ご、ごめんなさい……！　嫌ってわけじゃないのよ！　嬉しいんだけど、むしろ嬉しすぎるのが問題っていうか……！」

レイラはそう言ってギルネ様に対して申しわけなさそうに自分の人差し指を合わせた。

「――やぁ、君たちおはよう。オルタ坊はまだ来ていないのか……使用人に迎えに行かせよう」

そう言って使用人に指示を出しながら大広間に現れたのはアサド王子だ。

しかし、その姿に一同は驚く。

代表するように僕がアサド王子に声をかけた。

「ア、アサド王子！　目の下にクマが凄いですよ!?」

「あぁ、少し寝付きが悪くてな……それよりティム、ちょっと耳を貸してもらって良いか？」

そう言うと、アサド王子は僕をそばに呼んでコソコソと話を始めた。

「ティムはこのリンハール王国を出て、冒険に出発するつもりなんだよな……？」

「えぇっと……そうですね。セシルがシンシア帝国に戻ったのかは分かりませんが、リンハール王国にアイリが来ていたことは向こうも分かっているでしょうし。アイリを連れ戻す追手を避ける為にもすぐ冒険に出るつもりです」

僕の考えにアサド王子は頷く。

「そうか、そうだよな。リンハール王国にはもう戻るつもりはないのか？」

「い、いえっ！　ほとぼりが冷めた頃には戻ってくるつもりです！　アイリのご両親にもアイリを会わせてあげたいですし、城下町には仲良くなった人たちもいますから、何度かここには来たいです」

「そうか、ティムは優しいな。ありがとう」

そう言って、アサド王子はさらに小さな声で話を続けた。

「ところで昨日、ティムがシャルを『部屋のベッドに連れ込む』ところを目撃してしまってな――」

「み、見られていたんですか⁉　すみません、僕ったら断るシャルさんの手を掴んで強引に――」

「いや！　あの時のシャルは心から嬉しそうな表情をしていたぞ。今朝も俺の部屋に来た時は上機嫌だったしな！　俺からも強く感謝したいくらいだ！」

そう言って、アサド王子は頭を下げる。

僕がシャルさんを『マッサージしてあげる話』は全て聞かれていたみたいだ。

確かに、廊下で話しちゃってたし……。

アサド王子は何やら頬を赤く染め始めた。

「それでな……その、シャルはああ見えて一途で純粋な子なんだ。できればティムがリンハール王国に戻って来た際はその……また〝労って〟あげて欲しいんだ」

アサド王子は〝労って〟の部分だけやけに強調して話す。

僕にまたマッサージをして欲しいという意味だろう。

確かに、シャルさんともそんな約束をした。

しかし、そんなアサド王子の言葉を聞いて僕は少し怒る。

「駄目ですよ、アサド王子！　僕だけじゃなくて、アサド王子もシャルさんを気持ちよくさせてあげてください！　シャルさんはかなり（疲れが）溜まっていたみたいですよ！」

「え、えぇ⁉　お、俺もシャルを……⁉」

僕がアサド王子にも使用人をちゃんと労うように言うと、アサド王子は顔を真っ赤にして狼狽えた。

幼い頃の僕はそれが出来なかった。

でもアサド王子はちゃんと使用人を大切にして欲しい。

「ティム、それは無理だ！　俺は経験がないし、何よりシャルが嫌がるだろう！」

アサド王子はそんな弱気なことを言った。

「――アサド王子、僕だって（マッサージは）初めてでしたが、シャルさんは気持ちよくなってくれました！　それにシャルさんは（下手だからといって）アサド王子を断ったりはしませんよ！」

「ティ、ティムも初めてだったのか⁉　そ、それは……。彼女たちが少し不憫だな」

そう言って、アサド王子はコソコソと話を続ける僕たちを不審がるような瞳で見つめるギルネ様、レイラ、アイリ、アイラにチラリと目をやった。

共に旅をする仲間を労うマッサージすらしたことがなかった僕の不甲斐なさを指摘しているのだろう。

「う〜む、俺が固く考え過ぎなのか？　そうだな、もしもシャルが望むなら俺も最大限尽力しよう。〝もしも〟シャルが望むならな！　場合によっては責任もとる」

「せ、責任って……そ、そんなに重く考えなくても大丈夫ですよ」

「ティム、感謝する！　今まで俺はこんなにシャルのことを考えたことはなかった。使用人として、そばにいてくれるのが当たり前だと傲慢な態度をとっていたようだ」

使用人の仕事の苦労に気がついてくれた様子のアサド王子を僕は嬉しく思い、頷いた。

「はい、ですからアサド王子もシャルさんをしっかりと〝マッサージ〟して労ってあげてくださいね！　使用人のお仕事は大変なんです。シャルさんも肩の凝りが酷かったですよ！」

「……うん？　マッサージ？」

僕の言葉を聞いて、アサド王子の瞳から色味が抜けていった。

窓の外に視線を移して、青い空を見上げた。

そして、ゆっくりと僕に視線を戻して、ふと我に返ったように僕の両肩を掴む。

「そうだな！　〝マッサージ〟だな！　任せておけ、マッサージを学び、使用人全員を労ってやる！　王自らが使用人を労うのは大切なことだからな！」

何かを誤魔化すような早口でそう言うと、アサド王子は痛いくらいにバシバシと僕の肩を叩いて笑い声を上げた。


アサド王子とのコソコソ話が終わると、僕はギルネ様たちのそばへと戻る。

「おい、なんかあいつに可哀想な者を見る目で見られていたような気がするんだが」

「ティム、肩をバシバシ叩かれてたけど大丈夫？」

ギルネ様はアサド王子を睨みながら、レイラは僕を心配そうに、それぞれ話しかけてきた。

「あはは、ありがとうレイラ、大丈夫だよ。アサド王子って意外と感情の起伏が激しい人だったんだなぁ……。でも、使用人のことはとても大事にしてくれそうな人です」

「ティムお兄様を叩くなんて少し酷いですわ……。あっ、ティムお兄様、わたくしでしたらいつでも突発的に理不尽に叩いても、殴っても、首を締めても良いですからね。死にませんし」

「こらこらアイリ、身体が丈夫になったからって変な冗談は言っちゃだめだよ」

「……冗談、なのかなぁ……」

アイラは疑うような視線で恍惚とした表情を浮かべるアイリを見つめた。

「——王子、ご報告が！」

突然、大広間に兵士と使用人たちが入ってきた。

そして、アサド王子の前に膝をつく。

「昨夜、リンハール王国より南方向に大型魔獣の影がありまして警戒していたのですが、途中見失いました！　今朝、その場所を確認しに行きましたら、怪鳥ガルディアの〝成体〟の死骸が発見されました！　以前、王子が仕留めたガルディアの三倍程の大きさです！」

「成体だと⁉　俺が仕留めたのはまだ子どもだったのか……」

国家の危機レベルの魔獣が存在していたことに緊張が走ったが、すでに死骸として発見されたことにアサド王子は安堵のため息を吐く。

ガルディアは幼体でもあれだけ強かったのに、成体だなんて想像もつかない。

「——それで……たった今使用人から報告があったのですが、オルタニア様が部屋におらず、この怪鳥に攫われていた可能性がありまして……」

「——何だとっ⁉」

衝撃の言葉に僕たちもお互いに顔を見合わせた。

兵士は報告を続ける。

「恐らく、怪鳥のリンハール王城への接近を気が付かずに許してしまったのだと思います。私たちが見つけた時はすでにオルタニア様が連れ去られた後……。バルコニーからオルタニア様の高笑いを聞いていたメイドも複数いまして、かなり目立ったからだと思われます。使用人や兵士に被害はありません」

兵士の報告を聞いて、アサド王子は愕然とした後、拳を握った。

「そんな……。オルタ坊……怪鳥を引きつけて犠牲となってくれたのか……？」

「死骸を調べましたが、ガルディアの死因はハッキリしていません。子どもくらいの拳の痕のような物が頭部にありましたが、まさか殴り殺されるはずもありませんし……」

兵士の報告を聞いて、僕たちの間に悲痛な沈黙が訪れた。

信じられない……。オルタがこんなにあっさりと……。

そんな中、今度は別のメイドが手紙を持って僕たちのもとへ駆けつけて来た。

「――みなさん！　オルタ様の部屋に手紙がありました！」

その知らせにレイラは顔を明るくした。

「手紙ですって！　きっと書き置きよ！　オルタはここを自分で勝手に出て行っただけなんだわ！」

しかし、ギルネ様とアイラは首を横に振る。

「いや、遺書かもしれん。今回の作戦は命がけだったし、オルタも覚悟はしていたはずだ」

「きっと連れていかれる直前に懐から遺書を部屋に投げ捨てたんだね……。私も昨夜はガルディアに連れていかれるオルタさんっぽい影を窓の外に見たから……。残念だけど」

「――と、とにかく見てみませんか？　まだオルタさんが生きている可能性はあります！」

アイリに促されて僕はメイドさんから受け取った手紙を広げる。


〝親愛なるアイラへ〟

〝アイラ、君はきっと神が創り出した最高傑作なのだろう。そんな君としばし別れなくてはならないのは僕の人生の損失に他ならない。しかし、僕はこの世界を救うためにしばし旅に出なくてはならないようだ。この世界に生きる、君や子どもたちの栄えある未来を見るために。そして、もし世界を救ったらアイラ、君にもう一度プロポーズをしよう。その頃にはアイラは今以上に素敵に成長して立派な淑女となっていることだろう。僕も、そんなアイラにふさわしい紳士としてこの旅で成長してみせる。待っていてくれたまえ〟


〝その他大勢へ〟

〝まぁ、君たちもせいぜい頑張りたまえ。全てが完璧で美しいこの僕のように――〟


「ふんっ！」

ギルネ様はオルタの手紙を摑んで破り捨てた。

遺書ではなく置き手紙だったものの、内容の五分の四がアイラへのラブレターだったことで我慢ならなかったのだろう。

人騒がせなオルタにアサド王子も怒りで額に血管を浮かべている。

「な、何て書いてあったのですか⁉」

朝から大慌てだった兵士やメイドたちがそんな僕たちの何とも言えない表情を見て怖々とした様子で訊ねる。

アサド王子は怒りを静めるようにして大きくため息を吐いた。

「……やはり遺書だった。それと、ガルディアの死因が分かったぞ。オルタ坊を食べて食あたりを起こし、絶命したのだろう」

「うむ、確かにオルタは不味そうだ。食べたなら腹を下して絶命することもあるだろうな」

ギルネ様もアサド王子の嘘に乗っかった。

「あいつ、まだアイラのこと諦めてなかったのね……」

「あはは……。オルタさん、『世界を救う』とか書いてあったけど――」

「どうせ適当なことを書いただけだ。アイリ、オルタはこういう奴だから、お礼とかは気にしなく
て大丈夫だよ」

「よ、よく分かりませんでしたが、オルタ様がご無事なようでよかったですわ！」

散々人を心配させておいて、元気そうに旅立っていたオルタに怒りを覚えつつ、僕たちもオルタ
はガルディアに食べられたと思うことにした。

「さっきはびっくりしましたわ。急に鳥さんが飛んで来るんですもの。つい、ぶん殴――はたいてしまいました」

布で出来た翼をはためかせながらテレサは上品に笑う。

「オルタさん、大丈夫デスか？　おしっこはチビられてまセンか？」

「ふん、僕は英雄だぞ？　あんなのにビビるわけないだろう」

「オルタ、震えている身体の振動が私に滅茶苦茶伝わっていますわ。可哀想に、怖かったんですのね」

「オルタさん、大丈夫デス！　テレサさんの方が何倍も怖――」

「おらぁ！　……ですわ！」

イスラの口は糸で塞がれた。


「――さて、アイリ嬢と両親が面会する前に朝食にしよう」

オルタの一件を忘れたようにアサド王子は提案した。

「ティム、朝食の用意は要らないと言っていたが。よかったのか？」

アサド王子の問いかけに僕は頷く。

「はい、使用人の皆様のお仕事を増やしてしまうのも申し訳ないので！　アサド王子の分も僕がお作りますね！」

　そう言って、僕は大広間のテーブルにローストしたパン、焼いたベーコン、塩ゆでしたじゃがいもと腸詰め《ソーセージ》、ピクルスを載せたお皿を人数分ご用意した。

　そして、栄養たっぷりのミネストローネを隣に添える。

「では皆さん、席にお座りください！」

　僕がそう言うと、ギルネ様が首をかしげた。

「ティムの料理にしては随分とシンプルだな。いや、十分手が込んでいるし、絶対に美味しいとは思うんだが……」

「いえ！　この料理は今から完成させるんです！」

　僕は全員が席に座ると、まずは手前にいるアイリの隣に立つ。

　収納していた食材からラクレットチーズの塊を取り出すと、ナイフを生成して手に持った。

　ナイフをスキルで【加熱《ヒート》】。

　熱々のナイフをチーズに当てると、〝ジュゥ〜〟という音と共に芳ばしい香りが立ち上る。

　そして、とろけ始めたチーズを削ぐようにしてナイフで端に集める。

　塩ゆでしたじゃがいもやパン、ベーコンの上にそのチーズをたっぷりとかけていった。

「ふわぁ〜！」

　アイリはその様子をみて目を輝かせる。

「アイリはチーズが好きだもんね。だから、この料理を食べさせてあげたいと思ってたんだ」

僕がそう言って微笑みかけると、アイリは頷いた。

「は、はい、大好きです！　わたくしをどこかに縛り付けて、ティムお兄様の手でその熱々のチーズを直接この身体にかけて欲しいくらいですわ！」

「浴びるくらい好きってことだね、あははっ！　今、皆様の前にもチーズをかけに参りますね！」

目の前でチーズをかけると、アイラも目を輝かせた。

こうしているとオルタに言われたことを思い出す。

楽しく調理の様子を見せることも大切だ。

【調理時間《クッキングタイム》】を発動するのは時間のかかる調理工程だけにして、今回みたいに出来るだけ美味しそうに料理を作る様子を見せてあげよう。


「美味しかった～！　ティムお兄ちゃんごちそう様！」

デザートの柚子アイスを食べ終わると、アイラは満足そうにお腹をさする。

アサド王子は不思議そうに僕に訊ねた。

「こんな料理は初めてだ。美味しいし、面白い……。ティムはどうやって料理を学んでいるんだ？」

「僕の《料理スキル》、【味見《テイスティング》】を使って素材を口にすればどういう調理が適しているかが分かるんです。……そうだ！　リンハールの国王様と王妃様は体調を崩されているんですよね？」

「あぁ、二人共、精神的な病でな。娘のアイリ嬢への心配がストレスになっていたようでうつ症状が酷いんだ。今回、元気なアイリの姿を見ることでその症状もよくなると思うが」

「食事でうつ症状が改善できるかもしれません。ちょっと待っててくださいね」

そう言って、僕は紙とペンを取り出してレシピを書いていった。

書き終えた物をアサド王子に手渡す。

「よかったらコレをお料理担当の方にお渡しください。食べると精神的に元気になれる栄養素〝トリプトファン〟が含まれた食材を使った料理です！　魔獣肉は赤身やレバー、後はチーズなどの乳製品を使った料理が良いですよ！　バナナと牛乳なら手軽に摂取できます！」

僕が説明をすると、アサド王子は「助かる」と一言、レシピを受け取った。

「食事は日々の活力だ。軽んじるべきではないな」

「国王様と王妃様、お二人の今朝の具合はどうなんですか？」

「悪くない。今朝、ベリアルを牢から出して、今は先に両親二人と話して説明してくれている。もうじき、ティムたちを呼びに来るだろう」

そんな話をしていると、ちょうどベリアルが大広間に入ってきた。

「みんな、揃っているか？」

ギルネ様は頷いて答えた。

「オルタは死んだから、全員揃っているぞ」

「そうか、オルタは死ん――え？　死んだの、彼？」

ベリアルは困惑したような表情で僕たちを見る。

アサド王子は精悍《せいかん》な顔つきで窓の外を見上げた。

「兄上、彼はこの国を立派に守ってくださいました……貴族の鑑《かがみ》、もはや英雄です」

「そうだな、これだけ私たちを騒がせたんだ。生きていたら承知しないぞ」

「いやいやお二人とも、オルタは死んでませんよ！　憎たらしくこの城を出発しました！」

さすがに悪ノリが実害を出しそうになってきたので僕は訂正してベリアルに伝える。

「そ、そうか……。びっくりした。ティムたちもアイリを連れて急いで出発する必要があるからな、あまり時間を取らせるわけにもいかん」

そう言って、ベリアルはアイリの前に膝をついた。

「アイリ……会ってくれるか？　俺たちの両親、キクロス国王とリズ王妃に」

「楽しみにしておりましたわ。私の本当のお父様とお母様にお会い出来ますのね……」

「ティムたちもみんな来てほしい。ティムたちの功績は全て話してある」

国王たちの待つ王室まで、僕たちはベリアルに付いて行った。


「――お父様、お母様、大変お久しぶりでございます。アイリはこのとおり、元気でございますよ」

王座に腰掛けるキクロス国王とリズ王妃の前で、アイリは満面の笑顔を見せた。

「おぉ……信じられん……！　まさか、また元気な姿で会うことができるとは……！」

「アイリ……！　アイリなのね……！　間違いないわ……！」

そう言って立ち上がる二人にアイリから駆け寄って、胸元に抱きついた。

「お父様、お母様……！　ずっと、ご心配をおかけいたしました！」

「アイリ！　よかった、お前が無事で……！」

「アイリ、病気はしてないの？　生活は辛くなかった？　こうしてアイリをまた抱きしめられるなんて、夢みたいだわ」

二人共、涙を流してアイリを抱きしめる。

そんな様子を見て、僕たちもつられて泣いてしまった。

「お父様、お母様……私が今ここで健在なのは本当に夢のような話なのです。シンシア帝国で不治の病にかかった時、シンシア帝国の王子に心臓を貫かれた時、本当なら私はもうここにはいないんです。ですが、私は……命を救っていただいたのです」

そう言って、アイリは僕に微笑みを向けた。

「シンシア帝国には素敵なお兄様がいらっしゃいました。本当のお兄様ではありませんけど、とても温かくて頼りになる自慢のお兄様です。お父様、お母様、アイリはすぐにここを発たなくてはなりません。ですがもう心配はしないでください。私にはそんな頼れるティムお兄様と素敵なお仲間の皆様がいらっしゃいます。いつかまたここに――お父様とお母様の腕の中に戻りますわ。ですから、どうかその時までお身体に気をつけて元気でいてください」

アイリがそう言うと、キクロス国王とリズ王妃はゆっくりとアイリを抱きしめる腕を緩めていった。

そして、僕や、みんなを優しい瞳で見つめる。

僕は涙を拭った。

「……君が神童《デウス》――ティム＝シンシアだね」

「はい、キクロス国王、リズ王妃。お初にお目にかかります」

アイリのご両親に深々と頭を下げる。

僕はアイリを失うキッカケとなった原因の人物だ。

恨まれていてもおかしくはない。

しかし、二人は僕に深々と頭を下げた。

「君には言葉に言い尽くせない程の感謝を。アイリを、ベリアルを、国民を――私たちの宝物を全て守ってくれた。本当にありがとう」

告げられたのは感謝だった。

続けて、リズ王妃も僕に感謝を述べる。

「アイリは……とっても身体が弱かったの。貴方がその力を捧げなければどこにいようとも長くは生きられなかったと思います。こうして成長したアイリを見られたのはきっと貴方のおかげ、心から感謝申し上げます」

一国の王や王妃が頭を下げることがどれだけ重大なことかはよく分かる。

心の中では狼狽しつつも、僕は僕の想いを語った。

「アイリのお父様、お母様……僕もアイリに救われた身です。アイリが居なければ、今の僕もここにはいません」

一言一言、実感するように言葉を紡ぎ、僕はアイリのもとまで歩いて行った。

アイリが僕の目を覚ましてくれた。

僕の曇った瞳――いや、瞼すら開いていなかった。

それほどまでに昔の僕は人を見ようとしてこなかった。

そんな僕にずっと付き添ってくれていたのがアイリだ。

「アイリが僕を幸せにしてくれました。だから……僕が絶対にアイリを幸せにしてみせます！」

新たな誓いとともに、僕はアイリの手を握った。

第十五話　出発の準備とその頃のギルド

僕の誓いを聞いて、キクロス国王は深く頷き、リズ王妃は嬉しそうな表情で涙を拭った。

そして、二人とも我が子のように僕を抱擁する。

「ありがとう。ティム君、私たちはもう十分だ。これ以上引き止めて足を引っ張ってしまうわけにもいかない。シンシア帝国の手が届かないところまでアイリを連れて行ってくれ」

「私たちを安心させる為に誓いを立ててくれたんでしょう？　本当に優しい人なのね、アイリは顔を真っ赤にしちゃっているけど」

笑いながら話すリズ王妃の指摘を受けて僕は手を握っているアイリを見ると、口をパクパクさせて目をグルグルと回してしまっていた。

確かに、普通は兄妹でこんなこと言われたら気恥ずかしくてこうなっちゃうんだと思う。

きっと、抵抗もなく言えてしまう僕はシスコンというやつなんだろう。

あまり度が過ぎてアイリに嫌われないように気をつけなくちゃ……。

――僕たちはアイリのご両親、キクロス国王とリズ王妃に別れを告げて王の間を出た。

アサド王子とベリアルも僕たちの隣を歩く。

「ティム、君の旅立ちに役立ちそうな物はこの城から何でも持って行ってかまわない。何か欲しい物はあるか？」

アサド王子がそう言ってくれた。

とはいえ、僕は特に思い浮かばない。

強い装備をもらうことも考えたけど、僕が扱える武器は雑用スキルで生成した物くらいだし、防具は自分で作って《裁縫スキル》の練度を上げた方が良いはずだ。

「みなさんは何かございますか？」

僕がそう訊ねると、ギルネ様がアサド王子に声をかけた。

「魔法の精度を上げるような装備はあるか？」

ギルネ様がそう言うとレイラは笑う。

「あはは、ギルネがベリアルと戦ってる時は周囲に雷が飛び散って近づけなかったからね」

それを聞いて、ギルネ様は少し落ち込むようにため息を吐いた。

「実は……魔法の範囲を限定したり、細かく操作するのが苦手なんだ。今まではずっと一人で戦ってきていたからそんなの考えずに広範囲で魔法をぶっ放して魔物を倒していたんだが、これからはティムやレイラと連携して戦う必要があるからな。巻き込まないようにしないと……」

ギルネ様にも弱点があることを知って僕は驚いた。

いや、そもそもギルネ様に頼り切ってしまっていたこと自体が間違いだ。

こうして僕たちに自分の弱点を話してくれたということは僕たちも頼りにしてくれているということだろう。

僕も男らしい活躍をしてギルネ様をお守りしよう。

「魔力の制御補助だな？　宝物庫にアンクレット装備があったはずだ。他にはないか？」

次にアイリがおそるおそる手を挙げた。

「あの～、私も何か武器を頂いてよろしいですか？」

「――アイリ、無理して戦おうとしなくても大丈夫だぞ。アイラと一緒に私が守るからな」

そう言ってくださったギルネ様にアイリは顔を赤くしながら首を横に振った。

「い、いえっ！　私だって皆様やティムお兄様をお守りしたいです！」

「でも、アイリは武器を振る力なんて無いんじゃないかな？」

「き、気合でなんとか……！」

僕の指摘に根性論で乗り越えようと意気込むアイリを見てアサド王子が笑う。

「じゃあ、盾を持つのはどうだろう。アイリ嬢は入れ替わりの魔法も使っていたことだし、上手く入れ替わって盾で攻撃を防げば仲間を守れるかもしれない」

「――そうですわ！　私は身体も丈夫になりましたから、きっとお役に立てます！」

「では、少し待っていてくれ」

そう言って、アサド王子は自ら宝物庫へと向かった。

レイラは「アイリ、無理はしないでね」と心配そうに声をかける。

レイラの言う通りだ。いくら死なないからと言ってまた血だらけになられたりしたら、僕たちの心臓が持たない。

残されたベリアルは僕に話しかけた。

「――すまんな、本当は宝具の一つでも与えたいところなんだが。一番便利な宝具『プリズン』は俺が使ってティムたちに壊されてしまったからな」

「『ギフテド人』の皆さんを捕らえていた宝具ですね」

「発動には時間を要するが、優秀な宝具だった……。それと――」

ベリアルはゴソゴソと自分の服の懐をまさぐった。

「ティムにはこれが役に立つかもしれん」

そう言って、ベリアルは取り出した一冊の小さな本を僕に渡した。

それを見て、本好きのアイラは少し目を輝かせる。

「俺はアイリを奪還する為に力を求めて様々な方法を調べたが、その中でその本も見つけてな。ティムの能力は《生活スキル》を鍛えた物なんだろう？　その本は生活スキルの枠組みの一つ《家事スキル》について書かれた珍しい本だそうだ。残念ながら俺には解読出来なかったが――」

「ティ、ティムお兄ちゃん！　見せて！」

僕は袖を引っ張るアイラに本を渡した。

中身を見ると、アイラは得意げな笑顔をみせる。

「エルフ文字だね！　読めるよ！」

「本当か？　こんなに小さな子が……。信じられん。しかし僥倖だ。いつか役立ててくれればと思って渡したのだが、何か役立つことが書いてあることを願おう」

そんな話を終えると、アサド王子が戻ってきた。

「ギルネ嬢、これを使ってくれ」

そう言ってアンクレットをギルネ様に渡した。

「正直、そんなに強い効果があるわけじゃない。期待はしないでくれ」

「ありがとう。魔力の制御は私が自分で出来るようにならないと成長しないからな。サボっていたツケだ、ティムたちと一緒に私も成長するよ」

そう言って笑う。

「そして、アイリ嬢にはこの盾だ」

アサド王子は小さな盾をアイリに渡した。

「これならアイリ嬢でも持てるだろう。性能も申し分ない。不死身だからと無理をせず、自分の身も守るんだ。周りに心配をかけちゃ駄目だぞ」

人差し指を振りながらアイリにそう言いつけるアサド王子の様子を見て僕は笑う。

「ふふっ、アサド王子。本当にお兄ちゃんみたいですよ」

「む、すまん。少し偉そうだったか」

「……ティムお兄様、盾をしまっていただいてもよろしいですか？」

僕が盾をしまうと、アイリは満面の笑みでアサド王子に両手を広げた。

「――アサドお兄様！」

アサド王子はため息を吐いてアイリの抱擁を受け入れる。

アイリは嬉しそうに「えへへ」と声を出した。

アイリは今度はすぐにベリアル王子のもとへ向かう。

そして、同じように満面の笑みで両手を広げた。

「――ベリアルお兄様も！」

「俺は大丈夫だ。気を遣うな」

「わたくしが大丈夫じゃありませんわ」

「……全く、お前は昔から本当に甘え上手だな」

そう言ってベリアル王子もアイリを抱擁して微笑んだ。

アイリは嬉しそうに呟く。

「こうやって抱きしめると本当の兄妹だって分かります。とっても落ち着きますもの」

「――アイリ、気をつけてな」

「はい、お兄様方。またお会いしましょう！」

アイリはアサド王子とベリアルに笑顔で手を振って、別れの挨拶をした。


リンハール王城を出て僕たちパーティは歩く。

アイリも加わって全員で五人。

これからの旅はリンハール王国を出て東へと向かう予定だ。

シンシア帝国は西にあるからそちらからアイリを連れて逃げる形となる。

周辺の人間族の国も全てシンシア帝国による調査が入る可能性もあるし、生活をする以上は人づてにアイリの存在がバレてしまう。

だから、食料を買い込んでここから東へ。

馬車も何も出ていない未開の地へと向かうことにした。

普通は野営の為にかなりの物資を買い込んで、馬車の列でも組まないと街がない土地へは行けないのだが、僕の雑用スキルがあれば全ての問題が解決してしまう。

僕と同じように、これからのことをきっとレイラも考えていたのだろう。

食料調達の為に市場へと向かう途中で僕たちに話をふった。

「――そういえば、ティムたちの〝目的の一つ〟って、ティムが立派な冒険者になって追放された冒険者ギルドのニーアって奴とか、幹部やギルド員たちを見返すことなんでしょ？　でも、今はフィオナがギルド長なんだからもうみんないなくなっちゃったんじゃないかしら？」

レイラの言葉にギルネ様が答える。

「レイラ、何も直接相手を見返してやる必要はない。それで得られるのは自己満足だけだ。それよりもティム自身の成長の方がずっと大切だと私は思うよ」

そう言って、ギルネ様は微笑んで僕を見る。

ギルネ様は変わらない。

復讐なんてくだらないものに捕らわれはしない。

本当に素敵だ。ギルネ様と一緒にいれば僕はこれからも道を間違えずにいられるだろう。

ギルネ様は付け加えるように口を開いた。

「――もちろん、ティムが『復讐したい』って言うなら話は別だ。全員見つけ出して完膚なきまでにボコボコにしてティムに土下座させる」

（……あれ？）

ギルネ様の言葉に全員頷いた。

「そうよね、ティムに酷いことをしたんだもの。もちろん私も手伝うわ」

「ティムお兄様を苛めるなんて許せませんわ。ティムお兄様、お話を聞いただけでは分かりません！　ど、どんな風に苛められていたか、同じようにわたくしの身体にも教え込んでくださいませんか!?」

「ティムお兄ちゃん、復讐は無意味じゃないよ！　心の健康を保つために必要なことなんだよ！

遠慮しないで私達を頼ってね！」

一番賢いはずのアイラまで、僕の仕返しに意欲的だった。

僕は冷や汗を流しつつやる気に満ちた彼女たちをなだめる。

「ふ、復讐の話は置いておいて……。僕がシンシア帝国の傲慢な王子たちをどうにかする為には実力か権力が必要ですし、立派な冒険者を目指すってことは変わりません。そ、それに――」

僕は照れて頬をかいた。

「僕とギルネ様の夢ですから、例え目的が無くなったとしても僕は叶えたいです……」

「ティム――そうだな。今は心強い仲間たちもいる。みんながいれば絶対に叶えられるさ」

そう言ってギルネ様は微笑んだ。

（それにしてもギルド……か。フィオナは元気かな……？）

僕はそんなことを考えながら空を見上げた。

――フィオナ・シンシア救護院。

ギルド長の執務室。

フィオナは資料をパラパラとめくり、調べ物をしていた。

その執務室の半分開かれた扉の隙間から救護院の制服を着た少女たちが恍惚とした表情を浮かべて部屋の中を覗いていた。

レイラ＝クロニタール

Leila Chronital

Ascendance of a Choreman
Who Was Kicked Out of the Guild.

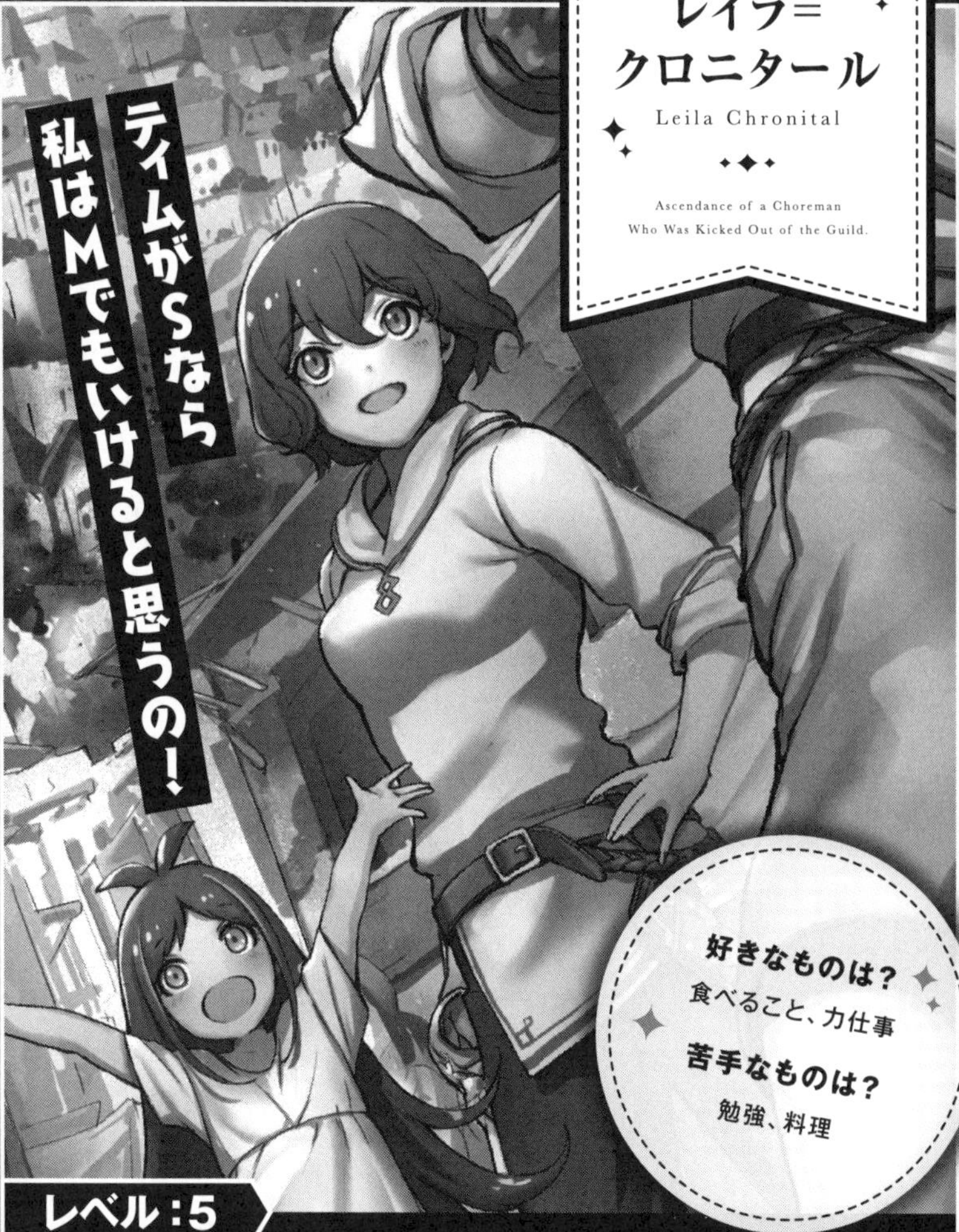

ティムがSなら
私はMでもいけると思うの！

好きなものは？
食べること、力仕事

苦手なものは？
勉強、料理

レベル：5

ステータス ▶▶ 腕力C　防御力F　魔力G　魔法防御G　速さC

冒険者スキル ▶ 剣B

ギフテド人の特性で、天才的な戦闘センスがある。両親は不明。妹であるアイラを溺愛し、自分の命以上に大切にしている。敬語が上手く使えないが、性格は割と謙虚で優しい。自分の頭が悪いことを密かに気にしている。

「はぁ、フィオナ様は今日も素敵ですわ……」

「綺麗な緑髪、透き通るような白い肌、慈愛に満ちたその瞳――」

「私もあの綺麗な指に触れてもらいたい……。フィオナ様に触れてもらっているあの紙の束が羨ましいです……」

ため息交じりにそんなことを呟いている彼女たち。

全員、この救護院に拾われた孤児である。

人生に絶望しきっていた所を助けられ、ギルド長であるフィオナの健気で優しい心に惹かれ、みな心酔し切っていた。

その背後から彼女たちとは全く別の意味を持ったため息を吐きながらガナッシュが近づいた。

「はぁ～、またお前ら覗きをしてんのか。おい、どいてくれ。ギルド長に用事があるんだ」

「げっ⁉ 飲んだくれのガナッシュですわ！」

「このけだもの！ フィオナ様をどうするつもりですか⁉」

「剣聖だかなんだか知りませんが、こんな死んだ魚の眼をした貴方が強いはずもありませんわ！ こっちは複数人……今なら勝てます！」

そんなことを言って、モップやホウキを手に飛びかかってきた彼女たちをガナッシュは面倒くさそうに躱した。

流水のような静かで滑らかな動きで攻撃をすり抜け、何事もなかったかのように半開きの扉の外からフィオナに呼びかける。

「お～い、フィオナ。呼ばれて来たぞ」

「――その声はガナッシュ様ですね」

そう言ってフィオナが視線を部屋の外にいるガナッシュへと向けた瞬間、ギルド員の彼女たちは持っていた掃除用具で床を掃除し始めて誤魔化した。

扉が半開きのままだと気がついて、フィオナは肩をすぼめる。

「あぁ、私ったらまた扉が開きっぱなしだったのですね。すみません……」

そう言って、今度はガナッシュの背後で掃除をしているフリをしている彼女たちに気がついた。

フィオナは顔を赤らめて彼女たちにも話しかける。

「だ、だらしない所をお見せしてしまいましたね。オリビア、イザベル、シャーロット、いつもお掃除ありがとうございます」

「…………」

そう言ってフィオナが照れ笑いを見せると、彼女たち三人は持っていた掃除用具を落とした。

ガナッシュはやれやれといった様子で自分だけ入室すると扉を閉める。

すると、すぐに扉の向こうから両手で口を抑えつけるようなこもった声で彼女たちの話がガナッシュの耳にだけ聞こえてきた。

「きゃー！　き、聞いた⁉　フィオナ様、私たち全員の名前を覚えてくださっていたわ！　と、というか今名前を呼ばれて――⁉」

「私たちに笑顔を見せてくださったわ！　しかも、ありがとうって――！　こ、興奮で息苦しくなってきましたわ……！」

「やっぱりフィオナ様は女神様ですわ……！　照れ笑いが可愛すぎて鼻血が……！」

「──ゴホンっ！」

ガナッシュが大きく咳払いをすると、彼女たちの声も離れるように遠くへと消えていった。

そして、ガナッシュはため息を吐く。

「フィオナ、ギルド員にはもう少し厳しくしないと駄目だぞ。お前の優しさにつけこまれて好き放題やられちまう」

フィオナが日々、彼女たちのようなギルド員のストーカー被害にあっていることを知っているガナッシュはフィオナを注意した。

しかし、鈍感な当の本人は何も分かっていない様子で首をひねる。

「いえ、みなさんしっかりと働いてくださっていますよ？　お酒を飲んでギャンブルに行くような人なんて当ギルドにはいません」

フィオナが得意げな笑みでそう言うとガナッシュは顔を下に向けて頭をかいた。

「──それで、フィオナ様。どういったご用でお呼びでしょうか？」

ガナッシュはわざと仰々しく膝をついてみせた。

今更真面目ぶったその態度にもフィオナは笑いながらため息を吐く。

「このギルドが変わる前、幹部の皆さんがいましたよね？」

「あぁ、半分も覚えていないが……。確かにいたな」

「その時にみなさんギルドを脱退されたのですが、この執務室に彼らの素性が記載された紙が残っていまして――」

話を続けながら、フィオナは資料を手にとった。

「目を通していたのですが、どうにも辻褄が合わないことが多い人が何人かいるんです。ガナッシュ様は何かご存じですか？」

「――あぁ、それはそうだろう。そんなのデタラメに書いてあるんだからな」

ガナッシュは立ち上がり、床に付けていた膝を手で払った。

そして続ける。

「あいつらの何人かは『人間族《ヒューマン》』じゃない。人間のフリをしてこのギルドにいた人外だ」

「――え？　えぇっ⁉」

フィオナは驚きの声を上げた。

「俺は鼻が利くからな。何かを隠すようにいつもかぶり物をしている奴もいたし、まぁ確実だ」

「そ、そうだったんですか⁉　なるほど……。だ、だからみなさん強かったんですね……」

「ここは人間族《ヒューマン》の国だからな。そりゃあいつらにしてみれば周りは弱かっただろうさ」

ガナッシュはフィオナの持つ資料を横から見ながら話を続ける。

「ギルネ様が追い出されたのもそうだ。心の内では弱小種族である人間族《ヒューマン》の下に付くのが納得いってなかったんだろう。実力がないティムに対して過剰に反応したのもそのせいだ」

「実力主義にこだわりがあったんですね……」

「そうだな、このギルドが戦わないってなったらみんなすぐに脱退したのも良い証拠だ」

そう言ってガナッシュは笑った。

「では、皆さんは今頃シンシア帝国の他の冒険者ギルドに所属しているのでしょうか？」

「いや、他の大ギルドだとバレちまう。『ギルネリーゼ』が適当過ぎたんだ、実際ギルネ様は幹部の誰にも興味はなかったし、いつもお一人でクエストやダンジョンに向かわれてた。多分、ギルネ様も幹部が人外だったなんて知らないし、どうでも良いことだったんだろう」

「なるほど、適当なところで言えば、ガナッシュ様にはぴったりのギルドだったんですね……」

「いや、今の方がずっと良いさ」

「そ、そうですか？　でも私はお酒を控えるようについ口うるさく言ってしまっていますし……」

フィオナは自分で言いながら不安そうに落ち込み始めた。

ガナッシュはそんなフィオナの頭に手を置く。

「馬鹿野郎、禁止されてるのに飲む酒が美味いんじゃねぇか」

「――だから、飲まないでくださいよ」

フィオナはジト目でガナッシュを非難するも、ガナッシュは気にしない様子で笑った。

「では、みなさんどこへ行かれたのでしょう？」

「実力主義のあいつらのプライド的に中小ギルドなんて入らないだろうしな。新しく作るなんてのも素性がシンシア帝国にバレるから不可能だ。里帰りでもしてるんじゃねぇか？」

「里帰りってことは、それぞれの種族の国ですね。でも、もともとその国が嫌で出てきたのでは？」

「あいつらは俺とは違ってこのギルドでクエストを受け、魔物を討伐し、レベルを上げたり装備を整えたりしていた――」

ガナッシュは窓から外を見上げて目を細めた。

「強くなりてぇ理由があったんだろう。あいつらは今、自分自身と決着をつけに行ってるのさ」

「……そうですか」

フィオナは少し考えるような素振りを見せた後、首を横に振ってため息を吐いた。

「戦いなんてしたこともない私には分からないのでしょう」

「分かんねぇ方が良いさ。戦わないで済ませられるならそれが一番だ。じゃあ、俺は忙しいから戻るぜ」

「――ところでガナッシュ様」

部屋を出ていこうとするガナッシュにフィオナは声をかける。

「なぜ木の枝を腰に差しているのですか？　この前ダンジョンの最深部で手に入れたと言っていた宝剣はどうしたのですか？」

ガナッシュは頭をポリポリとかいた。

「ギャンブルで負けて、金の代わりに持っていかれちまった」

「ガナッシュ様……」

フィオナはガナッシュに微笑む。

「今後はギャンブルも禁止です」

第十六話　ギルド追放された雑用係の下剋上

市場での買い物を終えて、僕たちは郊外へ。

冒険の準備は万端だ。

国を出る前にリンハール王国で一カ月の間お世話になった宿屋『フランキス』に立ち寄った。

繁華街から大きく外れ、近所じゃ『お化け屋敷』だなんて呼ばれて馬鹿にされていたこの宿屋も、今や予約の絶えない王国一の高級旅館だ。

もちろん、僕が雑用スキルで宿屋をリノベーションしたってだけじゃなくてエマの心の込もった接客や、ギルネ様の奇抜なアイデアのおかげだ。

アイラは看板に絵を描いてくれたし、レイラは僕が見栄を張ってやろうとしていた力仕事をこっそりと手伝ってくれていた……ってこれは情けない話なんだけど。

僕が最初に下剋上を起こした、色々な思い出の詰まった大切な場所だ。

――看板娘のエマと店主のダリスさんにもう旅立つことを話したら、二人とも東門まで見送りに来てくれた。

「ティム君たち、またいつでも帰って来てね！　あの場所はティム君たちの家だから！」

そう言ってエマは泣きながら僕たちにお別れを告げる。

そんなエマの頭を荒々しく撫でながらダリスさんは笑った。

「ティム、お前ならもう心配はいらねぇな！　この数日で見違えるように立派になっちまった！

今度はお前がお嬢ちゃんたちを守ってやれるはずだぜ！」

そう言って僕の胸を叩く。

そうだ、もう昔の僕じゃない。

今度は僕がギルネ様を――

みんなを守るんだ……！

「はい！　行ってきます！」

そう言って手を振ると、僕たちは城門から外に足を踏み出した。

そして振り返る――

僕がギルドを追放されてからの一カ月間。

本当に様々な経験をした。

何度も躓いた。

夢を諦めたこともある。

大切な誓いを破ったこともある。

その度にギルネ様が――

大切な仲間がそばに寄り添ってくれた。

様々な出会いが弱虫な僕を変えてくれた。

きっと世界には僕が奉仕することで幸せにできる人たちがまだまだ沢山いるはずだ。

——僕はモップを生成して手に摑んだ。

「ギルネ様！　みなさん、冒険に参りましょう！」

今、ここから始めるんだ——

ギルド追放された雑用係の下剋上を！

フィオナ様のお悩み

Ascendance of a Choreman
Who Was Kicked Out of the Guild.

「――おい、フィオナ。目の下にクマができてるぞ？　最近無理しすぎなんじゃねぇか？」

私が執務室近くの廊下を歩いていると、ガナッシュ様が私を呼び止めた。

「ガナッシュ様……」

こういうとき、私が『大丈夫ですよ。心配しないでください』と誤魔化すとガナッシュ様はいつも不機嫌になる。

「実は私、最近少し寝付きが悪くて……」

なので、私は大人しく自分の悩みを打ち明けることにした。

というか、言わないとガナッシュ様は私の悩みの原因が分かるまで勝手に周辺に聞き込みをして調査を始めてしまう。

当ギルドの多くを占める女性ギルド員たちにガナッシュ様が嫌われている理由の一つだ。

私について、しつこく聞き回るガナッシュ様に不信感を抱いてしまったらしい。

悩みを聞くと、ガナッシュ様は顎に手を添えて考え始めた。

「そうか、フィオナは引き継ぎも何もなくいきなりギルド長になって、しかもギルド内の大規模な改革まで推し進めたんだ。国中の孤児や虐待を受けている子どもたちもたくさん救って保護してきた。激務でストレスも溜まっているんだろうな」

ガナッシュ様はそう言って私の頭に手を乗せる、労ってくれようとしているみたい。

しかし、残念ながら私の一番の寝不足の原因はそれじゃない。

『ティム君欠乏症』だ。

寝る前にティム君からもらった手紙を読み返したり、匂いを嗅いでみたりしているけど心のスキマは埋まらない。

あの素敵な笑顔が見れず、優しい声が聞けない寂しさで毎晩胸が締めつけられてしまう。

そんなことなど知る由もないガナッシュ様は少し首をひねった後に手を叩いた。

「解決する良い方法を知っているんだが――」

「その酒瓶をしまってください。もう醜態を晒すつもりはありませんよ」

懐をまさぐるガナッシュ様に私はじっとりとした視線を送って先手を打った。

ガナッシュ様は大体のものごとは酒で解決できると思っているのが少しだけ残念だ。

「……じゃあ仕方ない〝もう一つの方法〟だな。ちょっと待ってろ」

そう言って、ガナッシュ様は私を待たせてどこかに行ってしまった。

そして、すぐにベッドを担いで戻ってきた。

大きなベッドを持つガナッシュ様をギルド員の女性たちは邪魔くさそうに睨んでいていたが、本人は気にする様子もない。

ガナッシュ様自身は細身であまり力があるようにも思えないのに、ベッドを軽々と持ち上げているのは少し驚きだ。

「試しにこのベッドで寝てみろ」

「えっと、寝具を変えてみるってことですね。ですがそんなに上手くいくのでしょうか？」

そもそも私が眠れないのはティム君を感じることができないからであってベッドの善し悪しは関

係ない。

半信半疑の私に、ガナッシュ様は強引に話を推し進めた。

「まぁ、良いから寝てみろって。フィオナの寝室にスペースの余裕はあるか？」

「ありますよ。あぁ、気をつけてください。ベッドをぶつけて物を壊してしまわないように」

とはいえ、せっかくガナッシュ様がどこからかベッドを持ってきてくださったので私はお願いする。

少しだけ、だらしないようなところはあるけれど、ガナッシュ様はなんだかんだで面倒見がよくて優しいお方だ。

「ところで、フィオナ。実は少し金に困っててだな――」

「ガナッシュ様、ありがとうございました！　私、お仕事に戻りますね！」

私はガナッシュ様に感謝をしつつ執務室から締め出した。


その日の夜。

私は書類仕事に区切りをつけると、椅子に座ったまま身体を伸ばす。

（そろそろ、お風呂に入って寝ようかしら……）

そして、執務室の隣の部屋である私室で服を脱ぐ。

私がギルド長になる前は同じ部屋や浴槽をあの強くて麗しいギルネ様も使っていたことを考えると、いまだにいつも少し緊張してしまう……。

入浴を済ませると、着替えて寝室に入った。

ベッドの横で、いつものように私はティム君の手紙を開いて一読する。

筆跡からティム君の体温を想像して胸に抱きしめてみた。

しかし、今夜も虚しさがこみ上げてくるだけだった。

(ベッドを変えたくらいで眠れるようになるのかしら……?)

私はそんな疑念と共にガナッシュ様が持ち込んでくださったベッドの掛け布団を持ち上げ、身体を滑り込ませてみる。

(——これはっ⁉)

すると、包み込むような心地よさが私の身体を支えてくれた。

ほのかに香る、懐かしいような良い匂いがティム君に会えない私の心の空洞を埋めてくれているような気がした。

(凄い……これなら、安心して……)

そして、私は久しぶりにぐっすりと眠りにつくことができたのだった。


「——ガナッシュ様! あのベッド凄いです! なんだかとても安心する感じがして、私、ぐっすりと眠ることができました! あれはどこから持ってきたベッドなんですか?」

中庭で青空を見上げているガナッシュ様に私は興奮しながらお礼を言いにいった。

ガナッシュ様は顔を上げたまま、瞳だけを私に向けて微笑んだ。

「あぁ、あのベッドは追放されてからずっと空き部屋になっているティムの部屋のベッドだ。よく眠れたか？」

「――はい？　ティム君の……？」

ベッドの真相を知り、私の顔がどんどん熱くなってゆく。

わ、私……ティム君のベッドで寝てたの⁉

て、てて、てことは――間接的にティム君と身体を合わせて……！

というか、ティム君の部屋っ⁉

「ところでフィオナ。実は今、剣を買う金も無くて、途方に暮れてこの雄大な青空を見上げていたんだが――」

「ガナッシュ様、ありがとうございます！　私、用事を思い出しましたのですぐに行きますね！」

重要な気付きを得た私はガナッシュ様にお礼を言ってすぐに男性ギルド員のみなさんの宿泊棟に移動する。

（ティム君の部屋とは盲点でした……！　ティム君は部屋に戻ることもなく突然ここを出ていくことになったわけですし、ティム君の部屋に行けば他にもティム君の私物が残されているかもしれません……！）

私はそんな大いなる期待を胸にティム君の部屋の扉を開いた。

部屋は整理されすぎていて、なんだかガランとしていた。

けど、ここでティム君が生活していたというだけで胸がドキドキしてしまう。

私は大きく深呼吸をすると、トレジャーハンティングを始めた。

（ティ、ティム君の衣服があれば最高だわ！　も、もしかしたら下着も――――！）

まるで迷宮の最深部で見つけた宝箱を開くようなワクワクを胸にクローゼットやタンスを開いていく。

――でもティム君の部屋には何もなかった……。

（そ、そんな……！　ティム君は家具を使ってなかったの⁉）

せめてシャツの一枚だけでもあれば凄く助かったのに……！

そんなことを心のなかで嘆いていたら、クローゼットの高い位置から何かが落ちた。

……これは、カツラ？

ティム君が《裁縫スキル》で自分の髪色に合わせた金色のとても細い糸で作ったロングヘアーのカツラが残されていた。

このカツラはティム君がたまに冒険者に無茶振りをされてメイド服姿で給仕をさせられているときにかぶっていた物だ。

ティム君は男らしさを気にしているようなところがあるし、ふてくされてクローゼットの上に放り投げていたのかもしれない。

メイド姿の長髪ティム君も最高なんだよね……えへへ。

匂いをかいでみるけど、ティム君の匂いはしない……。

残念ながら、ティム君のスキルで綺麗にされちゃってるみたい。

そ、そうだ！　これをかぶれば私もティム君みたいに……！

そう思って私は部屋の片隅に置いてあった姿見の前に立って、カツラをかぶってみた。

しかし、私の腰まである長い緑色の髪のせいでティム君と似た姿にはなれない。

私はすぐに決断する。

（よし！　髪を全部切ってショートカットにしよう。そうしてからカツラをかぶれば私の姿がティム君みたいになって寂しさを紛らわせられるはず……）

私はカツラを持ったまま、ハサミが置いてある自分の執務室へと向かった。

迷いなき歩みで廊下を抜けて執務室の扉を開く。

そして、ハサミを手に握ると幼い頃から大切に伸ばしてきた髪の首元にその刃をかける。

「――ちょっと待ったぁー！」

すると、ガナッシュ様が汗だくで私のハサミを持つ手を掴んで止めていた。

ぜぇぜぇと息を切らしている。

「な、なにとんでもないことしようとしてんだ⁉　俺が偶然見かけなかったら切ってたろ！」

「あっ、ガナッシュ様！　良いんです。私がこれをかぶることでほんの少しでもティム君に似たような姿になれるなら」

頭がおかしいのは自分でも分かってる。

でも私は正直もう限界だ。

多分、愛が最大化されるのはその人に近づくときではなく、引き離されるときなのだと思う。

ティム君がいなくなったあの日からどんどんティム君への愛が、私の中で大きくなるのを感じる。

私が長年綺麗に手入れしてきた髪なんかどうでもよくなるくらい、ティム君を感じられるものが欲しい……！

「——あっ！」

私からハサミを取り上げると、ガナッシュ様はため息を吐いた。

「フィオナ、ティムはお前の長くて綺麗な緑髪が好きだと言ってたぞ。切ったら絶対に悲しむ」

「えっ⁉　ほ、本当ですか⁉　私の髪が⁉」

思わぬ朗報に私は心の中で舞い上がる。

「あぁ、だから髪を切るのはなしだ。今まで通り大切にしろ」

「わ、分かりました！　今まで以上に綺麗にして、ティム君に髪を触ってもらえるように頑張ります！」

私は嬉しさのあまり自分の髪を手で梳いて、くるくると回る。

追放前にガナッシュ様とティム君が話をすることなんてあったのかしら？

でもそんな疑問、どうでも良いくらい嬉しい！

私の様子を見て、ガナッシュ様は、何やら安心したように大きくため息を吐いた。

「よし、じゃあ俺は賭博場に戻るからな。何とか金を借りることができたからこれで剣を取り返してくる」

「そんな〝仕事に戻る〟みたいな感じで言われましても……確かに当ギルドにモンスター討伐依頼やダ

ンジョンの攻略依頼は来ませんが、雑用依頼や配達依頼で地道にお金を稼ぐこともできるんですよ？」

「いや、俺はいつも酒に酔っ払って借金を作る人間で有名だからな。すでにブラックリストだ、依頼を受けようとしても断られちまう」

「はぁ～、仕方ありませんね」

私は自分の財布を開くと、ガナッシュ様にお金を渡した。

いまだに腰に差しているのは木刀だ、恐らく賭けで持っていかれてしまった剣を取り返したいんだと思う。

まぁ、木刀でもガナッシュ様は強すぎるので誰が相手だろうと無傷で倒してしまうのですが。

自業自得とはいえさすがに剣くらいは腰に持たせてあげたいです。

「それだけあれば安物の剣を買えるはずです。いいですか？　くれぐれもそのお金でお酒を買ったり、ギャンブルをしてはいけませんよ？」

子どもにおつかいでも頼むかのように人差し指を振りながら私がそう言いつけると、ガナッシュ様は力強く胸を叩いた。

「任せとけ！　今日は絶対に負けねぇ！」

「誘惑に負けないってことですよね？　本当にダメですよ？」

私の声が聞こえているのかも分からないうちにガナッシュ様は出ていってしまった。

（しかし、ティム君のカツラ……。どうにか活用できないでしょうか……）

考えてみれば私がティム君の格好をしたところで、私自身が目の前でそれを見れる訳じゃないし……。鏡の前で自分の身体をティム君に見立てて触って満足するくらいしかできない。

それに私じゃティム君とは顔の作りが全然違う。

ティム君はもっとクリクリした可愛い瞳で、こんな大きい胸もついてませんし。

ひとまずは保留するしかなさそうですね……ティム君のベッドで我慢するしかありませんか……。

私はカツラを大切に執務室のクローゼットにしまうと廊下に出るため扉に手をかける。

今日は特に予定もないし、軽くギルド内を見回ってから書類仕事でもしましょうか。

「――わわっ⁉」

私が扉を開くと、扉の向こう側に居たギルド員の女の子が尻もちをついて転んだ。

「だ、大丈夫っ⁉」

私が彼女に手を差し出すと彼女は私の手を取らずに慌てて自分で立ち上がる。

「ごめ――す、すみません！　フィオナ様にとんだご無礼をいたしました！」

そう言って、黒いショートカットの彼女は私に深々と頭を下げた。

「私の方こそ、確認をしながらゆっくりと扉を開けばよかったわ。ごめんなさい。……もう顔を上げて良いわよ？」

「い、いえっ！　フィオナ様が美しすぎて見れないのでこのままフィオナ様が立ち去るのを待ちます っ！」

面白いことを言う彼女に私は思わず笑う。

「ふふ、分かったわ。じゃあまたね」

私はそう言って立ち去るフリをして、距離を取ると気がつかれないように彼女の後ろに回り込んだ。

いたずら心もあったけど、頑なに見せようとしない彼女の顔に凄く興味がわいたからだ。

少し時間が経つと、私が完全にその場からいなくなったと思った彼女は顔を上げる。

そして、何やら安心したように大きくため息を吐いた。

「あら、まだ顔を上げるのは早いわ」

「――っ⁉ フィ、フィオナ……様⁉」

私がそう言って笑いながら彼女を見ると、彼女は急いで顔を隠そうとした。

「あら、どうして隠そうとするの？ 綺麗な顔じゃない」

私はチラリと見えた彼女の綺麗な顔を褒めると、彼女の顔はみるみる赤くなっていった。

「ぼ、僕――私は顔に傷痕があるから……」

「確かに傷はあるようだけど、それでも綺麗よ。それに自分のことを『僕』って言うのも好きよ、言い直さなくていいんじゃないかしら？」

「ご、ごめんなさい。僕、育ちが悪いから言葉遣いもおかしくて」

彼女は落ち込むようにそう呟いた。

きっと彼女は様々なコンプレックスから自分に自信が持てないんだろう。

服もすごく地味な物を着ている。

そんな彼女を私は元気づけたいと思った。

「大丈夫、ここには色々な事情を抱えた子がいるから。みんな個性的で素敵よ、さぁ顔をよく見せて」

私はそう言って、少しだけ強引に肩を摑んで彼女の顔を見た。

傷跡の状態を見たかった、あまり酷くなければそのまま『ニルヴァーナ』様を使って治してあげることができる。

二本線の切り傷の痕が付いた彼女の顔を見ると、誰かによく似ている気がした。

ちょうど私が会えなくて寂しい思いをしている金髪の男の子に……。

「……貴方の名前は？」

「え？　えぇっと……リノと申します」

「そう、リノ。よかったら私の部屋でお話しましょう」

「そ、そそ、そんな!?　僕がフィオナ様の部屋になんて……。と、ところで剣聖のガナッシュ様はいらっしゃらないのですか？」

「あら、安心して？　ガナッシュは外に出ているわ、私と貴方の二人きりよ」

ガナッシュ様が例にもれず、彼女にも嫌われてしまっているようで、私は思わず苦笑いをする。

「それはチャンス――じゃなくて、えっと！　よ、喜んでフィオナ様とご一緒させていただきます！」


「ふふ、そんなに緊張しないで」

「は、はい……！」

滝のように汗を流し、うつむいたままのリノの顔を私は右手に持ったハンカチで拭く。

空いた左手には神器を召喚した。

この程度なら寝ている『ニルヴァーナ』様を起こさなくても治してあげられそうだ。

「……【復元魔法《ヘラ・ニルヴァーナ》】」

小声で囁き、こっそりとリノの顔の傷跡を魔法で消し去り再び神器をしまう。

「綺麗な黒いショートカットね。短めの髪が好きなのかしら、私は髪が長くて大変だから短い髪が似合うのは羨ましいわ」

私は少し身をかがめると、改めて傷がなくなったリノの綺麗な顔を覗き込む。

やっぱりティム君に似ている、クリクリした瞳なんかそっくりだ。

「か、髪が短いのは仕事のジャマになるからです。僕はこの救護院の仕事さえできればいいですから——」

「リノ、嘘をつかないで。〝貴方の考えていること〟はお見通しよ」

「——っ⁉」

私の言葉にリノは驚愕の表情を浮かべてたじろいだ。

そんなリノに私は続ける。

「リノ……自分の心に素直になって？　リノだって本当は嫌なんでしょ？」

仕事のために髪を短くしているというリノの言葉に対して、私は勝手にそんなことを言った。

すべては私の野望の——リノにカツラを被せて、メイド服を着せて、女装したときのティム君の姿に似せるためだ。

「本当は貴方も髪を伸ばして可愛い服を着て、普通の女の子みたいに生活したい。そうよね？」

私はギルド長（上司）という権限を最大限に利用する。

パワハラぎりぎりの手段を用いて私はリノに「いいえ」とは言えない空気を作り出していった。

「そ、そんな……僕なんて顔に傷もあるし、胸も小さいし……着飾っても意味なんてありません」

「あら？　でも私は見たいわ。リノ、試しにこれをかぶって、この服を着てみせてくれないかしら？」

私はそう言って先程クローゼットに保管したティム君のカツラと私がこのギルドに入団したての頃に愛用していたメイド服を取り出してリノに渡した。

「こ、こんなに綺麗なカツラやメイド服……僕には似合いません！」

「そんなことないわ。ううん、きっと似合う。私は隣の部屋から姿見を持ってくるからその間に着替えておいてね」

そう言って半ば強制的にリノが女装ティム君の姿になるように命令だけして、私は隣の部屋に鏡を取りに行った。


「う、うそ……これが僕……？　顔の傷も綺麗に治ってる……ま、まるで別人みたい」

私の命れ――お願いした通りに着替えてカツラをかぶってくれたリノは鏡に映る自分の姿を見てそう言った。

「べ、別人なんてことはないわっ！　リノ、それは貴方が持つ本来の美しさなの」

リノを別人であるティム君にして、愛でてしまおうとする私の下心がバレないように私は誤魔化した。

それにしても、想像通りちゃんと女装ティム君に似た姿になってくれた。

やばい、可愛すぎてよだれが出そうになる。

早く私の髪を撫でさせて「綺麗だよ、フィオナ」と言わせたい。

だけどここで気を緩めたらダメだ、私がリノをこんな風に利用しているなんて知られてしまったらもうこの格好はしてくれなくなってしまうだろう。

あくまで私は自分に自信のない女の子にアドバイスをしているだけ。

そう見えるように私はリノに言葉を投げかけた。

「こそこそと日陰を歩くような生き方はしなくて良いの。リノ、あなたは可愛らしい女の子なんだから」

「い……いいのかな？　フィオナ様、僕……これからはこういう格好でここにいるみんなと普通に生活しても……！」

「もちろんよ。リノ、貴方だってもうこのギルドの――私の家族なのよ。何があっても守ってあげる」

「フィオナ様……！」

生まれ変わった自分の姿に感動したリノは声を震わせた。

（この雰囲気なら……イケる！　抱けるわ！）

良いことっぽい言葉で近づいた私はティム君姿のリノを堪能するために後ろから抱きしめた。

すると、リノは身体を震わせて泣き始めた。

「フィ、フィオナ様……！　僕……！　暗殺なんてやめて普通に生きたい！」

「……うん？　暗殺？」

――カシャン。

私が疑問と共に復唱すると、リノの服の中から小さなナイフが落ちた。

そして、リノは私の胸に泣きつく。

「う……うぅ……ぐす……」

「…………」

全く理解が追いつかない私もここまでの状況を振り返りながら考えてみた。

リノは私の執務室の扉に張り付いていて……。

自分の顔を私にあまり見せようとはしなくて……。

私の護衛を担っているガナッシュ様がいないことを確認して私の部屋に一緒に来て……。

えっとつまり……この子は暗殺者で……。

私、今殺されるところだったの……？

内心では顔を青ざめつつ、私はリノが泣き止むまで抱きしめ続けた……。

「――僕はギルドに命じられてフィオナ様の命を狙っていた素人の暗殺者です……ですが、フィオナ様の女神のような優しいお心に触れて己の過ちに気が付きました。フィオナ様は僕がもう諦めていた、女性としての素晴らしい生き方を教えてくださりました」

リノは私に熱い視線を向けながら事情を語りだす。

ガナッシュ様はお買い物へと行ってしまっているので、私の身を守ってくれそうな戦えるギルド員の皆さんを呼び出して一緒にリノの話を聞いていた。

「さ、さすがはフィオナ様……！　ガナッシュ様がご不在にもかかわらず、ご自分で見抜かれるとは！」

「これだけ多くのギルド員、目まぐるしい改革とご多忙の中で変装して潜り込んでいた暗殺者の存在に気がつかれるなんて！」

「しかも、倒すでもなく優しく諭して仲間として受け入れる――！」

「フィオナ様の清純で無垢な御心は何もかもを浄化してしまうのですね！　この伝説は救護院内に広めて、語り継がなければ！」

ギルド員の皆さんが口々に私を賛美する。

ごめんなさい、全く気がついていませんでした。

なんなら私の心は清純で無垢どころか下心で染まっていました。

「あ、あはは……大したことありませんよ。この程度のこと……」

そんな思いを知られるわけにもいかないので、私は冷や汗を流しつつ得意顔で笑ってみせた。

「――フィオナ様、暗殺者ギルド『フェルマー』が貴方様の命を狙っています！　この救護院ギルドの存在が彼らにとって邪魔なのです！」

リノの話をきいて、ギルド員の一人、メリラが反応した。

「『フェルマー』……シンシア帝国の賭博場を資金源として暗躍しているギルドですね。任務を果たさず、裏切った貴方もこのままじゃ命がないはず……」

リノは頬から一筋の汗を伝わせて頷く。

「『フィオナ・シンシア救護院』の働きで、本来であれば暗殺者や盗っ人などに身を落とすしかなかった者たちが救われるようになりました。『フェルマー』は構成員や人身売買の商品の確保が難しくなることを危惧してギルド長であるフィオナ様を狙っているのです」

そんな話に背筋が凍る。

まさか私が狙われることになるなんて思わなかった。

私はただ、ティム君みたいに人の為に尽くして……。そして、ティム君みたいにひどい扱いを受けている子を救いたいだけなのに。

この世の理不尽を感じてリノを見ると、身体を震わせていた。

そうだ、この子は勇気を出して言ってくれたんだ。

私はリノの震える手を力強く握る。

「安心して！　信じて話してくれたリノのことは絶対に私たちが守るから！」

「フィオナ様……！」

私はそう言って『ニルヴァーナ』様を呼び出して手に持った。

来るならこい！

絶対に私がティムく――リノを守ってみせる……！

「お～い、戻ったぞ～！」

「き、ききき、来ましたね！　リノ、私の後ろに隠れてください！　私が守ります！」

「フィオナ様。ご安心ください、ガナッシュですよ。さすがにそんなに早く制裁にはきません」

ガナッシュ様が酔っ払った様子でフラつきながら剣を腰に差して帰ってきた。

剣は賭博で持っていかれていたはずの宝剣だ。

私は思わずため息を吐く。

「ガナッシュ、またお酒を買いましたね！　それにその剣があるってことはまたギャンブルをしたんですか⁉」

私が詰め寄ると、ガナッシュ様は上機嫌で笑う。

「剣は向こうから返しにきたんだ、話せば分かるやつだったぜ。だから酒くらいは奢ってやろうと思ってな。俺は付き合いで飲んだだけだ」

「……なんだ、そういうことですか」

「いやいや、フィオナ様。ガナッシュの嘘ですよ、全く、本当にどうしようもない奴です」

私の周りのギルド員たちは息を合わせるようにため息を吐いた。

「ガナッシュ。そんなことよりも大変です。私やこの子の命を狙っている『フェルマー』という暗殺者ギルドがあるんです」

「『フェルマー』……？　確かそんな名前の組織だった気が……ってことは大丈夫だな。やられる前に先に手を打っておくとは、さすがは俺様だぜ」

ガナッシュ様は私の言葉を聞くと、口元を抑えて何やらブツブツと呟いていた。

「フィオナ、何かあったら呼んでくれ〜。俺は部屋で寝てるからな〜」

「ガナッシュ、事態は深刻です！　こうなっては『フェルマー』は放ってはおけません。今からみんなで作戦を立てて――」

ガナッシュ様は背を向けて手をひらひらと私たちに振ると、そのまま部屋に戻って行ってしまった。

「フィオナ様、あんな酔っぱらいは放っておきましょう。ご安心ください、私たちが命に換えてもフィオナ様をお守りしますよ」

「そ、そうね。ガナッシュばかりに頼るわけにもいかないわ、いざというときは頼るけど……まずは私達でちゃんとリノを守る作戦を立てましょう。リノ、その暗殺者ギルドの『フェルマー』はどこにあるの？」

「そ、それが僕も場所は知らないんです。いつも指示は人づてで、賭博場も一体どこが『フェルマー』が元締めをしているか……」

「じゃあ、守りを固めながら情報収集するしかないわね」

「フィオナ様、『フェルマー』は長年帝国兵たちが摘発のために動いていますが未だに全く尻尾を掴めません。彼らにとってフィオナ様がどれほどの脅威かは分かりませんが、活動を今まで通りつづけるのであれば警戒しつつ長期戦も覚悟しなくてはなりません」

「そうですね、フィオナ様のおそばに二十四時間仕えさせていただく必要がございます。これはフィオナ様をお守りするため、仕方がないことなのです」

そう言って、メリラは興奮したような瞳を私にむける。

「そうですね、今までは無防備すぎました。私もガナッシュ以外の護衛をつけるべきですね」

「よしっ！」

「よし？」

「き、気合を入れたのです……お気になさらず」

そうして、私たちは日が落ちるまで話し合った……。


翌日、暗殺者ギルド『フェルマー』が崩壊したことがシンシア帝国内の新聞で知らされた。

目撃者の証言によると、『賭博場で負けが込んで暴れた酔っぱらいが木刀を振り回して、用心棒たちを全員しばき倒し、店の奥に捕らわれていた奴隷たちを解放し、ギルド長のフェルメールを殴り倒して剣を強奪してどこかへと行ってしまったという。

この騒ぎで集まった帝国兵が『フェルマー』のギルド員たちを一網打尽にしたらしい。

「……これ、ガナッシュ様の仕業ですよね？」

私は新聞を指差しながら執務室でガナッシュ様を問い詰める。

「フィオナ、俺はお前から貰ったお金をギャンブルなんかにつぎ込んでないぞ。ちゃんと酒代に消えた。酒代は剣を返して貰ったお礼なんだから、実質的に剣の購入代金だろ？」

「……はぁ～。もうそれで良いですよ」

ガナッシュ様はシラをきっているがバレバレだった。

ここまでやったならもうギャンブルをしたとかどうでもよくないですかね？

というか、やっぱり賭博場に行っていたんですね……。

「――フィオナ様！　お茶をお持ちしました！」

「ありがとう、リノ。ふふ、今日も素敵な姿ね」

「えへへ、ありがとうございます！　僕、ここでの生活が大好きです！　ここなら嫌なこともしなくていいですし、大好きなフィオナ様のためにお仕えできます！」

リノは金髪の長い髪のカツラとメイド服を気に入ってくれたらしく、いつもその姿で私の身辺警護をしてくれるようになった。

「フィオナ様が僕に居場所を作ってくださったように、僕もフィオナ様をお守りできるようになりますからね！」

「リノ、無理はしなくていいのよ。なんならずっとその格好で私の執務室にいてくれればそれでいいわ」

「いいえ、フィオナ様！　いつ、どこから敵がやってくるかは分かりません！　きっと、フィオナ様ならすぐに見破ってしまうと思いますが……。でも、僕も給仕以外にもにお役に立ちたいんです！」

「その健気でがんばり屋さんなところ……（ティム君に似ていて）とても素敵よ。でもあまり無理して怪我はしないようにね。治療はできるけどティムく――リノが怪我するところは見たくないわ」

「フィオナ様、僕の身体をそこまで案じてくださって――感激です！」

本人は警護をしてくれようとしているとはいえ、リノは実戦経験がない素人。

『フェルマー』も彼女を使い捨ての鉄砲玉とでも考えていたのだろう。

リノは両親も亡くなり、頼るあてが無かった。

そんな彼女を利用した卑劣な手口だ……。絶対に許せない。

「さて、ガナッシュ――」

「おい、リノ！　稽古をつけてやる！　ナイフを持って中庭に来い！」

「はい！　ガナッシュ師匠！」

二人は執務室の扉を開くと私を残して出ていってしまった。

自分の宝剣を取り返して上機嫌なガナッシュ様は毎日、リノに稽古をつけてあげている。

今のは、私にこれ以上質問されないように、リノを巻き込んで口実を作っただけだと思うけど……。

私は椅子に座ったまま呆れてため息を吐いた。

「フィオナ様、今日も素敵です……！」

「いったい、今はどんな崇高なことをお考えなのでしょうか……！」

「きっと、世界平和について思案を巡らせておられるのですよ……！」

開け放たれた部屋の外のギルド員たちは、私を見て何かをひそひそと話し合っていた。

私はリノが淹れてくれた紅茶を口にして微笑む。

（さて、後はリノのことをどうにか『ティム君』と呼ばせてもらえれば完璧ね。声ももう少し似せられないかしら……？　リノは単純な子だから上手く言いくるめられるはずよ……。あわよくば、夜に私の寝室に呼び込んで……うふふ）

中庭でナイフを振るうリノを執務室の窓から見つめながら、私は卑劣な手口を考えていた。

フィオナ＝サンクトゥス

Fiona Sanctus

Ascendance of a Choreman Who Was Kicked Out of the Guild.

ティム君に髪を触って
もらえるように頑張ります！
好きなものは？
人助け、お祈り
苦手なものは？
過剰に
持ち上げられること

レベル：10

ステータス▶▶ 腕力G　防御力G　魔力F　魔法防御G　速さG

冒険者スキル▶ 魔術D

なりゆきで神器ニルヴァーナを装備している。人々を癒すために冒険者ギルドに入団した。昔は髪を結んで、機能的な格好をしていたが、ティムと出会ってから外見を気にするようになり、服装や髪型を変えた。

市場での買い出し

Ascendance of a Choreman
Who Was Kicked Out of the Guild.

リンハールの王城を出てから中央の大通りを下って市場へ。

十分ほどみんなで歩くと様々な商店や屋台が立ち並ぶ繁華街に到着した。

「さて、では冒険に必要な食料品などを買い集めましょう！」

「うむ、冒険はまず食料がなくては成り立たんからな」

僕の言葉にギルネ様は腕を組んで頷く。

「みんなでお買い物、楽しみだな～！」

「アイラ、はぐれないようにね」

「あっ！　う、うん……」

僕は踊るように身体を弾ませて喜ぶアイラの手を握ると、アイラは顔を赤らめて大人しくなった。

アイラにはよく抱きしめられるけど、僕から手を握ったのは初めてかもしれない。

手を握られるのは恥ずかしいのかな？　よく分からない基準だ。

なんだか羨むような視線をアイラに向けつつギルネ様は僕に語りかける。

「それにしても、アサドは何でもくれると言っていたんだからお金でも大量にふんだくっておけばよかったな。そうすれば冒険の準備も万全にできるだろう」

「いえ、ご心配なくっ！　僕はリンハール王国で雑用依頼をたくさんこなしていましたので、お金をいっぱい持っていますから！」

そう言って僕は胸を叩く。

途中からはリンハールに住むために家を買うつもりで貯金していたから資金にはかなりの余裕が

ある。

これならどんな食料でも買えそうだ。

「皆さんは何か食べたいお料理とかはありますか？　おっしゃってくだされば僕が材料をご用意しておきますよ！」

「そ、そうか！　ティム、実はアイラと図書館にいるときに私も料理の本読んだんだがな――！」

僕の提案にギルネ様は何やら興奮したような様子で話し始める。

そんなに食べたい料理があるのかな。

「調理の一つに『口内調理』という方法があるらしい！　口の中で料理を作るみたいだ！　だ、だから『口内調理』でティムが食材をモグモグしたものを――」

「あはは、ギルネ様。『口内調理』は自分が食べる際に口の中で調味をすることですよ。白ご飯と一緒に味付けの濃い焼き魚や漬物を食べたりして、ちょうどよい塩梅にすることです。本当に口の中でお料理をするわけじゃありませんよ」

「な、なんだ知って――。じゃなくて、そうだったのか！　お、おかしいとは思ってたんだよな～」

ギルネ様は頬から汗を流して頭をかいた。

可愛らしい勘違いに思わず頬が緩む。

きっと、本で誤った知識を得て衝撃的だったから僕に紹介しようとしてくれたんだろう。

僕は次にレイラに訊ねた。

「レイラは何が食べたい？」

「私はティムが作るものは全部大好物だから何でもいいわよ？」

レイラの予想通りの答えに僕は少しだけ残念な気持ちになる。

レイラはいつも遠慮してばかりだから、本当はもっと僕に甘えて欲しい。

といっても妹であるアイラの前じゃそうもいかないんだろうけど……。

「あはは、そう言ってくれると嬉しいよ。レイラはいつも幸せそうに食べてくれるから僕も作りがいがあるしね」

「あ、あと……ティム、こっそりと私の分だけお料理の量を増やしてくれてありがとね」

レイラは小声で囁いて顔を赤らめる。

本人は凄く恥ずかしそうだけど、レイラは凄くスタイルが良いわけだし別にたくさん食べるのは良いことだと思うんだけどなぁ。

「アイリは何か食べたい料理はある？」

「わたくしはとっても辛い料理が食べたいですわ！」

瞳を輝かせてそんなことを言い出すアイリに僕は首をひねった。

「か、辛い料理……？　アイリは辛い食べ物が苦手じゃなかったっけ？」

「えぇ、大の苦手ですがティムお兄様がお作りになった料理でしたら話は別ですわ！　辛さに悶え苦しんでみたいです！」

僕が作ると何が違うんだろうかとは思いつつも僕は考えた。

きっと興味が出てきたんだろう。

「う～ん、辛い料理も好きな人は本当に好きだからね。アイリも成長したことだし試してみるのもいいかも……」

「はい！　私が泣き叫んでも、吐き出しても無理矢理口に押し込んでくださいね！」

そう言って瞳を輝かせるアイリの口元からは興奮してよだれが出てきてしまっていた。そんなに食べたいのかな。

僕は【裁縫《ソーイング》】でハンカチを作り出し、アイリの口元を拭きながら笑う。

「い、いきなり食べられないくらい辛いのは出さないよ。それに安心して、そんなに無理して食べなくても残したら僕が食べるから。あはは、昔と逆だね」

アイリの話を聞いて、辛い料理も考えてみる。

僕も辛い料理は得意じゃないんだけど……。いざとなったらこっそり甘く味付けをして食べよう。

最後に、繋いだ僕の手を頬に擦り付けているアイラに訊ねた。

「アイラはどんな料理が食べたい？」

「私はあれが食べたい！　この前作ってくれた緑のお野菜のお料理！」

アイラが言っているのはゴーヤーを豆腐や野菜と炒めた料理『ちゃんぷるー』のことだ。

いつもブラックコーヒーを好んで飲んでいるから、試しに苦い野菜を使って料理を作ってみたんだけど本当に気に入っちゃったみたい。

「あ、あはは～、アイラは本当に苦い物が好きなんだね」

「ごめんね、ティムお兄ちゃんが好きじゃないものをお願いしちゃって……」

「い、いやいや！　アイラ、僕もゴーヤーは大好きだよ！　あの苦味がいいんだよね！　うん！」

僕は慌てて話を合わせる。

本当は辛いのも苦いのも苦手だけど、アイラに子供舌だとは思われたくない。

――ガッシャーン！

不意に、路地裏から木材が倒れるような大きな物音がした。

「何の音でしょう？」

僕が首をひねるとレイラが答えてくれた。

「あぁ、この辺りの裏路地は資材置場になってるのよ。風で倒れたのかもしれないわね」

「うむ、気にしなくていいだろう。それより、早く行かないといい商品が先に買われてしまうぞ！」

ワクワクした表情で笑うギルネ様に僕は頷いた。

「そうですね！　新鮮な食料のために急ぎましょう！」

僕たちは駆け足で市場へと向かった。


「ティムお兄ちゃん！　私、本屋さんに行きたいな！」

冒険に必要な食材を買い終えると、アイラがそう言った。

本は高価だけど、貯金はまだまだある。

高価な魔導書じゃなければ何十冊でも本を買ってあげられるだろう。

「ギルネ様、書店に寄ってもよろしいでしょうか？」

「うむ、構わんぞ。アイラも魔導書を読み込めば色んな魔法を使えるようになるかもしれないしな」

「うん！　魔法が使えるようになって、私もティムお兄ちゃんの助けになりたいな！」

物凄く健気なことを言うアイラに僕は胸の奥がジーンと熱くなった。

「ご本！　素敵ですわ！　昔ティムお兄様に絵本の読み聞かせをしていただいていた頃を思い出します！」

「アイリはぜんぜん話を聞かないで僕の顔ばかり見てたけどね……」

僕は苦笑いを浮かべた。

「みんな本を読めるのね……。私には少し難しくて、読んでると眠くなっちゃうや、あはは」

最近読み書きを覚えたばかりのレイラはそう言って恥ずかしそうに頭をかく。

僕も〝王族の血筋《ロイヤルライン》〟を失う前に読み書きは一瞬で覚えたけど、レイラと同じように難しい本を読むと眠たくなってしまう。

理解力が無くなっちゃったんだろうなぁ、だからレイラの言うことには凄く共感できた。

いや、僕も本を読んで賢くならないとダメなんだけど……。

「この本屋さんで良い？」

「うん！　ここに入ろう！」

アイラの確認をとって、書店『リバティー』へ。

大通りに面した立派なこの本屋は俗っぽい本から魔導書までを幅広く取り扱っているようだった。

「じゃあ、アイラ。欲しい本があったら僕に言ってね」

「うん！　うわぁ〜、本がいっぱいだぁ〜！」

アイラは宝石でも見るかのように瞳を輝かせる。

「みなさんも欲しい本がありましたら遠慮なくお申し付けくださぃ！」

お財布に自信がある僕はそう言って胸を張った。

「まぁ、ご本ってこんなに高価な物でしたのね！　先程市場で見た食材の何倍も高価ですわ！」

アイリは驚きの声を上げる。

そりゃそうか、シンシア帝国の大図書館には掃いて捨てるほどに蔵書があるわけだし、アイリにはその価値もピンとこなかったのだろう。

お金を使って食材を購入するところも興味深そうに見ていたし、お金自体に馴染みが薄いのも、今までの暮らしを考えれば当然だ。

実は紙は少し贅沢品なんだよね。

「わ、私は本は大丈夫よ！　難しいのはまだ読めないしね！　高価な物ならなおさら大丈夫！」

そう言って、必死に手を振るレイラが面白くて僕は笑う。

「あはは、レイラは本を読みたくないだけじゃない？」

「う……実はそうなんだけど。あっ、でもティムだって本を読んでるところを見たことがないわ！実は苦手なんでしょ！」

「うぅ……バレたか」

レイラに痛いところを衝かれた僕は苦しげに頷く。

そんな様子を見てみんなは笑った。

「――そうだ！　じゃあみんなでティムにオススメの本を選ぶのはどうだ？」

手をパチンと叩くと、ギルネ様は提案した。

「ギルネお姉ちゃん、それ良いね！　誰が一番ティムお兄ちゃんに喜んでもらえるか勝負だ！」

「あら、わたくしは妹ですからティムお兄様の好みは分かります！　その勝負はわたくしがいただきますわ！」

アイラとアイリもウキウキした様子でギルネ様の提案に乗る。

一方でレイラは頬から汗を垂らしながら首を振った。

「わ、私は見てるだけにするね！　何の本を選んだら良いのかなんて分からないし、変なの選んじゃってティムに呆れられちゃったら――」

「だ、大丈夫だよレイラ！　選んだ本くらいで僕はそんなにおおごとには考えないから！」

せっかくの楽しそうなイベントにレイラだけが参加できないのは可哀想なので僕は背中を押す。

「そ、そう……？　じゃあ……や、やってみるわ」

すると、レイラも不安そうな表情のまま頷いてくれた。

「私達が本を選んでいる間、ティムはどうするんだ？」

「できればサプライズにしたいからティムお兄ちゃんは見ないでいてくれると嬉しいんだけど……」

「そうですわ！　まだ武器屋さんに行ってないじゃないですか！　ティムお兄様も戦うための武器が必要だと思いますから、ティムお兄様は武器を買いに行って時間を潰すのはどうでしょう！」

「ア、アイリちゃん……。ティムは武器が使えないのよ。ベリアルを倒したときもフライパンだったし……」

「あっ、そうでした……。それにしてもフライパンで叩かれるってどんな気持ちなのでしょう。ティムお兄様、よろしければ今度わたくしを叩いてみてくださいませんか？」

「アイリったら、お城の外に出られたからって何にでも興味を示しちゃうんだから……ダメだよ、フライパンで叩かれたりなんてしたら凄く痛いんだから。ベリアルだって——」

そこまで言って、僕は思い出した。

そうだ、僕は〝武器〟を買い忘れてる。

これからの冒険で絶対に必要になる僕の武器だ。

「みなさん、ごゆっくり本をご覧になってください！　僕は買い忘れていた〝武器〟を買ってきます！」

そう言って、僕は本屋さんを出た。


「——あったあった！　これだ！」

そう言って僕は陳列されていた〝武器〟に手を伸ばす。

赤くて丸い、リンゴに。

ベリアルを倒した決め手はこのリンゴだ。

僕はリンゴさえ放り投げれば、時間の流れを遅くすることだってできる。

「このリンゴをください！」

「毎度っ！」

自分の武器を手に入れた僕は、意気揚々とまた書店に戻るために大通りを歩く。

冒険に出たらこのリンゴを使って僕が大活躍をして、ギルネ様も僕の男らしさに目を輝かせて――

「お、お願いだ！　それも勘弁してくれ！」

僕が妄想を膨らませながら歩いていると、ふいにそんな女の子の声が聞こえてきた。

声のした方に目をやると、人だかりができている。

困っている人がいるのだろうか、僕もその様子を見に行った。

「――ふざけるな！　顔が分からなけりゃ誰に取り立てて良いかも分からねぇ」

「それにもしお金を返しにこなかった時の人相書きもできんからな。顔は見せてもらうぞ」

商人らしいターバンを巻いた人と、王国兵がそう言って顔を布で覆った女の子に詰め寄っていた。

女の子は顔を見せたくないらしい。

「これは、何の騒ぎですか？」

僕はそばに居た青年に話を聞く。

「あぁ、あの子が商人の商品である悪趣味な壺を割っちまったんだ。二十万ソルもする高額な物だったらしい」

「二十万ソル……」

大金だ。

僕が支払えばもう書店の本は一、二冊しか買えなくなってしまうだろう。

書店にいるギルネ様たち全員に好きな本を買ってさしあげることができなくなってしまう。

僕がそんなことを考えているうちに、呆れた様子で王国兵が近づいて彼女の顔を覆う布に手をかけた。

僕はとっさに群衆から飛び出して彼女の腕を掴む王国兵の腕を掴んだ。

「――僕が弁償します」

「……少年、彼女の知り合いなのか？」

「いいえ、知りません。ですが、顔を見られるのを嫌がっていたようなので……僕なら持っているお金で解決できます」

そう言って、僕は【収納《ストレージ》】からお金の入った布袋を取り出した。

「二十万ソルですよね。ここにちょうどあります。ご確認ください」

そう言って僕はその袋を商人に渡し、覆面の彼女の手を王国兵から取り返した。

見ると、彼女の全身は泥まみれだった。

僕は【洗浄《クリーン》】で綺麗にしてあげてから彼女の手を離す。

商人と王国兵は急いで僕の渡したお金を数え始めた。

「……ふむ、確かにあるな。大金持ちというわけでもないんだろう？　見ず知らずの少女のためにこんな大金を使っていいのか？」

王国兵のおじさんがそんなことを訊ねてきたので、僕は答えた。

「はい、僕は雑用係《サーバント》ですから。困っている人の為に働いて稼ぎ、困っている人のためにお金を使えるのであれば満足なんです」

本心だった。

少し変わっているかも知れないけれど、これが僕という人間だ。

今回のリンハールでの一件で僕は胸を張ってそう言うことができた。

「……少年の名前は？」

「ティムと申します」

「分かったティム。悪いが、一応彼女は問題を起こしてしまったんだ。顔や頭部を確認しておきたい。もし他種族だったりしたら弁償だけでは済まない問題になる」

王国兵はそう言った。

その言葉に彼女は再び身体を震わせる。

彼女がなんでそんなに顔を出すことを恐れているのかは分からない。

それでも僕は、どうにか彼女を救いたかった。

僕はモップを【生成《ジェネレート》】して手に持った。

そして、大きく振りかぶる。

「《清掃スキル》【泡掃除《バブル》】！」

そう言って僕は地面にモップを叩きつけて大量の泡を発生させた。

「うわっ⁉　何だっ、急に泡が！」

周囲の人々は戸惑い、視界をみるみるうちに泡が塞いでゆく。

「何だこれは⁉　こんな魔法見たことないぞ⁉」

王国兵も泡まみれになりながら視界を確保しようと周囲の泡を腕で振り払っていた。

「こっちに走って！」

僕は同じように戸惑っている彼女の腕を掴んだ。

「逃がすか！　小娘だけでも捕らえる！」

王国兵は泡の中から飛び出し、彼女の腕を掴んだ。

僕はその王国兵の腕に触れ、スキルを発動させる。

「《清掃スキル》【拭き掃除《ワイプ》】」

〝拭く〟というよりも、もはや〝磨く〟という表現に近い僕の《清掃スキル》で王国兵の全身から摩擦を奪う。

掴まれた彼女の腕も滑るようにするりと王国兵の手から抜けた。

「何っ⁉　くそっ、逃さん、追いかけてやる！」

諦めることなく、再び僕たちを捕らえる為に足を踏み出すと王国兵は盛大に転んだ。

「その鉄靴も鎧も全身、ピカピカになるまで拭いておきました！　滑って怪我をしたくなければ慎重に動いた方が良いですよ！　さ、この隙に僕と逃げよう！」

　よく晴れた空。

　大通りに飛び回るシャボン玉や泡にはしゃぐ街の子供たちの声を聞きながら——

　覆面の彼女と二人で手を繋いで駆けて行った……。

　東門の近くの裏通りまでくると、走り疲れて乱れた呼吸を二人で整える。

「はぁ……はぁ……ここまでくればもう大丈夫だね」

「うん！　す、凄かった！　街中がキラキラしてて、まるで夢の中みたいに——」

　僕が笑顔を向けると彼女も興奮しながら嬉しそうに話し始めた。

　でも、すぐ咳払いをして不機嫌そうな様子で繋いでいた僕の手を払いのける。

「か、勝手なことしないでっ！　迷惑なの！」

　そう言って僕を怒鳴りつけた。

　確かに彼女の言う通りだ。

　もしかしたら、これで彼女はリンハール王国に住みづらくなってしまったかもしれない。

　でも、顔は見えないけど、凄く困っているように感じたからつい……。

「ご、ごめん……」

「もう二度とこんな真似しないで！　貴方が手を差し伸べたって、良いことなんてないの……！」

　そう言うと、彼女は怒って立ち去ってしまった。

僕は人助けをするどころか余計なことをしてしまったことに落ち込みつつギルネ様たちがいる本屋さんに戻った。

「あっ、ティムお兄ちゃんが戻ってきたよ！　みんな～選び終わった？」

僕に気がついたアイラが大きな声を上げる。

今は僕たち以外にお客さんもいないから多少騒がしくしても大丈夫だろう。

アイラの呼びかけにみんなが僕のもとに集まってきた。

「ティム、遅かったな。何かトラブルに巻き込まれたんじゃないかと心配したぞ」

ご自身で選ばれた本を持ったまま、ギルネ様は腕を組んだ。

「あはは、すみません。トラブルといえばトラブルですが……。無事に解決いたしました」

「本当にトラブルに巻き込まれてたのね……。やっぱりティム一人で歩かせちゃうのは危険だったわ。私なんてどうせ、いい本を選ぶことは出来ないんだからティムについて行けばよかった……」

そんなことを呟くレイラも自分の背中の後ろに腕を回している。

何らかの本を選んでくれているみたいだ。

アイリも後ろ手に本を隠している。

四人共、すでに本を選び終わったんだろう。

みんな僕のために選んでくれたと考えると改めて、凄く嬉しい気持ちになった。

「――ではまずはギルネ様からですね！　これは――〝薬学〟の本ですか？」

僕はギルネ様の持っている本のタイトルを見た。

『【悪用厳禁！】超強力な睡眠薬・発情薬の作り方』

「ティムの能力があれば薬も調合できるだろう？　戦闘でも応用できると思うんだ。ほ、他にも色々と応用できるかもしれないしな！」

「なるほど！　確かにそうですね。睡眠薬があればモンスターを眠らせられますから！」

「強力らしいからな！　多分飲んだら私も目を覚まさないぞ！」

「あはは、ギルネ様。眠れないからってすぐにお薬に頼ったりしたらダメですよ？　そういうときは僕を頼ってください。眠れるようになるまで一緒にお話しいたします」

そう言って僕が微笑むと、ギルネ様は嬉しそうに頷いた。

「ほ、本当か!?　いや、でもティムを寝不足にさせてしまうわけにはいかないし……う～ん」

ギルネ様がなにやら考え込み始めたので、僕は次に差し出された本を見た。

「次はアイラか、これは――〝歴史〟の本？」

『小さい子どもと結婚も普通だった!?　歴史で紐解く昔の常識』

そんなタイトルの本について、アイラは説明を始める。

「ティムお兄ちゃん。歴史から現代の成り立ちを知るのも重要だよ！　今は禁止されているようなことだって昔は特に問題がなかった！　なんてこともあるんだから！　これを読めばきっと今の常識を疑うような力が身につくはずだよ！」

アイラは何かをアピールするように両手をパタパタと動かして僕にそう言った。

禁止されていること……僕はそれをしたことがある。

禁術の使用、アイラにもそのことは話している。

僕は後ろめたく感じたことはないけれど、今回アイリと再会したことで僕が幼少期に禁術を使用したことを思い出して何か気に病むとでも思ったのかもしれない。

多分、アイラなりに僕に気を使ってくれたんだ。

「——ありがとうアイラ。アイラの言いたいことは伝わったよ」

僕がそう言ってアイラの頭を撫でると、アイラは興奮したようにぴょんぴょんと跳ねた。

「わ、私の言いたいことが分かった⁉　だからティムお兄ちゃんもオルタさんみたいに堂々として良いんだよ！」

「うん、ありがとう。確かにあいつのふてぶてしさは見習うべきかもね」

世間がどんなに止めようとも我が道を進み続けたあいつを思い出して僕は笑った。

次にアイリへと目を向ける。

「そして、アイリは——心理学の本？」

以外なチョイスに僕は目を丸くする。

『自己心理分析から分かる、本当の自分の欲望』

そんなタイトルの本を僕に見せて、アイリは笑顔で両手を合わせた。

「はい！　ティムお兄様はいつも遠慮がちですから、この本で本来のドS——じゃなくて、昔ティムお兄様が好きだったことを思い出して、もっと自由になっていただければと思いまして！」

「昔の僕……？」

アイリにそう言われて少しドキッとした。

僕は目をそむけようとしてしまうときがある。

王子だった頃の最悪だった自分の黒歴史に。

でも違う、それは正しくない。

ギルネ様もおっしゃっていた。

必要なのは〝目をそむけるのではなく、失敗も何もかもを今や未来の糧として活かす〟ことだ。

もちろん、王子の頃の自分もそうだ。

僕が今の自分から見てどんなに最悪な人間だったとしても、それも僕なんだ。

アイリはこの本を通じてきっと僕にそんなことを伝えたいんだと思う。

僕はアイリの瞳を見つめて感謝した。

「アイリ……ありがとう。目が覚めた思いだよ」

「め、目覚めましたか!?　ティムお兄様、目覚めたのですか!?」

「あはは、目覚めたって表現は大げさかな。とにかく、目をそむけるのはよくないってことを再確認した。昔の僕も受け入れなきゃね」

「そ、そうです！　アイリはそれが伝えたかったんです！　ティムお兄様、もし何かこう、沸き上がるような欲望がありましたら、いつでもアイリにご相談くださいね！」

「うん、ありがとう！」

アイリの選んだ本の思いも汲み取ると、僕は最後にレイラに目を向けた。

「み、みんないっぱい考えているのね……。ご、ごめんなさい……。私、バカだから本なんて何を選んだら良いのかよく分からなくって」

そう言ってレイラが困ったような表情で差し出したのは服飾の本だった。

古今東西、様々な種類の洋服がイラスト付きで解説されている。

「レイラ……これは？」

「えっと、ティムが私にこの服を作ってくれたとき本当に嬉しかったの。だから、ティムが他にも色んな種類の服を作ってみんなに着せてくれたら良いなって思って……。ご、ごめんなさい、ティムへのプレゼントどころか負担をかけちゃうような自分勝手な理由で――」

僕はそんなことを言って本を引っ込めようとするレイラの手を摑んだ。

恥ずかしがっているんだろう、レイラの顔がどんどんと赤くなっていった。

でも恥ずかしいことなんかじゃない、どんな本であろうと選んでくれたことが嬉しい。

僕は本を受け取って微笑む、

「そんなことないよ。僕はレイラに喜んでもらいたくてこの服を仕立てたんだ、喜んでもらえて凄くうれしい！　それに……レイラは僕だけじゃなくてギルネ様たちやみんなにも喜んでもらいたくてこの本を選んだんでしょ？　レイラらしくて僕は凄く好きだな」

「す、すす、すき……!?　そうかしら！　な、ならよかったわ！」

まだ顔を赤くしたままのレイラは嬉しそうに笑ってくれた。

でも、僕に摑まれた手の場所を何度も手でこすり合わせている。

つ、強く摑み過ぎちゃったかな……ごめん。

そして、全員の本を手にすると僕はまず皆さんに謝らなければならなかった。

「すみません、みなさん。実はお金を失ってしまい、皆さんが選んでくださった本が全部は買えなくなってしまいまして」

「——ティム」

ギルネ様は自分の本を下に下げると、僕の瞳を見つめた。

「レイラの本を選んでやってくれないか？」

「う、うん私もそれが良いと思う！　お姉ちゃんの本が一番良いよ！」

「そうですわ！　うぅ……この本を選んでしまった自分が恥ずかしいですわ」

何やらアイリの言葉に同調するようにギルネ様とアイラも隠すようにして本を元の場所にしまいに行ってしまった。

みんな、僕の為に選んでくれたんだから恥ずかしいなんてことないと思うんだけど……？

「い、いいのかしら？　私の選んだ本で……だってみんなはもっとティムのためになる本を選んでくれたわけだし」

「いいんだよお姉ちゃん！　本当にティムお兄ちゃんや私たちのことまで考えてくれてたのはお姉ちゃんだけだったから……」

そんなアイラの発言に、ギルネ様たちはなぜか反省するような表情で肩を落としていた。

レイラの本を買ってもあと一冊くらいなら本を買えそうだ。

「――そういえば、アイラは自分が欲しい本はないの？」

「あっ、そうだった！　私も実践的な魔術が学びたいから魔術の指南書が欲しいんだ！」

「でもアイラ。魔術だったらギルネ様から教わった方が良いんじゃない？」

僕がそう言うと、ギルネ様も得意げに胸を張る。

「そうだぞアイラ、私が教えてやる。コツはググーっと魔力を練って、バチバチって感じで魔力を放出するんだ」

「ご、ごめんね……ギルネお姉ちゃんは多分子どもの頃から天才過ぎて、私にも感覚で教えようとしちゃうからついていけそうにないんだ。私は文字を読んだ方が理解できるかも」

アイラは申し訳無さそうにそう言った。

数多くの本が天井まで高く陳列されている棚に囲まれながら、ギルネ様はアイラに話を始める。

「私の場合、本はあまり使わなかったが、他の魔導師から評判の良い魔術指南書は聞いたことがある。ちょうどあの場所に刺さっている本も有名だな」

そう言ってギルネ様は二つ先にある、分厚い本だらけの棚の少しだけ高い位置を指差した。

「アイラ、ここで待っていてくれ。今取りに行ってやる」

「ギルネ様、僕が運びますよ」

そう言って二人で本棚の前へ。

「あの本ですね。今踏み台を作って僕が取りますね」

「いや、ティム。これくらいなら私がジャンプすれば取れそうだ。ふふふ、ティムに私の格好いいところを見せてやろう」

そう言って意気込み十分に飛び上がったギルネ様だったが、その豊満な胸が思いっきり本棚に激突した。

目当ての本を手にしてギルネ様が地面に着地したときには、もう本棚全体が不安定にグラついていて、僕はすぐに危険を察知した。

「――ギルネ様っ！」

僕はギルネ様を押し倒して上に覆いかぶさった。

ギルネ様が床に身体を打ちつけてしまわれないよう、その間に《裁縫スキル》で柔らかいクッションを即座に作る。

直後、僕の背中に大量の本が落ちてきた。

僕の頭や背中に硬い本のカバーがドサドサとぶつかる。

内心では痛みに悶えながら、僕はギルネ様にお声をかけた。

「――っ。ギ、ギルネ様、大丈夫ですか!?　お怪我はありませんか!?」

「ティ、ティムの方が大丈夫か!?　私の為に凄く痛い思いをしたんじゃないか!?」

ギルネ様の無事を確認した僕は、ため息を吐いて微笑んだ。

「ご心配いりません、ギルネ様をお守りできてよかった……。お身体に異常はございませんか？」

「わ、わわ、私は心臓が爆発しそうだぞ！　こんなの毎晩夢に見てしまいそうだ！」

ギルネ様は毎晩夢に見て、心臓が爆発しそうなくらい、本が落ちてきたことにびっくりしてしまったらしい。

火照った表情で僕の顔を見つめて、息を荒げている。

本が落ちる音を聞きつけてレイラとアイリとアイラも慌てて駆けつけてきた。

そして、ギルネ様に覆いかぶさった状態の僕たちを見て驚愕の声を上げる。

「ティム!?　ダ、ダメよ店内でなんて！　で、でもどうしてもっていうなら私があとでお店の方たちに謝っておくけど――」

「ティムお兄様！　襲うならわたくしにしてください！　わたくしでしたらいつでもどこでもご期待にお応えできますから！」

「ティムお兄ちゃん！　本だけだと分からない部分だったから私にも実技を見せて欲しいな！　あっ、じゃ、邪魔はしないからっ！」

三人とも、顔を真っ赤にして同時に何かを話し出す。

全員の言葉がこんがらがって全く聞こえないけど、多分僕たちの身体を気遣ってくれているんだろう。

ふと、僕はギルネ様を押し倒してしまっているままの自分に気がついて急いで身体を上げた。

「す、すす、すみません！　すぐにどきますね！」

「も、もう少しくらいこのままでも……いや、ダメだな私の心臓がもたん……」

ギルネ様も何かをブツブツと呟かれながら身体を起こして咳払いをした。

「あはは、本が散乱しちゃいましたね……」

「ティム、ごめんな。私が見栄を張ってしまったせいで……背中を出してくれ、【ヒール】をかけよう」

「いえ、回復が必要なほどではありませんよ。僕は男らしいですから、これくらいへっちゃらです。

えっとみなさんも本を棚に戻すのを手伝ってくれますか？」

何やら僕たちに熱い視線を向けるレイラたち三人に僕はお願いする。

「えっ、二人共続きはいいの？」

「……続き？」

レイラの言葉に僕とギルネ様は首をかしげる。

「な、なんでもないよ！　もうそんな雰囲気じゃないよね！　ごめんね、邪魔しちゃって！　つ、次からは声をかけないようにするから！　こっそりと見守るから！」

アイラもよく分からないことを言う。

「ティムお兄様、我慢は身体に毒ですわ！　わ、私たちにはお気を使わず！」

アイリも何やら焦るようにそんな事を言った。

「えっと……みんなありがとう……？」

なにやら気を遣われているようなみんなの様子に僕はとりあえず感謝をした。

その後、店主さんに謝ってみんなで本を棚に戻していった。

幸い、傷んでしまったような商品はなくて買取りはまぬがれた。

ギルネ様が苦労して手に入れた魔術の指南書とレイラが選んでくれた服飾の本を購入して僕たちは店を出る。

「では、みなさん！　冒険に行きましょう！　シンシア帝国の追ってが来る前に、ここから東の地へと！」

「おー！」

アイラを筆頭に元気よく拳を上に突き上げると、僕たちは東門へと向かった。

アイラ＝クロニタール

Aira Chronital

Ascendance of a Choreman
Who Was Kicked Out of the Guild.

好きなものは？
読書、苦いモノ
苦手なものは？
怖い魔物や魔獣

レベル：1

ステータス▶▶ 腕力G　防御力G　魔力G　魔法防御G　速さG

冒険者スキル▶ 本E

ギフテド人の特性で、『読解能力』が開花している。ビブリオフィリア（本好き）。スラム街では病気で死を待つだけだったが、ティムが身体の病原菌を消してくれたおかげで今も生きている。頭がよく、人に懐きやすいが計算高い一面も。

獣人族の国へ

Ascendance of a Choreman
Who Was Kicked Out of the Guild.

——五時間前。

「ここもだめかぁ～。まぁ、当然だよね～」

リンハール王国。

冒険者ギルド『ギルネリーゼ』を脱退した元幹部の私——ロウェル＝ナザールは冒険者ギルド『デフレア』の前で大きなため息を吐いていた。

この王国内では一番立派な冒険者ギルドだ。

しかし、ここも当然入団の条件には自費での『バリュー』によるステータス検査がある。

他のギルドも回ったがそこはみな同じだ、ステータスが印字された魔皮紙の提出が絶対条件となっている。

『デフレア』ではそのステータス検査の結果に加えて、実力審査でギルド団員となれるかどうかが決定されるのだ。

「仕方がない、いったん宿に戻ってから考えるかぁ～」

そう言って肩を落としてトボトボと歩き出す。

もちろん、シンシア帝国一の巨大ギルド『ギルネリーゼ』で幹部として〝うら若きピエロ〟の異名を持っていた私にとって試験をパスすることは難しくない。

私の華麗なる《曲芸スキル》を見たらリンハール王国の冒険者ギルド程度なら、どこでも入団することができるだろう。

でも、問題は『バリュー』を受ける必要があることだ。

「ただいまぁ～って誰もいないんだけどね～」

宿屋に戻り、私は自室の扉を閉めると姿見の前に立って、かぶっていたキャスケット帽子を外した。

そして、次は穿いていたズボンを少しだけ下にずらす。

「はぁ～、息苦しかった」

そういって、私はもふもふのケモ耳と尻尾を外に露出させた。

ケモ耳をピクピクと動かし、思いっきり伸びをする。

気持ちよさでつい軽く尻尾を揺らしてしまう。

そう、実は私は獣人族《ビースト》だ。

『バリュー』によるステータス検査の結果には〝種族〟も含まれているので一発でバレてしまう。

人間族《ヒューマン》しかいないこの国で私が獣人族《ビースト》だとバレたら問題になってしまうのだ。

「『ギルネリーゼ』みたいに自己申告の書類で済む適当な場所はないよね～。ギルネ様は本当に大雑把なお人だったからな～、ギルド名すらも考えずにご自身の名前だしね」

私はため息を吐く。

「それにしても、まさかあの弱っちい雑用係を追い出しただけで、ここまで大変なことになるなんてね～」

そしてキャスケット帽子を指でくるくると回しながら一人でぽつりぽつりと呟く。

「ギルネ様は一緒に出ていっちゃうくらいあの雑用係の子が好きだったってことだよね～。はぁ、なんだかそういうの少しだけ羨ましいかも……」

そんなことを呟いて私は苦笑いをした。

どこの冒険者ギルドにも入れないせいで、きっと精神的に疲れてしまっているんだろう。

いや、きっともっと前からずっとうんざりしてしまっているんだと思う。

この実力至上主義の世界構造に。

でも仕方がない。

この世界では紛れもなく力こそが全てだ。

「まぁ、どうでも良いか〜。弱っちい、ギルド追放された雑用係のことなんて」

優しい奴、気を緩ませた奴から食い物にされて良いようにされる。

あの雑用係が良い例だ。

結果的にニーアはあの治療術師《ヒーラー》、フィオナにやられたけど、弱いものを踏み台にして成り上がるところまでは上手くいっていた。

神器を扱えたのがフィオナだったから逆襲されてしまっただけだ。

（……それにしても、『ニルヴァーナ』があんなに凄いものだなんてね）

私は思い出す。

フィオナと手を組んだガナッシュにはクエストから帰還した複数人の幹部で斬りかかったが、全く歯が立たなかった。

私達の中で一番使えなかった酔っ払いのガナッシュがあそこまで強くなるんだから『ニルヴァーナ』による強化《バフ》はとんでもない効果なのだろう。

あんなに難しいクエストをサボってたガナッシュだけが独り勝ちだなんて、少し納得がいかないけれど……。

でも、救護院になったらダンジョン攻略もモンスター討伐もほとんどしなくなるわけだし、私があの場所にいる意味はやはりなくなってしまう。

この世は力が全てだ、私は強くならなくちゃいけない。

それが私の目的を達成するためには必要なことだから……！

（とはいえ、今はどこのギルドにも所属できてないからＬＶ上げもダンジョン攻略もしてないんだけどね……。流石に報酬がもらえないと……）

そんなことを考えながら宿屋のカレンダーを見る。

そろそろ、〝アイツ〟が国に帰って来る時期……。

里帰りでもするか。

私は誰にも見られない宿屋の一室で、隠していた耳や尻尾を一通り動かして満足すると再び衣服で隠した。

ケモ耳はキャスケット帽子の下に、尻尾はズボンの中に。

忘れ物はないか、カバンの中身をしっかりと確認する。

最後に部屋の中に耳や尻尾の抜け毛は落ちてしまっていないか、確認すると宿屋のカウンターに向かった。

「お兄さん、チェックアウトするね～」

「おっ！　お姉さん、こんなおっさんに『お兄さん』だなんて嬉しいこと言ってくれるじゃねぇか！　よし、少し割引してやろう！」

「やった〜！　お兄さんありがとう〜」

こちらこそ、私なんかを相手に『お姉さん』だなんてありがたい。

こちとら子どももいる未亡人なんだけど。

私の美貌もまだまだ捨てたものじゃないのかも。

とはいえ私ももう二十七歳……私の目的を達成したら早く相手を見つけなくちゃ。

「一泊二千ソルで良いぜ！」

「ありがとう、ここのお風呂は個室になってて最高だったよ〜」

「あっはっは！　これ以上褒めてももう値下げはしねぇぞ！　さぁ、早く千五百ソルを払いやがれ！」

「えへへ、また奥さんに怒られても知らないよ〜？」

そんなことを言いつつ、とにかく割引はありがたい。

『ギルネリーゼ』を出てから一カ月、さすがに有り金も底をついてきていたから。

宿屋を出ると、残り少ないお金を手のひらで数える。

（このお金で食料を買って、面倒事を起こさずに出て行こう）

方針を固めた私は大通りを下って市場へ向かう。

私の足ならモンスターとの遭遇を避けながら一日位走れば里に着くだろう。

市場に着くと、どこかで聞き覚えのある元気な声が不意に聞こえてきた。

「さて、では冒険に必要な食料品などを買い集めましょう！」

「うむ、冒険はまず食料がなくては成り立たんからな」

私は反射的に大通りの物陰に隠れる。

そして、まさかと思いつつも声のする方に視線を向けた。

そこには——ギルネ様といつかの雑用係君がいた。

そしてその周りには仲間だと思われる三人の可愛い女の子たちもいる。

（ギ、ギルネ様たちもここにいたのっ!?　まずい、バレたら報復されちゃう……！）

私はカバンから布を取り出すと、視界だけを確保して顔を覆った。

少し怪しいかもしれないけど、魔道具の店主とかもよくこんな怪しい格好で街を歩いているから大丈夫だろう。

今の話を聞いた限りだと、ギルネ様たちもこのまま市場で買い物をする気だ。

私も食料品だけ買いたいんだけど……。

少しだけ時間をおいてからまた来ようかな。

ともかく、絶対にバレるわけにはいかない。

私はそのままひっそりと路地裏の物陰に消える。

……でも、やっぱりギルネ様たちの様子も少し気になる。

あんな形で理不尽にギルドから追い出されてしまってから一カ月。

あのときのギルネ様の選択が正しかったのか、見極めようと思った。

私は路地裏からギルネ様や雑用係君たちの様子を見ながらとこっそりと歩いてついて行く。

ギルネ様たちは雑用係君を中心に笑ったり、顔を赤くしたり、とても楽しそうだ。

ギルネ様のあんな笑顔、ギルドマスターだったときには見たことがない。

きっと、ようやく心から笑えているんだろう。

そんな様子を見て、私は思わず胸を撫で下ろす。

——ガンッ！

「うわっ⁉」

——ガシャーン！

そんなことをしていたら、気を取られて途中で床に放置されていた木材に足をとられて転んでしまった。

そのまま他にも立て掛けてあった木材を倒して泥溜まりに身体ごと飛び込んでしまう。

痛た……うぇ、身体が泥だらけだ——あっ、やばい！

今の物音でギルネ様たちに気が付かれてしまっていないか、私は急いで大通りの方を振り返る。

しかし、すでにギルネ様たちはいなくなっていた。

安心してホッとため息を吐く。

（ギルネ様は幸せになって、罠にはめられた雑用係君も仲間がいっぱいできて楽しそうだった。ソレに比べて、私ってなんだか本当に惨めだなぁ～）

こそこそと隠れるような生き方しかできない自分の今の状態を心の中で嘆いた。

膝を抱えて一人ただ時間が過ぎるのを待つ。

幹部メンバーたちの中でガナッシュの次に弱かったのが私だ。

だから、雑用係のあの子がニーアに酷いことをされているときも救うことは出来なかった。

私は居場所を失いたくなかったし、あの子を守る力もなかった。

だから目を背けて……。

ただ終わるのを願ったんだ。

私の今の状態はきっと、雑用係君を見殺しにした天罰なんだと思う。

（……そろそろギルネ様たちも買い物を終えた頃かな？）

反省のしようもない反省会を終えると私は顔を上げた。

さっさと食料を買って、この国を出て行こう。

一応顔は布で覆ったまま、泥だらけの服とともに裏路地から大通りに出た。

どうせ森林を通るときに汚れるんだし、少し気持ち悪いけど我慢するしかないよね。

市場で安い果物や野菜、それと少量の魔獣肉を買ってカバンに詰める。

魔獣は外で狩れるだろうけど、血抜きなどをして食べられるように加工するのが面倒だ。

長旅でもないし魔獣を仕留めても持ち歩くのは大変だからここで買っていった方がいい。

あ～あ、仕留めた魔獣を一瞬でお料理にできたら良いのになぁ……。

なんて、そんなのあり得ないけど。

（これで目的は達成。ギルネ様たちにも見つからなかったし、あとは東門からこの国を出るだけ）

そう思いながら、大通りを北へ戻るように歩き始めると、私は不意に見つけたお店に目を奪われる。

店頭に飾られた可愛くてオシャレな服が私にほほえみかけているようだった。

（くそ～、私だってあと十歳は若ければあの服を着てもおかしくないのに……）

非情にも戻すことの出来ない時計の針に心の中で悪態をつきつつ大通りを歩き続ける。

私の目には宝石のように映る服を恨めしそうに見つめながら。

でも私だって〝うら若きピエロ〟って異名が定着してるくらいだし見た目はかなり若く見えているはずだ。

となると、重要なのは私自身の心の持ちよう。

外で着るのはさすがに気が引けるけど、こっそりと家で着たりして楽しんだりする分にはよいんじゃない？

――いや、そもそも今はお金がないし……。

それに、綺麗な服なんかよりも強い防具の方が重要だよね。

どこかに綺麗で防具性能も一級品な服があったらなぁ……。

そんな矛盾の塊のようなあり得ない存在を願いつつ歩いていると、また私は何かに躓いた。

「うわっ⁉」

――ガッシャーン！

そして、その躓いた〝何か〟は大きな音をたてて壊れた。

周囲に散乱する欠片……どうやら私は壺に躓いて割ってしまったらしい。

壺の破壊音に周囲の人たちの注目も集まっていた。

その壺の持ち主だと思われるターバンを巻いた店主は表情を青ざめさせた。

「おい、あんたっ！　なんてことをするんだ、それは宿屋『フレンキス』に納品予定の高価な骨董品なんだぞ⁉」

「わ、悪かったよ！　でも歩道に壺なんて置くあなたも悪いでしょ！」

私は慌てつつ反論した。

よそ見をしていたとはいえ、人が歩く場所に壺を置くなんて当たり屋みたいじゃないか。

「いやあんた、自分の足元をちゃんと見てみろ……」

「――あっ！」

言われて私は足元を見てみると、歩道を大きく外れて商人が商品を置く絨毯に足を踏み入れていた。

こ、これは流石に私が悪い……。

服に見とれすぎた……。

商人は呆れたようにため息を吐く。

「弁償してもらおうか、二十万ソルだ」

「に、二十万ソル⁉　こんな悪趣味な壺が⁉」

「悪趣味なのは同意するが、価値はある。払ってくれ。――といっても〝そんな格好〟を見るに払えそうもないがな」

そう言って商人は私の泥に塗れた冒険者服を上から下まで見ていた。

確かにお祭しの通り、お金はない……。

「おい！　何の騒ぎだ⁉」

ちょうど大通りを巡回していた王国兵も来てしまった。

目撃者も多数、逃げるつもりもないが、逃げられはしないだろう。

商人が王国兵に事情を説明するのを聞いていると、周辺には野次馬が集まってきていた。

「事情は分かった。弁償あるのみだな、発注書も本物だ。二十万ソルの支払いを命じる」

「わ、分かったけどちょっと待って！　今はそんな大金持ってないけど、絶対にお金を稼いで弁償するからさ！」

私はしどろもどろになりながら王国兵と商人にそう説明をした。

王国兵と商人は顔を見合わせる。

「額が額だ。本来であれば投獄して、対価分の労働を強いることになる」

「と、投獄⁉　ってことはもちろん身体検査も――」

「あぁ、だが安心しろ。女性が行うからな、顔は見えないが声から察するにかなり若いだろう？こちらも配慮はする」

「そ、それだけはダメ！　お願い、必ずお金を用意して戻ってくるから！」

身体検査をされると私が獣人族《ビースト》であることはすぐにバレてしまう。

人間族《ヒューマン》の国で、投獄された後にそれがバレるなんてもう何が起こってもおかしくない。

私が必死にそう言うと、商人はため息を吐いた。

「分かったよ、じゃあアンタがお金を持ってくるのを待ってやる」

「本当⁉　よかった！　ありがとう。少し時間はかかるだろうけど必ず――」

「じゃあ、その帽子と顔を覆っている布を取って見せてくれ。誰だか分からないと困るからな」

そんな商人の言葉に私は固まった。

そして周囲を見回す。

この騒ぎの顛末を見届けようと多くの人だかりに囲まれたこの周囲を。

ギルネ様たちもこの中にいる可能性がある。

いや、そもそも帽子は絶対に外せないんだけど……。

ケモ耳が出てしまうので、それだけはできない……！

「お、お願いだ！　それも勘弁してくれ！」

「ふざけるな！　顔が分からなけりゃ誰に取り立てて良いかも分からねぇ」

「それにもしお金を返しにこなかった時の人相書きもできんからな。顔くらいは見せてもらうぞ」

呆れた様子で王国兵が近づいて私の顔を覆う布に手をかける。

獣人族《ビースト》である私は目立つこと自体がすでに危険だ。

とはいえ、これはもうどうしようもない。

観念して顔だけでも晒してしまおうかと思ったとき、その声は聞こえた。

「――僕が弁償します」

そんな言葉と共に王国兵の腕は少年に掴まれて制止させられていた。

逆の立場のとき、私は手をかざずに見捨てた金髪の雑用係の少年に。

「……少年、彼女の知り合いなのか？」

「いいえ、知りません。ですが、顔を見られるのを嫌がっていたようなので……。僕なら持っているお金で解決できます」

少年の手はいつの間にか大きな布袋があった。

そして、その布袋を商人に渡す。

「二十万ソルですよね。ここにちょうどあります。ご確認ください」

そう言って今度は私の手を王国兵から取り返して離した。

商人は急いで布袋の中のお金を王国兵とともに数え始める。

お金はかなり細かかった。

きっと雑用クエストのような少ない賃金の仕事で毎日地道に稼いだお金なんだと思う。

数え終えると、恐らく同じような感想を持った王国兵は訊ねる。

「……ふむ、確かにあるな。大金持ちというわけでもないんだろう？　見ず知らずの少女のためにこんな大金を使っていいのか？」

「はい、僕は雑用係《サーバント》ですから。困っている人のために働いて稼ぎ、困っている人のためにお金を使えるのであれば満足なんです」

目眩がしそうなくらいのお人好し発言に私は困惑せざるを得なかった。

少年は自分が奉仕してきたギルド員たちからは苛められ、居場所すら奪われたのに、まだこんな誰かも分からない人間の為に手を貸そうとするなんて……。

雑用係君の曇りなき眼に王国兵も困惑しているようだった。

「……少年の名前は？」

「ティムと申します」

「分かったティム。悪いが、一応彼女は問題を起こしてしまったんだ。顔や頭部を確認しておきたい、もし他種族だったりしたら弁償だけでは済まない問題になる」

王国兵はそう言った。

マズイ、本格的に〝他種族〟を疑い始めてる。

雑用係の少年――ティム君にここまでしてもらったのに私は正体がバレてしまうのだろうか。

そうなるとどうだろう……お人好しのティム君でも手のひらを返したように冷たくなるのだろうか。

きっとそうだろう。

それに、私が憎き幹部の一人だと気づいたら、殴りかかっても当然だと思う。

もちろん弱っちいティム君に殴りかかられても私が負けることはない。

でも、優しいティム君が私への怒りで豹変する姿を目の当たりにしたら……。

自業自得とはいえ私の心理的にかなり落ち込んでしまいそうだ。

想像して私の身体が震えた。

「…………」

ティム君はそんな私を無言で見つめる。

そして、どこからともなくモップを取り出した。

「――《清掃スキル》【泡掃除《バブル》】！」

そう言ってティム君が地面にモップを叩きつけた瞬間、地面から大量の泡が発生した。

「うわっ⁉　何だっ、急に泡が！」

周囲の人々は戸惑い、泡が視界をみるみるうちに塞いでゆく。

「何だこれは⁉　こんな魔法見たことないぞ⁉」

王国兵も泡まみれになりながら視界を確保しようと周囲の泡を腕で振り払っていた。

「こっちに走って！」

戸惑う私の腕をティム君は摑んでそう言った。

きっとこのまま逃げる気だ。

「逃がすか！　小娘だけでも捕らえる！」

王国兵は泡の中から飛び出し、私の腕を摑んだ。

「《清掃スキル》【拭き掃除《ワイプ》】」

ティムくんがそう呟いて私の腕を摑む王国兵の腕に触れると、私の腕はツルリと滑るようにして王国兵の手から抜けた。

「何っ⁉　くそっ、逃さん、追いかけてやる！」

諦めることなく、再び私を捕らえる為に足を踏み出すと王国兵は盛大に転んだ。

「その鉄靴も鎧も全身、ピカピカになるまで拭いておきました！　滑って怪我をしたくなければ慎重に動いた方が良いですよ！　さ、この隙に僕と逃げよう！」

太陽の光を受けて虹色に光るシャボン玉やまるで雲の上にいるみたいに泡だらけになった大通りを二人で手を繋いで駆けて行った。

「凄く……綺麗……」

幻想的な光景に思わずそんなことを呟きながら。


「はぁ……はぁ……ここまでくればもう大丈夫だね」

そう言ってティム君は無邪気な笑顔を私に向ける。

そんな笑顔を見て、思わず私も顔を覆う布の下で笑顔になる。

「うん！　す、凄かった！　街中がキラキラしてて、まるで夢の中みたいに――」

興奮して思わずそんなことを口走ってしまった私は急いで咳払いをして繋いでいた手を払いのけた。

「か、勝手なことしないでっ！　迷惑なの！」

そして、私はティム君を理不尽に怒鳴りつけた。

またこの子は何も学んでいない。

こんな風に人に親切にしたっていいことなんて起こらない。

散々自分が世話をしてきたギルド員に裏切られているのにまだ分かっていない。

私が思い知らせるべきだ。

じゃないと、ティム君はこれからもこの世界で損をし続けることになってしまう。

「ご、ごめん……」

「もう二度とこんな真似しないで！　貴方が手を差し伸べたって、良いことなんてないの……！」

そう言って、私はわざと感謝も言わずにその場を去った。

私は最低な人間だ。

だからこそティム君に教えられることもある。

人助けなんかしたって、この世界じゃつけこまれるだけだ。

君が必死に稼いだお金は私のようなロクでなしを救ったせいでなくなった。

見返りは理不尽な怒鳴り声だけ。

これで学んで欲しい。

君は強くないんだから。

冒険者になりたいんだったら、ギルネ様だけのために優しさを使ってあげればいいんだ。


「まだ、〝あいつ〟を倒せる強さにはなってないけれど……」

そう呟き、私は東門からはるか先の景色を睨みつけた。

アイツを……獣人《ビースト》族のライオスをいつか私が倒す。

好き放題してるアイツをどうにかして、獣人国の安全は私が守る……！

（ってあれ……？）

先程までの自分とは違和感を感じて自分の姿を見てみると、洋服はいつの間にか泥も汚れも落ちて綺麗になっていた。

不思議に思いつつも、走っているうちに落ちたのかもしれないなんて自分を納得させて頷いた。

周囲に人がいないことを確認すると、顔を覆う布を外してキャスケットをかぶり直す。

（さて……行こう！）

森林が生い茂る東の地へと向けて、私はリンハール王国の東門から出発した。

あとがき

またお会いできて嬉しいです！　筆者の夜桜ユノです！

第一巻に引き続き、第二巻をお手にとっていただき本当にありがとうございます。

発売直後から第一巻は大変ご好評いただきまして、特に限定特典の反響が良かったです！

そもそも、限定特典って何？　という方もいると思いますが、ＴＯブックスのオンラインストアか電子書籍で購入するとそれぞれ別々の特別書き下ろしが付いてくるのです。

その中では酔っ払ってヤンデレになったティムを書いているときが一番楽しかったです！

今回の二巻でもそれぞれ書き下ろしがありますので、ご興味のある方は調べてみてください！

さて、この第二巻で第一部『二つの国と一人の姫君』が終わります。

二つの国は『シンシア帝国とリンハール王国』、一人の姫君は『アイリ』を指していました。

そして、長かったプロローグが終わり、アイリを加えてこれからようやくティムたちの冒険（下剋上）が本格的に始まります！

一巻のあとがきで、私は『弱い主人公が格好よく成長していく姿を見たい！』と言いましたが、実はそれ以外にもまだまだ見たい展開やキャラクターが沢山ありまして……。

この第二巻ではそんな展開やキャラクターたちの〝下準備〟が多く含まれていました。

例えば、オルタは大した実力もないくせに自信家で、高飛車で、美的センスが壊滅的です。

そのくせ信念があり、情に厚く、真面目な性格で、へんてこな姿をやめれば美少年になります。

そんな滅茶苦茶な奴がいきなり最強のギルドの切り札として入団します。

個性的な最強団員たちの中で、新入りのオルタが型破りな活躍をする姿が見たいのです！

そして、フィオナは神器やガナッシュが規格外に凄いだけで本人はただの下級ヒーラーです。

それにもかかわらず、勝手に勘違いされて、周囲の期待や評判が上がり続け、挙げ句の果てには『女神』としてギルド員たちに崇拝されます。

本人は上がり続けるハードルに冷や汗を流しながらも、ティムの意思を受け継ぎながら救護院として人助けをして下剋上する……そんな姿も見たいのです！　どうか、お付き合いください！

一流の冒険者を目指して冒険を続けるティムたち、世界中の平民を守るために最強ギルドの一員になったオルタ、救護員でガナッシュと共にギルド間の抗争に巻き込まれるフィオナ。

バラバラなようで、全ての物語が繋がり、ティムが下剋上をする舞台を盛り上げていきます！

ティムたちは次に獣人族の国のごたごたに巻き込まれます、ティムたちはケモ耳と尻尾を付けて、獣人族に変装し、ロウェルと再会し、さらにティムは女装までして……⁉　お楽しみに！

もやし様、今回も素敵なイラストを描いていただき本当にありがとうございます！

コミカライズを担当してくださったうみにゃ様も本当にありがとうございます！

ついでに、今月末には作者の地元である湘南を舞台にした、すれ違いコメディーな現代恋愛小説も発売されますのでご興味がありましたら、調べて手にとっていただけると嬉しいです。

では、皆様！　また三巻やコミックスでお会いしましょう。

二〇二〇年九月　夜桜ユノ

巻末おまけコミカライズ
第一話

Ascendance of a Choreman
Who Was Kicked Out of the Guild.

漫画:うみにゃ
原作:夜桜ユノ　キャラクター原案:もやし

僕
最高の冒険者になるよっ！
そう言って実家を飛び出した12歳の夏
それから
——早3年
僕ティム＝シンシアは
この大帝国でも5本の指に入る実力派の巨大冒険者ギルド
『ギルネリーゼ』の一員として活動をしていた
誰でもこのギルドの一員になれるわけじゃないその技量が認められ『確かな実力を持った者』だけが組織の一員となることができるんだ
そう
この僕のように——

実力を認められた者だけが――
ティム！
ギルド長ギルネ様がお前をお呼びだ
ギョッ
ついてこい
僕を呼んだ彼はこのギルドでも一番の剣の実力を持つ剣聖ガナッシュ
普通はお目にかかることすらできないギルド幹部様だ

ギルネ様
コンコンッ
ティム＝シンシアを連れて参りました
入ってよいぞ
ティム
来てくれてありがとう
ニコッ
ギルド長
ギルネリーゼ
ガナッシュ お前はもう仕事に戻って結構
ご苦労だった
御意
さてティム 今回君を呼んだのは――
ごっ

ごめんなさい
ごめんなさい
ごめんなさい!
ちょっ…
ティム!?
このギルドから
捨てないでください!
ガタッ
ひっく
僕は…
ポタ
ポタッ
僕はっ
うぐっ
冒険者に
なりたいん
ですうううっ!
剣も魔法もてんでダメで
まったく戦力にならない
大ギルド『ギルネリーゼ』の
雑用係
それが僕
ティム=シンシアだった
ザザッ

第1話

ちょっと待ってくれティムっ！
オロオロ
まだ何も言っていないだろう？
うるうるっ
グスッ
わかっています…
僕が弱っちいから解雇するんですよね!?
そんなわけないだろう!?
何ならと、と、共に生涯をっ…
すてないで下さあああい…
…落ち着いてくれたか？
プシュゥゥ…
すみません…
取り乱してしまって……
カァァァ
えっと…ギルネ様が直々に僕をお呼びになるなんていったい…
攻撃魔法の実験台にでもされるのかな…
いや本当に些細なことなんだ
君の最近の様子を聞こうと思ってね
ぼ僕なんかの？
そうだ
誰かにイジメられたりしていないか？仕事が大変だったり不満があるのではないか？
不満などあろうはずがございません！
…本当か？
じっ…

じっ
僕には確かに不満…
というか望みがある
ギルネ様に隠し事なんて
悪いことはできないな…
不満というほどではないのですが…
実はひとつだけ願望がございます
なんだっ!?
言ってみてくれ!
僕も…クエストを受けてみたいのです!
今まで雑用だけだったので受けさせてもらったことがなくて…
テレッ
クエスト…!?
しかしクエストは危険なのだぞ?
君が怪我《けが》でもしたらどうする?
僕は立派な冒険者になりたいのです!
怪我くらいへっちゃらです!
そうか……
ん~~~
よし
わかった!
では私も
君のクエストについて行こう!
…はい?
それなら
安全だな!

善は急げだ！
ポゥ
指輪が光って…！
あれは「宝具」？
「宝具」…
使うことで不思議な効果を
発揮できる魔法のアイテム
と聞く…きっとあれも…
ハイ
こちら受付
です
ギルド長の
ギルネだ
ギッ
ははいぃ!?
ギルネリーゼ様!?
えっ えっ 本物!?
すっごい
音してる…
クエストの受注を
したいのだが
簡単な物はないか？
ハラ
ハラ
か 簡単な物!?
でしたらAランクの
ドラゴン討伐や…
いや 討伐は
まだ危ないな
採集はどうだ？
薬草の採集とか
薬草採集は
簡単すぎて
当ギルドでは
依頼が――
ならば私が
依頼しよう！
仰せの
ままにっ！
ティム
君の次の
休みはいつだ？
えっと…
明日のお昼頃
でしたら――
ならば
私と薬草採集の
クエストに
向かうぞ！
は ハイッ
…これは
夢かな？
あっという
間に決まって
いく…
ドキ
ドキ
あ
そうそう
ラファエル？
悪いが明日の
昼の予定は
キャンセルだ
「聖騎士」
ラファエル様!?

明日は我々幹部との会食ではありませんか
ギルド幹部
「聖騎士」ラファエル
～高難易度ダンジョン攻略中～
大切な用事《デート》が入ったんだ!
まぁ…緊急のクエストならばしかたないですね
うむ 薬草が大至急必要でな!
はあっ!? 薬草っ!?
忙しそうだしもう切るぞ じゃあな
ブツッ
えええええええ!?
い 今の幹部で聖騎士のラファエル様ですよ!? よかったのですか!?
うむっ
明日のお昼は私がお弁当を作るぞ!
ずいっ
好きなおかずはあるか? 君ほど上手には作れないが… 最近練習を始めたんだ!
えぇっ!? えっと…
す 好きなおかずは…は… 卵焼きが——
ぐるぐる
ギルネ様っ!! 失礼いたします!!
バーン!!

我々との会食を欠席されるとは本当でしょうか！
…入室は許可していないぞ
処罰はいかようにも！
ギルド幹部
「蒼き槍」のナターリア
これはもう決定事項だ
で ですが！
ツーン
私もよろしいでしょうか？
スッ
ザッ
あっ あれはっ
風魔法のスペシャリスト「風切」のニーア様!!
外まで話が聞こえましたが…私たちとの予定が「雑用係」に潰されるのは面目が立ちませんな
ゼクッ
我々のランクは『強さ』で決まる！

我々と同じ
ミスリルランク
どころか
戦士ですらない…
そんな者
ギルネ様と
言葉を交わすのも
おこがましい！
フル
フル
皆様の
言うとおりだ…
冒険者のランクは
6段階に
分けられている
ミスリル
プラチナ
ゴールド
シルバー
ブロンズ
ビギナー
3年間も
在籍しているくせに
僕は未だビギナーランク
そんな僕が
ギルネ様に
クエストの
面倒を見てもらう
なんて――
…今の暴言は
私から彼に
謝罪をしておく
お前たちは
もう出ていけ
ギルネ様っ
正気ですか⁉
ギロッ
私は今なら・・・
不問にすると
言っているのだ
ゴゴゴゴ

ですが！重要性が――
ギルド長として考えた結果だ
君たちとの会食より優先されると判断した…二度は言わないぞ？
ぐっ……！
失礼いたします!!
ゾクッ
ああどうしてこんな…
あわわわわ
ティム
スッ
ギルネ様…!?
君がどんな扱いを受けているか…少しだけわかったよ
ギルド員が崇拝すべきなのは私ではなく本当は君なのにな
ドキッ

ぶんっ
ぶんっ
いえ！そんなことはっ！僕なんて雑用しかできませんから!!
フフ 君は少し謙遜《けんそん》が過ぎるな
明日は私が迎えに行こう 食堂に行けば会えるか？
は はいっ！
ドキ
ドキ
ドキ
約束しちゃった……！
よいしょ…と
カッ
よかった 今日は隠されても折られてもいない
カッ
一向に強くなれない僕だけど毎日の鍛錬は欠かさない
僕なんかを拾ってくれたこのギルドに貢献がしたい
それと…僕はいつかギルネ様にも恩返しをしたいんだ
今のままだと返しきれない大きな恩があるから…
とはいえ今回さらに大きな恩ができてしまった気がするけど…！
いーちっ
にぃーっ
ブンッ
ブンッ

…もう朝か
朝食の準備に行かなくちゃ
雑用係の朝は早い――
緊張しすぎてあんまり寝れなかったや…
ファ～
とりあえず朝の雑用をこなそう！
掃除
植木の世話
料理
服の用意
武器みがき
そろそろギルネ様が来られる頃かな
おい！ティム＝シンシア！

ははいっ!?
ゼクッ
ギルネ様が紅茶をご所望だ
カップは預かってる淹《い》れてさしあげろ
はい!
丹精《たんせい》込めてお淹れしよう…
うわっ!?
ギルネ様のカップが…!
とっ!ほっ!!
ぎゅ
フー…危なかっ
えっ!?
パッ
おいおいティム!
お前ギルネ様の私物を「勝手に持ち出して壊した」のかぁ!?
ざわっ
――えっ…?

あのっこれは僕じゃ…！
だってさっき「預かってる」って…！
——いやでも「割ってしまった」のは僕……？
カップが勝手に割れましたなんて誰も信じてくれない…!!
おい！これはいったいなんの騒ぎだ!!
ああギルネ様！ティムがあなたのティーカップを割ってしまったんですよ！
なんだとっ!?
ティム怪我はないか!?
ギルネ様…
僕…ごめんなさい…ごめんなさいっ…!!
頭を上げてくれ！ティムに怪我がないなら問題はない！

ザザッ
いいえこれは「問題」ですよギルネ様
ギルドルールその12『ギルド長の管理する物品を許可なく持ち出しあるいは破損させた者は除名処分とする』…
このルールに従いティム＝シンシアをギルドから追放する必要があります
そのルールは私の宝具や禁書等を保護するためのものだったと思うが？
ルールはルール…割れたティーカップも当然含まれます
フンッ
「割れた」…というにはおかしな断面だがな
キラッ
まるで風魔法で切り裂いたかのようだ

そう思わないか
「風切」のニーア
さて…
なんのことか
さっぱり
貴様
見苦しいぞ…！
ギリッ
お言葉ですが
見苦しいのは
ギルネ様です
ギルドルールは絶対…
何を言おうが
ティム＝シンシアの
ギルド追放は
覆《くつがえ》りません
ゾクッ
強者の驕《おご》りも
ここまでくると
滑稽《こっけい》だが…
ハァッ
たかだか
雑用係が
ひとりいなくなる
だけです
……
しかたない

本当にすまない……
ティム＝シンシア
ギルド長の権限をもって君をこのギルドから追放する
あ…
ああ…
ギルネ様！よくぞ言ってくださいました！
最近のギルネ様は料理や裁縫の練習などくだらないことをされていて心配したのですよ！
……今まで世話になったな
そうですねティム君には世話になりましたねまあしょせん雑用でしたが
違う！

〝お前ら〟に言っているんだ
ジッ
私は今この瞬間…
ギルドを抜けてティムについて行く!
ええええええええええええええええええええええ
そんな簡単に抜けて良いものではありませぬ!
私の宝具 魔具 財産等はすべて置いて行こう
はっ…?

来い〝ニルヴァーナ〟
お前の目当てはこの神器だろう？
ゾクゾクッ
おお……！
あとは……これと
コトッ
これも置いていこう
コトッ
それと…
……これもだな…
コトッ
これで後腐れなく抜けられるな？
キラッ
ちょっと待ってください まだ指輪がひとつ残っているようですが？
…これは宝具じゃない ただの赤い宝石が付いた指輪だ
であれば「財産」です 置いていってください
………
フフ… 血迷ってくださり感謝いたしますよ
コロン…
それではギルネ様…
いや

ギルネリーゼ＝リーナブレア！
即刻
このギルドから
立ち去れ！
まずは
今日の宿を
確保しようか
…はい
どういう
ことだ…？
これじゃまるで
ギルネ様まで
追放された
みたいだ…
何もかもを
手に入れていた
ギルネ様が
僕みたいな
欠陥《けっかん》冒険者と？
僕のせいで…
僕がしっかり
しないから…!!
ぐるぐる
ぐるぐる
ぐるぐる
……いや
まだ間に合う
きっとギルネ様は
少し気の迷いを
起こされてるんだ！
ギルネ様は
こんな僕といて
いい人じゃない…！
ギルネ様
僕は食料を
調達してきます
先に宿で
休んでいて
ください！

お願いいたします！
責任は僕がすべて取りますからっ！
ギルネ様をこのギルドに戻してください！
ギッ
こうやって誠心誠意お願いすれば……！
あ～…ティム君
私はあの小娘に匹敵する力を手に入れた
ニタァ
だからもう『アレ』は要らないんだ
だが君が来てくれてよかったよ
パッ
ゴッ
ゴッ
っ⁉

・・これは
君のだろう
処理してくれ
バッ
お弁当は
私が作るぞっ!
好きなおかずはあるか?
お弁当…?
ギルネ様の…!
スッ
まったく…
ギルドの長ともあろうものがこんなくだらんことを…
!?
待ってください!
ああ…
料理が…
コロ…
―卵焼き
焼き目…
キレイだな…
砂糖の甘味もほどよくて…
ぱく
もぐ
ハッハッハッ
これじゃ
まるで
家畜だな!
もぐ
もぐ

ついでに
これも拾うといい
ピンッ
大した価値もない
ただの指輪
だがね
――愛しい我が娘
ギルネリーゼへ
ギュッ
う…
うおぉぉおおおおお!
ダッ
ガッ
殴打とはね
ふぐっ!
ドスッ
こうやるんだよ!
ゴッ
ぐはっ!?
がっ!
バキッ
ガッ

ほう
これだけ痛めつけても
まだそんな目で
私を睨めるのか
ヒュー
ヒュ
ゾロッ
ならば
その目を
抉《えぐ》って
やろう!
パシッ
な…っ
ガナッシュ!?
やりすぎだ
ニーア
折檻《せっかん》なら
もう十分だろ
ギリッ
…はいはい
ゴミの始末は
任せましたよ

大丈夫か?
ずる…
…ギル…ネ…さま…
ギルネ様がいるんだな?
よし あの方なら回復魔法が使える…方向を指示してくれ
ティム…
スッ
遅いな――
ティム!
ギィ
やはり私も行くべきだったか――
ひどい怪我じゃないか! いったい…
ニーアとやりあって…大事はなさそうですが…
あれは…
これは…

私の指輪……！
そうか…ティムが…
ぎゅっ
取り返してくれたんだな……
ぐすっ
グイッ

朝…？
えっと昨日僕は…
ニーア！
ガバッ
ん～…？
えっ……
ギョッ
すーすー
ぎゅ
えっ？
カァァァァァッ
えっ!?
えぇぇぇぇぇ
あっティム！目を覚ましたんだな！よかった！
よくありませんっ！何故ベッドで寝られなかったんですかっ!?
ポッ
だってベッドに入るのは流石《さすが》にまだ早いと思って……！
いやふたつあるんですからベッド使ってください！
体こわしますっ!!

……ギルネ様
勝手な行動をして申し訳ございませんでした
謝らないでくれ…ティムが無事なら良いんだ！
それと！卵焼きありがとうございましたっ！
大変美味《おい》しかったです！
ニコッ
食べてくれたのかっ!?
それは その…凄く嬉しいぞ……！
プシュゥウウゥ
アハハ
どうしても食べたくて…
それなら私も…あの これ…
あっ
よかった！僕ちゃんと持って帰ってこれたんですね！

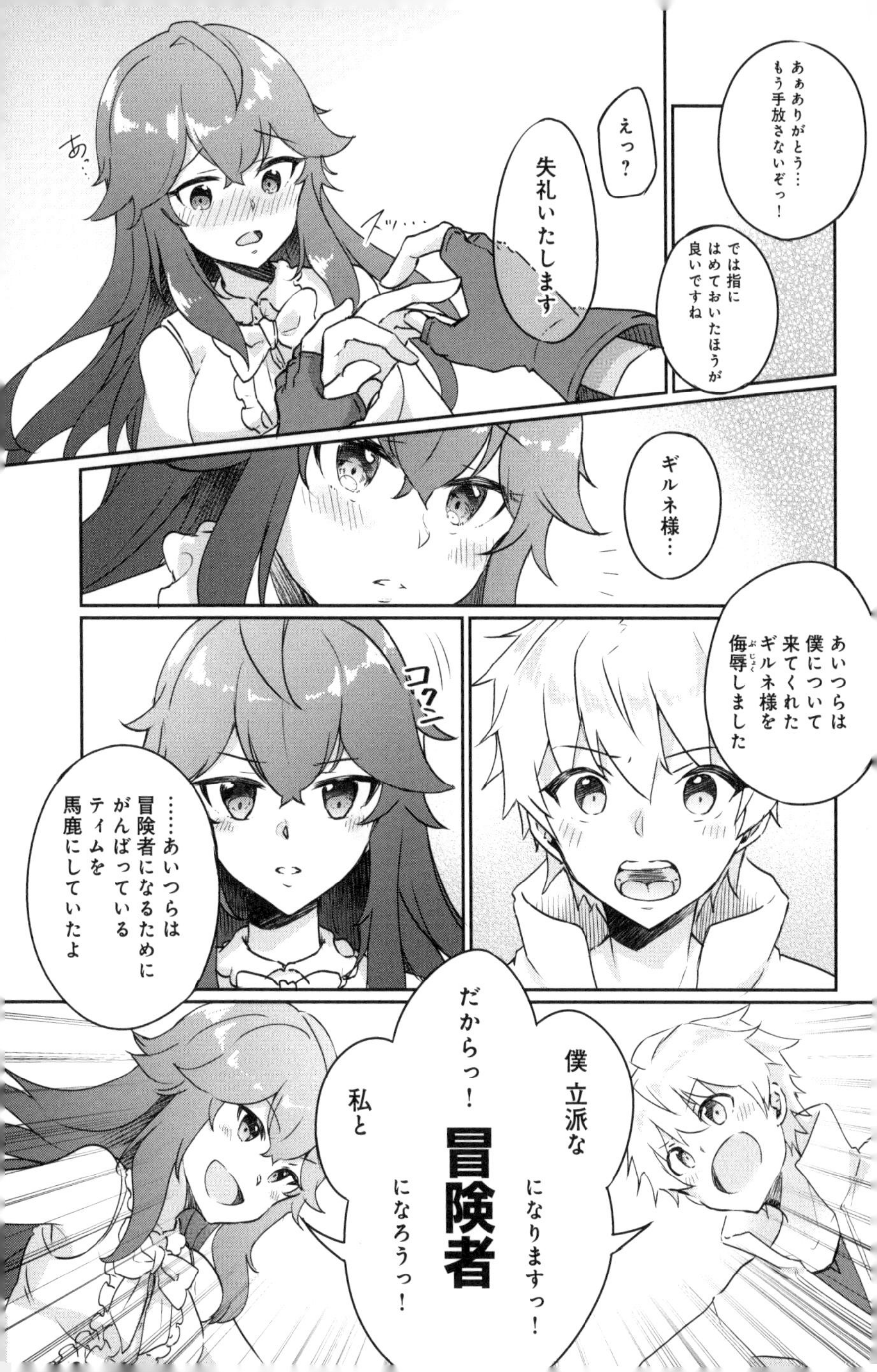
あぁありがとう…もう手放さないぞっ！
では指にはめておいたほうが良いですね
えっ？
失礼いたします
ズッ…
あっ…
ギルネ様…
あいつらは僕について来てくれたギルネ様を侮辱《ぶじょく》しました
コクン
……あいつらは冒険者になるためにがんばっているティムを馬鹿にしていたよ
だからっ！
僕立派な冒険者になりますっ！
私と冒険者になろうっ！

お互いがお互いの
気持ちのために
踏みにじられた思いを
取り返すために
指輪とともにふたりで
交わした約束を胸に——
すべてはここから
始まるんだ…！
ぐっ
……まあ
奴らは
そろそろ
後悔し始めてる
頃だろうがな
?
ティムの
代わりなんて
いないってことだよ
ニーア様
ギルド長への
ご就任おめでとう
ございます
くっくっ…
世辞《せじ》は結構…
それで
頼み事とは？
はっ
ティムの代わりの
雑用係を雇用して
頂きたく——
ティムぅ？
あんな小僧ひとり
いなくても
雑用係など——
いえこのギルドの
雑用係は
『ティムひとり』
しかおりません
でしたので…
あいつがいないせいで
炊事 洗濯 裁縫 掃除
何もまわらず
我々は今朝
朝食もとれず
衣服もない
んです…!!
まさか…

あいつひとりでギルド員千人ぶんの雑用を……!?
ところで…ティムにお願いがあるんだが
もじ
もじ
なんなりとお申しつけください！
ハイッ
この宿は入浴が別料金みたいでな
だが我々はほぼ無一文…節約が必要だろう？
ゴクリ…
そ そこでだっ！
ティム『あれ』を私にやってくれないか!?
ええっ『あれ』をっ!? 恐れ多いですっ！
お願いだ！ずっとやってもらいたかったんだ！
ポッ
すっ
うう…わかりました
では…
ドキ ドキ ドキ ドキ
《洗濯スキル》【洗浄《クリーン》】!!

凄い こんな一瞬で!? しかも体調まで よくなった 気がするぞ！

ジュウウゥゥ…

『汚れ』として 体内の毒素 病原菌 老廃物 毒や呪い等の ステータス異常・低下を 取り除きましたので…

呪いや ステータス低下まで 『汚れ』として 落とせるのか!?

冒険者たちが 誰も病気をせず 呪いの装備すら 使いこなしていたのは ティムのおかげ だったのか…

想像以上だ…

エヘへ…

でも 傷を癒したりは できませんから……

ギルネ様の魔術に 比べると全然です
あと 「手もみ洗い」 というスキルも ありますよ
マッサージのような…

なんだそれはっ！ 是非お願い するっ!!

はいっ
ああぁ～～

PON!

はぁぁあ あ～～っ……

だっ大丈夫 ですかっ？

らいじょうぶ… 思った以上に 気持ちよくて…

あと空腹で…

じゃあ 次は朝食を 作りますね！

ティムの 手料理っ!?

ガバッ
くたぁ…

あっ でも食料は…
それならギルドのをそのまま持ってきたので大丈夫ですよ！
持って…？
ええギルドには悪いですが…
スペースを作って、と…
よしっ
《整理整頓スキル》【収納《ストレージ》】！
!?
パッ
ゴトッ
?
ティム君は…空間をも操れるのか…!?
続きはWEB連載 COMICコロナ をチェック！

ティムのケモミミ……じゅるり
獣人国をお洗濯!?
魔獣の大襲撃発生！
ティムは攻撃スキルをマスターできるのか!?
ギルド追放された
雑用係の下剋上
3
~超万能な生活スキルで世界最強~
Ascendance of a Choreman Who Was Kicked Out of the Guild
夜桜ユノ
ill. もやし
2021年春
発売決定！

皇女暗殺の
勝利の鍵はキノコにあり、ですわ！
絶対に違う。

南国で楽しい夏休み！
のはずが……
にいにに
初春発売決定

緊急事態の
第4巻!!
むううぅ……
婚約者え《ふぃあんちぇ》!?
IV
白豚貴族ですが
前世の記憶が
生えたので
ひよこな弟育てます
やしろ
illust. keepout
2021年

いっちょ、大陸の未来とやらを
救ってやるとしよう
剣聖らと魔王討伐のため他大陸へ！
気ままな神様ライフ
第2ラウンドSTART！

自由度、超加速！
異世界創造のすゝめ
スマホアプリで惑星を創ってしまった俺は神となり世界を巡る
II
2020年冬発売決定！

ギルド追放された雑用係の下剋上 2
〜超万能な生活スキルで世界最強〜

2020年11月1日　第1刷発行

著　者　**夜桜ユノ**

発行者　**本田武市**

発行所　**TOブックス**
〒150-0002
東京都渋谷区渋谷三丁目1番1号　PMO渋谷Ⅱ　11階
TEL 0120-933-772(営業フリーダイヤル)
FAX 050-3156-0508

印刷・製本　中央精版印刷株式会社

ISBN978-4-86699-063-7